鬼船の城塞

鳴神響一

時代小説文庫

角川春樹事務所

本書は二〇一五年六月に小社より単行本として刊行されました。

八三頁の歌は、『日本を知る小事典2・ことばと表現』大島建彦ほか編
（社会思想社　一九七九年九月三十日　初版第一刷）を参考にさせていただきました。

目次

序章　異界の船　8
第一章　鬼船《おにぶね》現る　12
第二章　風神丸、南海を下る　37
第三章　信之介、館島に生きる　64
第四章　夏越《なごし》の大祓《おおはらえ》に訪れしもの　123
第五章　矢は放たれた　189
第六章　修羅の海に戦う　229
第七章　生きるために船出す　279
終章　江戸の空は遠く　310
解説　縄田一男　323

北アメリカ大陸
濃毘数般《ノビスパン》
（スペイン領アメリカ）
南アメリカ大陸
拡大図
北島（兄島）
北島瀬戸（兄島瀬戸）
前浜本村
（大村）
向浦
大根崎
境浦
東浦
八木島
（野羊山）
扇之浦
川尻浦
館島
（父島）
南島
150°
135°
120°
105°
90°

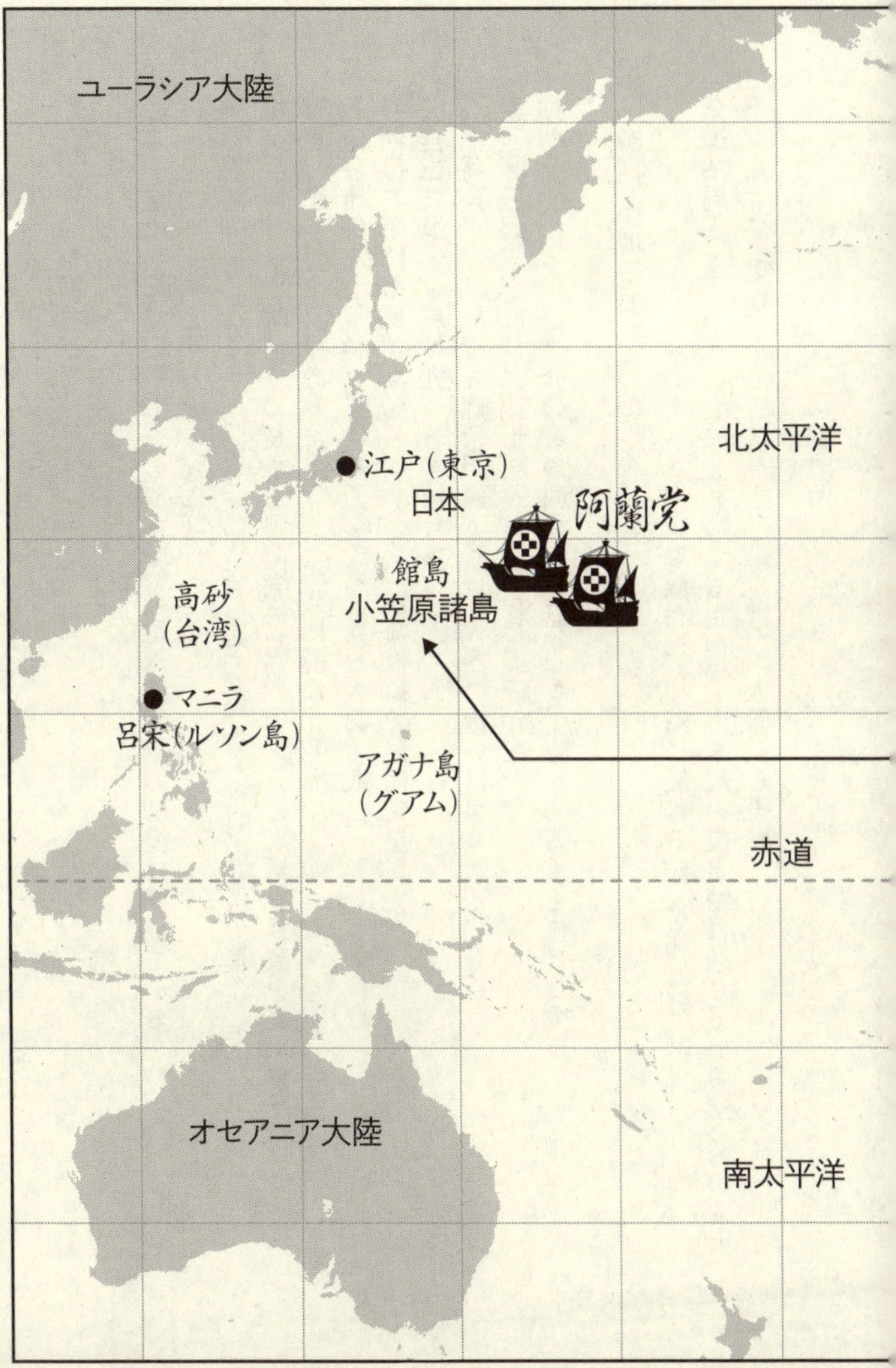

ユーラシア大陸
60°
45°
30°
15°
0°
15°
30°
120°
135°
150°
165°
180°
江戸(東京)
日本
阿蘭党
北太平洋
館島
小笠原諸島
高砂
(台湾)
マニラ
呂宋(ルソン島)
アガナ島
(グアム)
赤道
オセアニア大陸
南太平洋

〔主な登場人物〕

鏑木信之介……二百俵取りの旗本で、鉄砲玉薬奉行の御役に就いている。心形刀流の腕に冴える。

梶原備前守……海賊衆、阿蘭党頭領。家臣や領民から絶対の尊崇を集めている。

梶原兵庫……備前守の長子で阿蘭党の惣領。信之介の人柄と武芸を高く買う。

伊世……兵庫の妹。男勝りで武芸に優れる美姫。

鵜飼荘十郎……風神丸先手組頭。豪放磊落な大兵の武士。

寺西儀右衛門……風神丸船長。たしかな航海技術で阿蘭党を支える。

間宮雄之進……風神丸の若き按針(航海士)。

高橋将監……風神丸砲術組頭。多様な火器の扱いにすぐれる。

渡辺藤三郎……風神丸徒士組頭。穏やかで実直な武士。

弥助……信之介の身の回りの世話をする小者。明るくとぼけた少年。


レオン・サルミエント少佐……エスパーニャ海軍参謀将校。知略に優れるが、冷酷な野心家。

久道主馬……レオンと旅を共にする謎の武士。幕政の裏事情に通じている。武術の達人。

ドン・セルジ男爵……エスパーニャ艦隊の尊大傲慢な提督。

鬼船の城塞

序章　異界の船

富士の裾野から半島を廻《まわ》り込む早春の西風は凪《な》ぎ始めていた。

（ええ案配の日和だが）

少年は、艪《ろ》を漕《こ》ぐ手を止めて額《ひたい》の汗をぬぐった。

十四を数えたこの正月から舟に乗ったばかりの新米漁夫は、還暦を迎える大叔父《おおおじ》の老漁夫と、突棒《つきんぼ》漁と呼ばれるカジキの突き漁に出ていた。

老漁夫は舳《へ》先《さき》の見張台に立って波間の魚影を探している。

不意に、雷鳴に似た鈍く唸《うな》るような音が、神子《みこ》元島《もとじま》の沖合に轟《とどろ》いた。

老漁夫が手にしていた銛竿《もりざお》は、あやうく海に落ちそうになった。

「ああ。かんじゃなかった（うっかりしてた）」

銛竿を力を込めて支え直した老漁夫は、異音が響く南の方角に眼《め》をやって呟《つぶや》いた。

常にない大叔父の様子だった。空模様が急に変わる兆《きざ》しかと、少年は舳先に向かって声を張りあげた。

「ほれ、雷《かんだち》が聞こえるら」

「雷《かんだち》なんぞじゃねぇ。ええか。沖ぃ見るでねぇぞ」

振り返った老漁夫は、叱《しか》りつけるように叫び返した。

轟く音の正体を確かめたくて我慢できなかった少年は、神子元島へ眼を凝らした。

「あれ。神子元の東方《おめえ》で、岩が、動《いの》いてるが」

沖合二里（八キロ弱）ほどのゆらめく陽光の中に、山蟻《やまあり》ほどの黒い影が東から西へゆっくりと動いている。島影と比べるとわかるが、黒い影は弁才船《べざいぶね》の四倍近くの量感を持っていた。

「沖ぃ見るな。わからねぇか」

老漁夫は再び艫《とも》（船尾）へ身を捻《ひね》って叫んだ。

突如、神子元島の後方で、赤い炎の柱が島と同じほどの高さに噴き上がった。

「うわっ。神子元が火吹いてるじゃ」

「お前《ま》っちも、強情《ずな》い男だら。そんなもんうっちゃりな。さ、帰《け》えるが」

「帰ぇるって？」

「そう言ったじゃ。ほれ、舟ぇ陸《おか》へ向けるで」

「けんど、温《ぬく》てぇし、凪《かで》もええし、今日はまっとカジキ獲れるら。オジらしくもねぇ、なんたら意気《じ》地《ち》なしなこと言うんだら」

老漁夫は艫へ下りてくると、銛竿の石突《いしづ》きを舟板にとんと突いて、荒々しく叫んだ。

「四の五の言うでねぇ。舳先ぃ陸へ向けると言うとるだじゃ！」

「だけんど、岩が動《いの》くわきゃねぇっけ。船にしちゃいかい（大きい）だら……」

老漁夫は銛竿を右手にしたまま、少年の肩にもう一方の手をかけた。皺深《しわぶか》い目蓋《まぶた》と、こめかみのあたりが、小刻みに震えていた。

「岩じゃねぇ。岩どこか、ありゃ、この世のもんじゃねぇが」

艪を手から放しそうになった少年に、老漁夫は乾いた声で追い打ちを掛けた。

「ありゃなぁ、ありゃ……鬼船《おにぶね》だじゃ」

言葉の意味がわかった瞬間、少年の背中は粟立《あわだ》った。

「す、嘘《すら》じゃ。お、おに船って」

老漁夫は小さくかぶりを振った。

「お前《ま》っちにも、そのいとにゃ（そのうちには）わかるが」

「け……帰ぇるじゃ」

少年は、艪をしっかり摑《つか》み直すと、突き動かされるように動かし始めた。

「死んだ気になって精一杯《せっぺ》、漕げや」

老漁夫はそのまま、胴《どう》ノ間《ま》に座り込んだ。

舳先が陸地へと向いたが、怪《あや》しの船が背中から追って来る恐ろしさからは逃れられなかった。少年は艪を漕ぐ手を止められなかった。たとえ、その胸が破れ血を吐こうとも……。

八代将軍、徳川吉宗《とくがわよしむね》の治世である享保年間の末期頃から、伊豆国下田近くの須崎《すざき》や柿崎《かきさき》、長津呂《ながつろ》あたりの漁民たちは、一つの怪奇現象に気づいていた。

晴れ渡った凪のよい日に、南の空に雷のような音が轟くとき、神子元島の沖合に、動く岩礁と高い炎の柱が現れるのである。

漁師たちの中には、燃え上がる火柱の向こうに菱垣廻船《ひがきかいせん》らしい弁才船《べざいぶね》が沈んでゆく姿を見た者もいた。

ついに、沖へ出たまま帰らない漁夫が出るに及んだ。

勇壮な突棒漁に生命をかける屈強な海の男たちも、神子元島に雷鳴が響き渡ると、魚を放り出して陸地へ戻るようになった。

動く岩礁は、ときに二本の角を生やしているようにも見えたことから、漁師たちは鬼船と呼び、異界のものとしてこれを怖れた。

第一章　鬼船《おにぶね》現る

1

「まことに、あやめも分かぬ霧だな」

七百五十石積みの弁才船《べざいぶね》、千歳丸《ちとせまる》の艫矢倉《ともやぐら》に立つ鏑木信之介《かぶらぎしんのすけ》は、白い幔幕《まんまく》に目を凝らした。

海上を生き物のように忍び寄ってきた密度の濃い霧が、いつの間にか、あたり一面を包み込んでいた。

「今、神津島《こうづしま》にほど近い祇苗島《ただなえじま》と申す岩場の近くを、巽《たつみ》（東南）へ向かっているそうでございます」

古手《ふるて》の玉薬同心《たまぐすりどうしん》は、そこに島が見えるかの如《ごと》く沖合を指さした。

「これから向かう三宅《みやけ》沖の三本岳《さんぼんだけ》なる岩礁には、まことに海鳥が多いのだな」

「沖船頭《おきせんどう》に言わせますと、海鳥の羽毛で島全体が雪が降った如《ごと》くに真っ白であるとか」

「新島《にいじま》にも式根《しきね》にも、海鳥は無数にいた。が、ただの鳥糞《とりふん》だらけの岩場しか見当たらなかったではないか。この船のまことの行先は唐《もろこし》か天竺《てんじく》か、あるいは南蛮《なんばん》なるか」

冗談めかす信之介の言葉に、古手同心は真面目《まじめ》な顔で応じた。

「伊豆《いず》のどこかの島に、必ずや焔硝《えんしょう》が眠っているとのお奉行のお考えを、身どもは信じておりますゆえ」

「いや、拙者の考えではない。御医師の丹羽正伯《にわしょうはく》どのの教えだ。天竺や南蛮には海鳥の糞から生まれた焔硝の眠る岬が多々あるそうな……」

（俺自身が、信じなければならぬのだ。たとえ、どんなに見込みが薄くとも）

下役の前で、弱気な言葉を口に出した自分の短慮に、信之介は頬が熱くなるのを覚えた。

二百俵取りの信之介は、鉄砲玉薬奉行《てつぽうたまぐすりぶぎよう》として出仕していた。公儀御用の玉薬（火薬）の製造と監理にあたる御役である。

昨秋、二人の鉄砲玉薬奉行は、焔硝の増産を将軍吉宗《よしむね》から下命された。信之介は、伊豆の島々へ探査方を派すべき旨を上申した。

吉宗はこの建言を大いに喜んだ。寛保《かんぽう》元（一七四一）年二月、予想だにしなかった焔硝探査方の任が信之介自身に下った。かくして、ふた月前の春の彼岸からは慣れぬ海に出る羽目となったのである。

「急に湧いたこの霧ですので、沖船頭も難儀しておるようで。……が、少し陽《ひ》が射《さ》して参りましたな。程なく祇苗島の……」

古手同心の言葉を遮って、舳先《へさき》の方で水主《かこ》たちのわめき騒ぐ声が聞こえてきた。

信之介は、船板の揺れに足をすくわれぬように、五尺（前部甲板）へ向かって身体《からだ》を進め始めた。

帆を越え物見まで行くと、四人の水主が左舷の垣立《かきだつ》（欄干）に押し寄せ、沖を指さしながら口々に怖れの声を上げていた。

沖合の霧の幕の中に、一点ちらっと浮かぶ何ものかの姿が視界に入った。

甲板《かっぱ》に積まれた伝馬船《てんません》の手前に沖船頭が立つ姿を捉《とら》えた。そのとき、背後で年寄りの嗄《しわが》れた叫び声が上がった。

「お兆しが。船魂《ふなだま》さまのお兆しが聞こえるで」

叫び声を上げたのは、千歳丸の老練な親爺《おやじ》（水夫長）であった。

「ほんとかや。親爺」

「お兆しだ。ほれ、リンリンってなぁ」

「ふんとだ。鳴ってら」

「ああ、俺にも聞こえるぞぉ」

「そんだ。聞こえる。聞こえる」

水主たちは帆柱《ほばしら》の周辺に集まり、騒然となった。

しかし、信之介がどんなに耳を澄ませても、波音のほかには何も聞こえなかった。

和船には帆柱を支える土台である筒と呼ばれる部分に、必ず船魂さまが祀《まつ》られている。

船魂さまは、危機が訪れるとき、鈴虫の鳴くような音を立て、船人に兆しを告げる——

少なくとも水主たちはその言い伝えを堅く信じていた。

「なにも聞こえぬではないかっ」

沖船頭の厳しく張り詰めた声が、胴ノ間に、がんと響いた。

「伝えるところでは、船魂さまのお兆しは、お前らには聞こえずとも船頭の俺には必ず聞こえる。けれども、俺の耳にはなにも聞こえぬ」

「ほんとに、ほんとに、なにも聞こえねぇですか。沖船頭」

長身の若い水主がいくらか安堵《あんど》したような声を出した。

「ああ、聞こえぬ。親爺ともあろう者が、おたおたして若い者たちを嚇《おど》かしてどうするのだ。お奉行さまの前で、ご無礼だぞ。お前らは持ち場に戻れ」

「へぇ」と親爺はうなだれて帆柱の陰に消えた。ほかの水主たちも、それぞれの持ち場に戻っていった。上棚に寄せる波の音が静かに響いてきた。

「沖船頭、あれはいったいなんだ」

信之介は沖合を指さした。

霧が流れ始めた沖合には、今や、はっきりと船が形を現していた。遠目にも二本の高い帆柱が千歳丸の目指す海域へと向かっている姿が認められた。信之介が遭遇した経験のない奇妙な船影であった。

「見慣れぬ船でございます。いつぞや、長崎の寺で見ました、古い船絵馬に描かれた御朱印船に、よく似てはおりますが」

「朱印船だと？　そんなはずはあるまい」

南海への渡航が国禁となって久しい寛保の世に、朱印船が航行しているはずはなかった。

「いま、千歳丸は、ひらき（横向き）のわずかな風を捕まえて、おおむね巽へ下っております。ところが、あの船は、艮《うしとら》（北東）から坤《ひつじさる》（西南）へ向かっておりまする。この風向きで艮から坤へまぎる（向かい風に切りあがる）力を持つ船は、ありませぬ」

「何十挺もの艪《ろ》で漕《こ》いでいるのではないのか」

沖船頭は顔を曇らせて、かぶりを振った。

「しかしながら、真向かいの風にしては、船足が速すぎまして……あの船は、鬼門から裏鬼門へ向かっておるのでございます。艮の霧中より参る者は変化《へんげ》の類《たぐ》いとか。あるいは……」

沖船頭はごくりとつばを飲み込んだ。

「この世のものでないと申すつもりか」

沖船頭は微《かす》かにあごを引くと、視線を船板に落とした。

「伊豆から紀伊《きい》、土佐《とさ》にかけての海原では、鬼船《おにぶね》と称する怪しき船が彷徨《さまよ》うと聞き及びます。沖で死んだ亡者たちの魂が船の形を借りて流離《さすら》い続けるものとか……。運悪く鬼船に出遭ってしまった船人は、生きて二度と湊《みなと》には還《かえ》れぬとも申すそうでございます」

「すりゃ、ゆ、幽霊船なるか」

叫ぼうとした古手同心は、途中から咳《せ》きこんでしまった。

「馬鹿を申すな。この世の中に、幽霊などいてたまるかっ」

信之介は声を荒らげて二人を叱《しか》りつけた。怪異や幽霊譚《ゆうれいたん》は、怖《お》じ気《け》づいた人の心が見せる幻と信じている。

あるいは、清国《しんこく》の船ではないかと信之介は考えていた。暴風に漂流した清国船が、稀《まれ》に八丈島《はちじょうじま》に漂着すると聞いている。

ただ、怪しの船は、風を孕《はら》んだ数多《あまた》の帆も整い、少しも難破船《なんぱせん》には見えなかった。速力が上がっている点も、腑《ふ》に落ちなかった。

「怪しの船の走るは、およそ半里（二キロ弱）沖、四半刻《しはんとき》（三〇分）も経《た》たぬうちに千歳丸と見《まみ》えまする。さすれば、舳先を辰《たつ》（南東微北）に向け、いくらかでも船足《ふなあし》を上げたいと存じます」

「どちらへ進むも、そのほうの心づもり次第だ」

沖船頭は丁寧に頭を下げると、四角い磁石を懐から取り出した。手早く方位を確かめながら、舵取《かじとり》の水主に向かって、声を張り上げる。

「舳先を辰七分卯《う》（東）三分へ向けるぞ。取舵《とりかじ》とれっ。もぉちょいだ。よしっ、留めっ」

千歳丸は波を切って左舷《さげん》方向に向きを変えた。沖船頭は船足を少しでも上げて、怪しの船の針路前方を突っ切ろうと画策していた。

「おいっ。沖船頭っ。あの船も向きを変えたぞ」

船首では、もう一人の下役である若手同心の叫び声が上がった。

紅い船体が、千歳丸に応じるように舳先をいくらか右へ向けた。進むは申《さる》（西南微北）。つまり千歳丸の左舷前方に真《ま》っ直《す》ぐに向かって来ている。

「いけませぬな。怪しき船の目指すは、この千歳丸のようでございます」

沖船頭の額に幾つもの汗の玉が滲《にじ》み出た。

「ともかくも、船をまとも（追風を受けて走る方向）へ向けまする。三宅島の伊ヶ谷浜《いやはま》を目指してひたすら逃れるよりほかに、手はありませぬ。あまり船足を上げますと、帆が裂ける恐れもありますが……」

「そのほうの腕を信じておる」

信之介が許すと、沖船頭は船尾へ向かって再び声を張り上げた。

「野郎ども。できる限り船足を上げるぞぉ。帆を目いっぱいに張れぇい」

水主たちによって身縄が強く牽《ひ》かれ、帆が膨らみを増した。

「おうい。取舵いっぱいだっ」

2

沖船頭の予想よりも早く、一町（一〇九メートル）ばかりの距離まで近づくと、怪しの船は右へ大きく回頭し、左舷斜め前方から千歳丸に向かってきた。

「これは……和蘭陀船《おらんだせん》よりも大きい」

沖船頭は唸《うな》り声を上げて言葉を失った。

流れる霧の中に浮かび上がった紅い船体は、千歳丸の四、五倍の量感を持っていた。全長は二十五間（四五・五メートル）近い。千代田城《ちよだじよう》本丸の百人番所が海に浮かんでいるが如くである。

甲板の高さは千歳丸の縦帆の半分以上はあった。主帆柱《しゆほばしら》、副帆柱と並んだ二本の帆柱は十二丈（三六・四メートル）を超えよう。上野寛永寺《かんえいじ》の五重塔をも凌《しの》ぐ高さには驚くしかなかった。

「清国から参った船であろうか」

だが、信之介が絵図で見覚えている戎克《ジャンク》とは程遠い船型だった。

「いいえ、お奉行さま。長崎で見た清国船とは異なります。和蘭陀船にも似てはおりますが、やはり、違います」

霧を掻《か》き分けるようにして近づいてくる船体は、漆塗《うるしぬ》りの豪奢《ごうしゃ》なものであった。朱塗りの船などは、将軍御座船《ござぶね》の天地丸《てんちまる》のほかには品川の湊でも見る機会はなかった。

波を蹴って刻々と距離を詰めてくる紅い船は、確かな実在感を見せていた。むろん、幽霊船などではなかった。

船首に張られた白い遣出帆《やりだしほ》や船全体の造形は、いかなる和船ともかけ離れた形だった。

大きく左前方に傾けられた縦帆は檣楼《しょうろう》（見張台）を境に上下二枚に分かれている。高帆は白い綿布で、下部の本帆は密度の荒い葦《あし》と木の皮で編んだ網代帆《あじろほ》であった。

遣出帆の後ろに見え隠れする真四角な紅色の船首楼《せんしゅろう》は、全面が格子状となっており、天地丸の矢倉に似た構えを持っていた。

十間（一八・二メートル）ばかりの距離に近づくと、網代帆がするすると畳まれながら帆柱の上方に巻き上げられ、巨船は船足を落とし始めた。

帆柱のてっぺん、檣頭《しょうとう》には朱色に縁取られた白い三角旗が風になびく。丸に四ツ石の家紋が墨色に染め抜かれていた。

「あの紋所には、見覚えがあるぞ」

信之介は、沖船頭に向かって安堵の声を出した。

巨船は幽霊船でないばかりか、異国の船でもなかった。家紋を掲げているからには、どこぞの大名家の持ち船であろう。

この世に三《み》ッ葉葵《ばあおい》の旗を奉じた公儀御用船に、無礼を働く者がいるはずがなかった。仮に、うっかり航路を遮っただけでも、御家そのものが取り潰される恐れすらあるのだ。家紋は、名のある武将のものに見えた。だが何家だったか、どこで見たかは思い出せなかった。

甲板上に視線を移した信之介は、我が目を疑った。

あり得べからざる光景だった。丹塗《にぬ》り格子の垣立の向こうには、紅《あか》い畳鎧《たたみよろい》に身を固めた十数名の人影が立ち並んでいた。男たちは、手に手に半弓《はんきゅう》や鉄砲を構えているではないか。

「いかん、あ奴らは攻めてくる」

敵船は左舷の真横から見る見る千歳丸に接近してきた。右に大きく回頭《かいとう》すると、十間足らずの至近距離で、舳先を反対方向に向けて平行に並んだ。

足軽《あしがる》たちは強い殺気を放ちつつ、弓や鉄砲を千歳丸に向かって構え直した。

信之介は反射的に身を屈《かが》めた。

「伏せぇいっ」

声を限りに叫んでいた。

潮風を切る奇妙な音が響き、背後で、どさりと人が倒れた。

振り返ると、古手同心の痩《や》せた身体がくの字に曲がって船板に転がっていた。

(南無《なむ》三宝《さんぼう》。やられたかっ)

ぷつっ、ぷつっと音を立てて、帆柱に矢が突き刺さる。続けて、舷側にも数本。信之介は身をすくめ、耳を澄ませてあたりの様子をうかがった。敵の矢は威嚇《いかく》が目的だったのか、それきり途絶えた。

「おいっ。しっかりしろっ」

左の胸板で黒漆塗りの矢柄《やがら》が天を向いていた。

周囲を見渡しながら身を寄せ、信之介は古手同心の両肩に手を掛けて抱き起こした。口角から鮮血がどろりと滴《したた》り落ち、地黒の顔は、刻々と血の気を失っていった。痙攣《けいれん》していた身体の力が突如抜けた。

信之介の胸に、部下を守れなかった悔しさが込み上げた。

「お奉行さま。あ、あ、あれを……」

傍《かたわ》らで立ち上がった沖船頭の声が、大きく震えた。

敵船の垣立に一列に並んだ足軽たちが、長い綱を結んだ棒状のものを振り廻《まわ》していた。黒い棒が白い綱をするすると伸ばしながら、次々に空を切った。

がっがっと連続的な打撃音が響いた。千歳丸の垣立や船板に突き刺さったのは、黒錆《くろさび》で光る鉄熊手《てつくまで》だった。

熊手の歯が千歳丸を捉えたと見るや、足軽たちは一斉に綱を牽《ひ》いた。何本もの綱が両船の間に張り詰めた。

綱を牽く足軽たちの力は強かった。千歳丸の船体はあっという間に引き寄せられ、敵船に接舷してしまった。

両船の動きは止まり、二隻の船はゆらりと漂泊し始めた。

「おいっ。敵が乗り込んでくるぞ」

水主たちは、怖れの悲鳴を上げながら船尾に逃れようとした。一人の水主が右舷から海中に飛び込む姿が、眼の端に映った。

足軽たちが、舳先向こうの船縁に厚板を掛ける姿が伝馬船越しに見えた。

若手同心は五尺から胴ノ間に飛び降り、刀の鯉口《こいぐち》を切って信之介を守る姿勢で立ちはだかった。

信之介は立ち上がって大刀を抜き、舳先の方向を見据えた。

「お奉行。敵は三人でござる。ご油断めさるな」

若手同心の張り詰めた声が胴ノ間に響いた。

練革付鉢巻《ねりかわつきはちまき》と朱色の腹当《はらあて》に身を固めた二人の足軽武者が、伝馬船を乗り越え、細い鉄熊手を手にして現れた。

最後に現れた六尺（一八二センチ）をゆうに超える大柄の男は、黒鉄《くろがね》の南蛮胴《なんばんどう》を着込んでいた。

この大男が物頭《ものがしら》（足軽大将）であるものと見える。

物頭は紺青色《こんじょういろ》の頭巾で軽く覆っただけの頭を振ると、髭《ひげ》だらけの口を大きく開いて大音《だいおん》声《じょう》に呼ばわった。

「御大将とお見受けするが。如何《いかが》か」

まるで戦国絵巻だった。黒々とした長いあご髭は三国志の関羽《かんう》雲長《うんちょう》か、あるいは五月の人形飾りの鍾馗《しょうき》像にも似る。

(いったい、なんだ、こ奴らは)

寛文《かんぶん》年間から大髭は禁令となっていた。今の世にこんな鍾馗髭は、絵双紙の中でしか見られない。

「慮外者《りょがいもの》ぉっ」

若手同心は、機先を制して敵に向かって跳躍した。

刀が一閃《いっせん》した。

若手同心の長身が、血しぶきを立て、前のめりに倒れた。

飛び散った黄色い腸《はらわた》の断片が、信之介の野袴《のばかま》の裾《すそ》を汚した。

「下郎、浅慮《せんりょ》なり」

物頭は言い捨て、悠然と太刀の血を振るった。

信之介の配下の同心の中では、とくに剣技にすぐれた若者であった。だからこそ、今回の随員に選んだのだが、あえなく古風な太刀の餌食《えじき》となってしまった。

若き同心に哀惜《あいせき》の情を抱いている暇《いとま》はなかった。

姿勢を立て直した物頭は、懐紙《かいし》で太刀の血糊《ちのり》をぬぐった。

備前物か相州物の古刀と思《おぼ》しき物頭の太刀は、身幅が広く、三尺三寸（一メートル）を超える長さを持っていた。重々しい太刀を軽々と捌《さば》くところから見ても、この物頭、なまなかの腕ではない。

物頭は晴眼《せいがん》に太刀を構えた。大柄な身体が放つ強い殺気に、信之介の小袖《こそで》の背には、滝のような汗が流れ落ちた。

左右で足軽たちが、さっと体《たい》を開いて鉄熊手を構えた。

一人で多勢を相手にするときは、絶えず身体を動かして、相手に斬《き》り込む余地を与えないのが常道である。

だが……。

（どんなに素早く動いたところで、左右どちらかの足軽に、あの長い熊手で脚を薙《な》ぎ払われたら、お終《しま》いだ。身体を倒されたところを、物頭の刃が襲うだろう）

斬られるしかない。もっとも、この三人を倒しても敵船上では十数人の弓や鉄砲がこちらを狙っている。いずれにしても、信之介の生命は風前の灯火《ともしび》だ。

見極めがつくと、信之介の心はかえって落ち着いた。

千歳丸にまとわり付いていた海霧は、生き物のように海面を這《は》って消え去り始めた。初夏の明るい陽ざしが静かに船板に落ちてきた。

3

「御大将どのに、尋ねたい」

舷側に寄せる波の音の中から、戦場さびの利いた、よく通る低音が響いた。

「旗幟《きし》を見るに、明らか。これは公儀の船じゃな」

声音は穏やかだが、物頭の放つ殺気は、いよいよぎらついてきた。信之介が少しでも姿勢を移せば、間髪を入れず、武者たちの得物が襲いかかってくるであろう。

「さよう。ご公儀より、千歳丸を預かる旗本、鏑木信之介と申す」

「身どもは、阿蘭党《あらんとう》の先手をつとめる鵜飼荘十郎《うかいそうじゅうろう》と申す未熟者でござる」

「ほう。阿蘭党とは、初めて聞く。されど、そこもとらはまるで元亀天正《げんきてんしょう》頃の戦働きといった出立ちではないか。あるいは、幽霊武者なるか」

鵜飼荘十郎と名乗った武者は、天を仰いで笑った。

「幽霊とは笑止な。我らは、南海を預かる梶原備前守《かじわらびぜんのかみ》さまの臣《しん》ぞ」

信之介は、三百諸侯《しょこう》を諳《そら》んじていたが、梶原備前守などという大名の名に覚えはなかった。

「それでは、物盗《ものと》り野盗のたぐいか」

小山の如き大船を有する野盗などは、あり得ないが……。

「そのほうらは何と呼ぶか知らぬ。したが、我らは海賊衆よ」

荘十郎は誇らしげに肩《もっぱ》をそびやかしたが、信之介には信じられない話だった。

戦国の世には海戦を専らにする海賊衆が活躍したと聞いている。だが、泰平の世が続き、当世には公儀の御船手筆頭《おふなてひっとう》をつとめる向井将監《むかいしょうげん》を始めとする船手方《ふなてがた》が存在するばかりである。海上交通の取り締まりと貴人の警護にあたるつとめが関の山だった。

大船建造の禁令に反し、精鋭を揃《そろ》えた水軍など、今の世に許されるはずもなかった。

「公儀に隠れて、かかる海賊衆を抱える大名がいるとは信じ難いが、そこもとらは、いずこの家中ぞ」

「我らが仕えるは、備前守さま。備前守さまが仕えるは海の神。この大海原は阿蘭党が領分じゃ」

「虚仮《こけ》を申すな……諸大名に属さぬ、不羈自由《ふきじゆう》の海賊衆だと申すのか」

信之介には、どうしても信じられなかったが、荘十郎は当たり前のことのように続けた。

「その通りよ。さて、鏑木うじ。何用あって、我らが領分に、流人船《るにんぶね》でもない船を入れた」

「それは、海賊ばらには申せぬな」

焔硝探査方の職責は、むろん公儀の密事に属する。

「されば、強いては、聞くまい」

船板に映った荘十郎の黒い影に、再び強い殺気が滲み出た。

「我らが海に、徳川の旗幟を掲げて、のこのこと船を乗り入れて参ったが、そのほうらの阿呆《あほう》よ。さ、覚悟せい」

荘十郎は太刀を構え直した。

傍らで白眼《しろめ》を剝《む》いて震える沖船頭の姿に、信之介は水主たちの生命を救う手立てをなんとか講じねばならぬと強く感じた。

「しばし待て、鍾馗どの」

信之介は右の掌《てのひら》を荘十郎の顔へ向けて制止した。

「鍾馗とは、拙者のことか」

「そうだ、鍾馗どの。この船の水主たちには、なんらの罪咎《つみとが》もない。拙者の生命と引き替えに、水主どもを助けて貰《もら》うわけには参らぬか」

「ならぬ。ならぬわっ」

荘十郎は信之介を睨《にら》み返して、大きくかぶりを振った。頭巾の端布が揺れた。

「我らが姿を見し者は、二度と陸《おか》へは戻さぬが、阿蘭党の掟《おきて》よ」

「では、鍾馗どの。拙者と真剣の勝負をさっしゃい」

「真剣の勝負とな?」

「そうだ。我が下役《したやく》を刃《やいば》にかけし腕前、敵ながら、まことに見事であった。が、拙者にも多少の心得がないではない。されば、そこもとと拙者で正々堂々の一騎打ちをなそうではないか。そこもとが勝ったれば、意のままにせよ。したが拙者が勝ったあかつきには、水主どもの生命を助けてくれ」

瞬時、黙した荘十郎は、背を反らして大声で叫んだ。

「面白い。当節、まれな申し状、天晴《あっぱ》れ武士の言葉と存ずる。只今《ただいま》の申し入れ、確かに受けて遣わそう」

荘十郎は、にやっと笑って言葉を継いだ。

「だがの、鏑木うじ。おのしのような若衆じみた色男に、おめおめと引けを取るような拙者ではないぞ」

「人は、見かけではわからぬわ」

信之介は羽織をその場に脱ぎ捨て、野袴の股立《ももだ》ちを取り直した。柄袋《つかぶくろ》を外し、大刀の下げ緒を解《ほど》いて素早く襷掛《たすきが》けにする。

「申したな。さぁ、参れっ」

荘十郎は全身に気迫をみなぎらせて叫んだ。

「おうさっ、生命はないものと思え」

信之介は大刀を八相に構え、気合いを込めて荘十郎を見据えた。

腕には覚えがある。が、両者の得物は差が大きすぎた。

荘十郎が構える剛刀の前に、細身の新刀はいかにも無力である。まともに刃を合わせれば、信之介の豊州行長《ほうしゅうゆきなが》は根元から折れる恐れすらあった。

だが、荘十郎は重々しい南蛮胴を着込んでいた。剛刀を振り回させ、体力を消耗させて無防備な喉元《のどもと》を突く。五条橋《ごじょうばし》の上で弁慶《べんけい》と立ち合った牛若丸《うしわかまる》のひそみに倣《なら》うしかない。

「覚悟せいっ」

荘十郎は地を震わす大音声で咆吼《ほうこう》すると、剛刀を振り上げ、突進して来た。

信之介はだだっと横跳びに跳躍し、大刀を左手に持ち換え、体を開いて片手で晴眼に構えた。

右手で素早く小刀を抜き放ち頭上で回転を始める。心形刀流《しんぎょうとうりゅう》、逆二刀《ぎゃくにとう》の構えである。

敵の意識が銀色に反射する刃先に奪われた。刹那、信之介は小刀を荘十郎の顔面目掛けて投げつけた。飛刀打ちである。

荘十郎は慌てて左に体をかわして、必死で切っ先を避けようとした。

間髪を入れず、信之介は右手を大刀の柄《つか》に添えて大きく踏み込んだ。一刀必殺の気合いを込めて、荘十郎の胸板を突いた。

だが、荘十郎は信じられぬほど柔らかい身体の動きで、大刀を下から払い上げた。激しい火花が散った。

入魂の一突きは、跳ね返された。

予期に違《たが》わず、信之介の大刀は刃の中ほどで折れた。

刃は宙を飛び、舷側を越えて海へ、ぽちゃりと沈んだ。

陽光が作る刃の残像が、信之介の眼に空《むな》しく映った。

「味な真似《まね》をやるのう。が、これまでだな。刀は武士の表道具であろう。刃が折れるとはなんたる不覚ぞ。さぁ、覚悟せい。早速に引導を渡して遣わそう。わははははっ」

間合いを考えても、荘十郎の構えた大太刀と、無手《むて》で戦うのは無茶な話だった。

（武士と生まれて二十五年。こ奴の刃の露と消ゆる運命《さだめ》であったか）

信之介は、今やはっきりと覚悟を決めた。

「死ねやーっ」

荘十郎は黒髭を振るわせ雄叫《おたけ》びを上げた。

猛進してくる姿は、さながら獲物に襲いかかる飢えた大熊だった。

剛刀が青白く輝きながら頭上に迫り来た、その刹那《せつな》である。

「待て、荘十郎。その者を斬ってはならぬ」

荘十郎に負けぬ、よく通る声が波音に響いた。

船板につんのめりながら、荘十郎は身体の動きを止めた。

「なにゆえでございます。兵庫《ひょうご》さま。こ奴めは公儀の……」

怪訝《けげん》な顔で振り返った荘十郎は、声の主に詰め寄った。

長い総髪を無造作に束ねている武者が、物見に立っていた。金色の魚鱗札《ぎょりんざね》を輝かせた華麗な二枚胴具足《どうぐそく》を纏《まと》っている。信之介よりいくらか歳上《としうえ》か。

「鏑木うじ。そこもとの見事な腕前、兵庫は感服仕《つかまつ》ったぞ」

荘十郎の言葉を遮って、兵庫は物見から胴ノ間に下り立った。

信之介が返事をする暇もなく、荘十郎が口を尖《とが》らせた。

「しかし、兵庫さま。勝負は、拙者の勝ちでござった」

「荘十郎よ。おぬしが勝ったは、ひとえに太刀のおかげだ」

「何を仰《おつしや》います。拙者は、こ奴めの突きをかわしましたぞ」

「刀が折れた時に、荘十郎は隙だらけだった。もし、鏑木うじが同じ新刀でも、同田貫《どうたぬき》のような重ね厚く刃肉の豊かな刀で戦っていたら、おぬしは次の一手で斃《たお》れていた」

「むむむ……さようなはずは……」

荘十郎は返事に窮し、小さな眼をしょぼつかせ言葉を呑《の》んだ。

「かほどの腕前、むざむざと鱶《ふか》の餌《えさ》にするのは、いかにも惜しいではないか。我が阿蘭党にとっては、またとなき男よ」

荘十郎の態度からも、贅沢《ぜいたく》な具足の拵《こしら》えから見ても、兵庫は大船と武者たちを率いる総大将に違いなかった。

「兵庫とやら、そこもとが総大将なのだな」

「拙者は梶原兵庫と申す。阿蘭党を統《す》べる備前守が嫡男だ。……者ども。我が賓客《まろうど》を、鄭《てい》重《ちよう》に風神丸《ふうじんまる》に案内《あない》せい」

兵庫は配下の足軽たちを見渡して叫んだ。

三名の槍足軽に取り囲まれ、一瞬身構えた信之介だったが、無手で戦っても、無為に槍《やり》衾《ぶすま》の餌食となるだけであった。

「風神丸とは、あの船の名か」

巨船に眼をやって尋ねると、兵庫は紅い船体を振り返った。

「さよう。風の神にも負けぬ船足を誇る、扶桑《ふそう》随一の疾風船《はやてぶね》ぞ」

「もっとも、廻船《かいせん》の船頭や、伊豆あたりの漁民どもは、鬼船と称しておるげな」

背中から荘十郎の得意気な声が響いた。

兵庫を先頭に、槍足軽に前後を固められて、信之介は二つの船に渡された厚板を渡った。

風神丸に移ると、さまざまな武器を手にした大勢の足軽や、それぞれに意匠《いしよう》を凝らした古風な具足を身に纏《まと》った数名の武士たちが、粛々《しゆくしゆく》と兵庫に頭を下げた。

巨船から見下ろして振り返ると、千歳丸はいかにも貧弱に見えた。

足軽たちに囲まれた沖船頭が、亡者のような姿で船板に両膝《りようひざ》を突いていた。風神丸の船板を踏む信之介の胸は激しく痛んだ。

風神丸の高い甲板に昇った兵庫が、右手をさっと振った。

十人ほどの足軽が厚板を渡って、次々と千歳丸に乗り込んでゆく。半数は大きな槌《つち》を肩に背負い、残りの者は炎を揺らめかせた松明《たいまつ》を携えていた。

「千歳丸を、どうするつもりだっ」

問うまでもなかった。

「一人《いちにん》たりとも生かしておくわけにはゆかぬ。俺たちの姿を見た者を江戸へは帰せぬ」

兵庫は信之介の眼を真っ直ぐに見つめ、厳《おごそ》かな調子で答えた。

「待てっ。水主たちに何の罪があると申すのだっ」

空気を震わす誹議《ひぎ》の声にも、兵庫は眉《まゆ》一つ動かさなかった。

「まず、拙者を斬れっ！」

「いいや、お前は斬らぬ。我が手に付いて貰うのよ」

兵庫に飛びかかろうとすると、背後から二人の足軽が両腕を羽交い締めにした。

「斬れっ！　拙者だけが生きていられるものかっ」

信之介は身悶《みもだ》えしながら叫んだが、兵庫は黙って首を横に振った。

胴ノ間に押し寄せた足軽たちが、手に手に槌を振りかざして、帆柱を倒した。

響き渡る打撃音に、信之介は自らの内臓をえぐられるように感じてうずくまった。

「存分に火を放て。手向かう者は、斬って捨てよ」

物見に立った荘十郎が、配下の足軽たちに下知《げち》する大声が響いた。

殺気だった屈強の武者集団に、水主たちが手向かいできるはずもなかった。誰もが力なく震えているばかりだった。

すぐに、舳先から船尾に至る千歳丸の随所から火の手が上がった。

「よしっ、引けーっ」

荘十郎の銅鑼声《どらごえ》で、攻撃を続けていた足軽たちは次々に風神丸に戻った。厚板を外し、両船を繋《つな》いでいた熊手と綱を甲板に引き上げた。

帆に炎が移ると、千歳丸は文字通り火達磨《ひだるま》になった。潮の香りを破って、木材や布の焦げる匂いが鼻を衝《つ》いた。

胴ノ間から沖船頭が海に飛び込んだ。わらわらと水主や人足たちが続けざまに水しぶきを上げた。

水主たちが、もがき叫ぶ地獄絵を信之介は正視できなかった。船板に視線を落としたまま、茫然《ぼうぜん》と項垂《うなだ》れるほかはなかった。

「船足を上げて行くぞ。帆を上げよ」

兵庫の指図に、網代帆が下りる音が主帆柱に聞こえた。

帆に追い風を孕んだ風神丸は、波の上を滑るように千歳丸を離れ始めた。

炎の塊になっていた千歳丸は、見る間に遠ざかってゆく。船影が一斗枡《いっとます》ほどの大きさに見えるまでに遠のいたあたりで、艫から音もなく波間に沈んでいった。

海上に浮かんでいた水主たちの影は、すでに姿を消していた。

すっかり霧は晴れ上がった。輝く青空を切って飛んできた鷗《かもめ》が、風神丸の帆桁《ほげた》で長閑《のど》やかに一声、鳴いた。

第二章　風神丸、南海を下る

1

信之介《しんのすけ》が虜囚《りよしゅう》の身となった日の夜更け、風神丸《ふうじんまる》を荒南風《あらはえ》（梅雨時の強風）が見舞った。

風神丸は大波に持ち上げられては、低い唸《うな》りとともに奈落《ならく》の底に突き落とされる。船底が波の谷間に叩《たた》きつけられると、船体が四散しかねない衝撃が襲った。

軟禁された船尾楼《せんびろう》の座敷を包む暗闇《くらやみ》で、信之介の胃の腑《ふ》は内側と外側が反転しそうだった。

いつ果てるともなく続く風神丸の乱舞に、眠りに落ちているのか意識を失っているのかすら判然としない時間が一晩中続いた。

翌朝、目が覚めた時には、海は普段の姿を取り戻していた。

船体は嵐《あらし》の余波らしき横揺れを受けてはいたが、もはや信之介を脅かすようなものではなかった。格子窓からは明るい陽《ひ》の光が降り注ぎ、磨かれた床板に放射状の白い模様を作っていた。

頭は重かったが、信之介は身体《からだ》に掛けられていた筵《むしろ》を力強くはね除《の》けた。些《いささ》かふらつく身体を起こして立ち上がると、杉板の引き戸を開けた。

小さな広間の隅に、三十歳前後の大柄の足軽が小脇《こわき》に手槍《てやり》を抱え、柱を背に居眠りしている姿が見えた。

広間には、槍《やり》や熊手《くまで》、刺股《さすまた》、袖搦《もじり》、半弓《はんきゅう》などの武器が、板壁に据えられた鋳鉄製《ちゅうてつせい》の留め具に留められ、ずらりと黒光りしていた。

「おい。でかいの」

のそりと起き上がった足軽は、槍を手に目の前に立ちはだかった。

「ここへ総大将を呼んで参れ」

「さような話は取り次げませぬ」

「あの男は身どもを、賓客《まろうど》と呼んでいた。賓客をこんなところに押し込めておく法はあるまい。槍を背に突きつけたままで構わぬ。拙者を兵庫《ひょうご》のところに連れて行け」

勢いに屈し、足軽は黙ってうなずいた。

槍を構えた足軽を後ろに従え、広間を抜け扉を一枚開けると、広い甲板《かっぱ》に出た。

視界を遮るものは何一つとして見えず、ただ乱雲が水平線上に流れゆくのみだった。降り注ぐ陽ざしは強く輝き、船が南へ向かっている事実を窺《うかが》わせた。

膨らむ網代帆《あじろほ》の下には無数の帆綱が張られ、褌《ふんどし》に木綿の袖無《そでなし》を羽織っただけの水主《かこ》たちが数名、忙しげに立ち働いていた。

「兵庫さま。お客人でございます」

足軽の声に兵庫が振り返り、束ねた髪が揺れた。

兵庫は、軽快ながら古風な形装《なり》だった。濃藍の地に白く花小紋を散らした小袖《こそで》の上に、なめし革の袖無羽織を羽織り、岩井茶の軽衫袴《かるさんばかま》を身に着けていた。

注進を終え、槍を構え直した足軽を、兵庫は手振りで下がらせた。

「ようやく、人心地がついたか」

座敷を勝手に出た信之介を、兵庫はとがめなかった。だが、その平然とした態度を見て、信之介の胸に怒りが噴き出した。

「鬼が人並みの口をきく」

「俺が鬼だと申すのか」

「千歳丸《ちとせまる》の者たちを無慈悲に海へ沈めたおぬしを鬼でなくて何と呼ぶ」

「鬼と呼ばれようと蛇と蔑《さげす》まれようと、俺には守らねばならぬものがある」

兵庫の口調はしんみりとしたものだった。信之介は肩すかしを食ったような気になって口をつぐんだ。

「昨夜は眠れたのか」

「ひどく悪夢にうなされた。鍾馗《しょうき》どのの太刀に次いで、嵐。そこもとらには馳走《ちそう》になるばかりだな」

「風神丸がびくともせぬあの程度の風が、嵐のうちに入るものか」

「昨晩の風は、あれは、嵐とは呼べぬのか」

信之介には初めて経験した大荒れだったのだが……。

「あのくらいは海神《かいじん》の嚔《くさめ》よ。嵐の夜は船が何千回と横倒しになる。嵐が来たら慣れぬそこもとの身体は、柱になりと縛り付けるしかない。それこそ、一睡とてできぬぞ」

「さようなものか、嵐などには遭いたくないものだな」

「嵐に遭いたい船人がいるものか。それに、嵐は俺たちが呼ぶものではない。海の神の志《こころざし》だ」

「海の神か……おぬしらは、海の神に仕えると申しておったな」

「そうだ。船に乗る者は、なべて、この大海を掌《つかさど》る海の神々の御心に従うよりほかにない」

海の神とは大綿津見神《おおわたつみ》を指しているのだろうか。海賊たちが海神に畏敬《いけい》の念を抱く理《ことわり》は、一晩中荒海になぶられ続けた信之介には、ごく自然な姿に思えた。

「それゆえ、おぬしたちは嵐が来ても怖れぬのか」

「俺でも嵐は怖ろしい。だが、阿蘭党《あらんとう》は、自らを海神に選ばれし者と信じて生きておる」

「選ばれし者とは、どういうわけだ」

「船に乗って海難に遭い生命を落とすは、海神に見放された者たちだ。この海の上では選ばれし者だけが生き延びる」

「だが、千歳丸は海難に遭ったわけではなかろう」

信之介の怒りの声に、兵庫は黙って白い千切れ雲の流れる水平線に、ふわりと眼《め》をやった。

沖船頭も水主たちも海の藻屑《もくず》と消えた。信之介の胸に、差配する身でありながら一人だけ生き残った後ろめたさが湧き起こった。

「千歳丸の水主たちは、海神に見捨てられた者たちなのか。だから、殺したと申すのか」

無言で沖を見つめ続ける兵庫に信之介は嚙《か》み付くように叫んだ。

「兵庫《へ》さま。まもなく渡りに入りまする」

舳先《さき》の方角から響いた男の声に、信之介の一時の興奮は潮が引くように醒《さ》めていった。

数間ほど先に、初老の男が立っていた。

半白の総髪が面長の整った顔によく似合う。風になびく紗《しや》の羽織姿は武士というより神職のようにも見えた。だが、黒石目《くろいしめ》塗鞘《ぬりざや》の立派な拵《こしら》えの大小を帯びているからには、阿蘭党の上士《じようし》の一人ではあろう。

「拙者、寺西《てらにし》儀右衛門《ぎえもん》でござる」

初老の武士は、垣立《かきだつ》に手を添えて姿勢を安定させると、深くあごを引いた。

「風神丸の船長《ふなおさ》で、阿蘭党では番頭格《ばんがしら》だ。船を操るは、なべて儀右衛門の手になる。我が風神丸は、儀右衛門の技なくしては、一町たりとも動かせぬのだ」

兵庫の続けた言葉は、信之介が予想もしないものだった。

「儀右衛門は、南蛮船のカピタンから船を操る技、大海を渡る術《すべ》を学んだのだ」

「なんと。そこもとらは、奥南蛮（スペイン・ポルトガル）へも往き来しおるのか」

「いや、我らは、いまだ奥南蛮には渡っておらぬ。されど、意のままに大海を渡るには、秀でた南蛮の技を学ぶしかないのよ。公儀が船人に大海へ出るを禁じて以来、この国の海を渡る技は滅んだ」

「今や日ノ本の民は漁《すなどり》と廻米《かいまい》に船を動かすほかを知りませぬ。身どもは若き日、呂宋《ルソン》でよき師を得ましたゆえ……」

呂宋へ渡っている船など、渡海禁令以来、百年以上あるはずがなかった。

「さ、渡りに入ります。お二方とも舳先へと、こう、おいで下され」

儀右衛門は微笑《ほほえ》みながら、船首を指して二人を促した。

「黒瀬川《くろせがわ》を渡るのだ。なかなかの見物だぞ。従《つ》いて来ぬか」

兵庫は早くも踵《きびす》を返して、船首へと続く長い甲板を歩き始めた。

沖船頭から、黒瀬川が豆南《ずなん》の海で随一の難所であるとは、おぼろげに聞いてはいた。

兵庫に遅れまじと船首に向かった信之介は、幾たびか足を取られながらも、船首楼上部の甲板に辿《たど》り着いた。

信之介は、数町の沖合を見て息を呑《の》んだ。黒みがかった藍色と呼ぶか、黒橡色《くろつるばみいろ》と称すればよいのか、深く濃い海の色だった。

「あの黒みがかった流れが……黒瀬川なのだな」

「さよう。豆南の海と南海を隔てる三途の川でござるよ。……御免」

会釈して小走りに立ち去った儀右衛門は、主帆柱の側面に設けられた金梯子《かなばしご》をするすると登っていった。檣楼《しょうろう》に立った儀右衛門は、船尾の方角を向いてすっくと立った。

「我ら阿蘭党。これより、海の神のご加護を乞《こ》うて黒瀬を渡る。南無大綿津見神。南無十《じゅう》二《に》船魂《ふなだま》。南無八幡大菩薩《はちまんだいぼさつ》」

儀右衛門は、打って変わった張りのある声で厳かに告げた。次いで瞑目《めいもく》し、しばしの間、海神たちへの祈りを捧げた。

やがて、眼を見開いた儀右衛門は、軽く左右を見渡すと大音声に叫んだ。

「艪方《ろかた》。艪を延べよーっ」

不思議なほど通る儀右衛門の声に呼応して、左右の船尾近くから数十挺《ちょう》の黒い艪が海に向かって差し延べられた。風神丸は波間に身を横たえた千手観音《せんじゅかんのん》にも似た姿となった。

みたび、儀右衛門の下知《げち》が船板に響いた。

「よしっ、漕《こ》ぎ方、始めっ」

艫矢倉《ともやぐら》から太鼓がゆっくりと鳴り始めた。帆影で姿形は見えないが、響きからすれば随分と大きな太鼓のようである。

「えい。そうっ。えいっ」

腹の底に響き渡るような太鼓に呼応して、一層下の船室から漕ぎ手たちの甲高い掛け声が響いた。舷側《げんそく》の数十挺の艪が同じ方向で一斉に動き始め、艪床《ろどこ》に艪が当たって軋《きし》む音が響き渡った。

太鼓一打に二漕ぎ。この調子の繰り返しで、千手観音の千本の手の如《ごと》き艪の動きは、波間に白い縞《しま》模様を生み出し続けた。壮観な眺めは信之介を圧倒した。

「その……千歳丸は、艪などは持たなかったぞ」

天地《てんち》丸《まる》や大名家が有する関船《せきぶね》は、帆ばかりではなく艪を用いる。日本中の海を走り回っている菱垣廻船《ひがきかいせん》や樽廻船《たるかいせん》などには、なぜ、艪床を設けないのだろうか。

「弁《べ》才船《ざいぶね》は、少しでも多く荷を積むため、また、水主の数を減らすためにも艪を持たぬ。が、それでは勢いの強い黒瀬を渡れぬ。水主だけでは艪を漕ぐ手は足りぬので、黒瀬を渡る時や湊《みなと》の出入りには、足軽どもが艪を漕ぐのが我らの流儀だ」

操船の技を語る兵庫の声は、先ほどと同じく誇りに満ちて響いた。

「黒瀬の幅は、本流では二十五里（一〇〇キロ弱）もある。風神丸は、まる一日は黒瀬を渡り続けねばならない。漕ぎ手も太鼓番も半刻（一時間）ごとに交替して、己《おの》がつとめを果たすのよ」

数十挺の艪が漕ぎ立てる力に、風神丸は波を切って進み、ついに黒瀬川の流れに舳先を乗り入れた。

強い海流に船体を捉《とら》えられた風神丸は、左舷方向に流され始めた。舷側に潮の渦が巻きあがり、信之介の立つ足元の船板も、大きく左に揺れる。

櫓楼では儀右衛門が、いつの間にか手にした金箔《きんぱく》地の朱の丸扇《まるおうぎ》を開いた。漕ぎ手から見えるわけではないが、儀右衛門は扇を左右に大きく振りながら、威勢よく叫んだ。

「漕ぎ方っ。今こそ、力を込めよっ」

艫矢倉の太鼓の音が一段と高くなり、船首近いところに立つ信之介の身体にさえ、空気を震わす波動が伝わってきた。

「えい。そうっ。えいっ」

太鼓の音に応えて、両舷で動きの揃《そろ》った艪が力強く白波を切った。

風神丸は右舷方向へと姿勢を立て直し、黒瀬の流れを真《ま》っ直《す》ぐに横切る方向で進み始めた。濃い藍色に沈む黒瀬の本流のみが視界に入ってくる。

勇壮な太鼓に励まされて雄々《おお》しく進む風神丸の姿とは裏腹に、千歳丸とともに海に消えた者たちへの深い悲しみが湧き上がった。

「南無《なむ》喝囉《から》怛那《たんのー》、哆囉《とら》夜耶《やーやー》……」

信之介は、口の中で千手陀羅尼《せんじゆだらに》を唱え始めた。

看経《かんきん》は、千手観音から思い起こした悲しみを救うものであり、失われた千歳丸の者たちへの鎮魂の祈りでもあった。

2

黒瀬川を渡ってから、信之介は再び艫矢倉の船室に軟禁状態となった。幾日もが船の上で無為に過ぎていった。兵庫はあれ以来、姿を見せなかった。

嵐（阿蘭党に言わせれば「海神の嚔《くさめ》」だそうだが）の通過後、天候は安定しており、江戸なれば土用の頃かと疑うような蒸し暑い日々が続いていた。

暑さには参ったが、信之介は文字通り賓客の扱いを受けているといってもよかった。夕餉《ゆうげ》には二の膳まで用意される日々の食事は、来る日も来る日も飯にひね沢庵《たくあん》と塩水のような味噌汁《みそしる》ばかりが続いた千歳丸の食事とは雲泥の相違だった。

艫矢倉の船室も同じだった。千歳丸で二人の下役とともに寝起きしていた三畳間とは、採光も風通しも比ぶべくもなかった。

厠《かわや》に行くときに警固の足軽が張りついてくる煩わしさを除けば、信之介の暮らしは、皮肉にも千歳丸のときよりも何もかもが向上した。

「荘十郎《そうじゅうろう》、遅まきながら、勇士どのに挨拶《あいさつ》に罷《まか》り越したわ」

がらっと杉戸が開くと、納戸色の小袖を着た荘十郎が立っていた。

物頭のつとめとはいえ、千歳丸を沈める直接の指揮を執った荘十郎に、信之介は素直な感情を持てるはずもなかった。が、酒気を吐く荘十郎は、まるで屈託がないようである。

「ずいぶんとご機嫌だな」

信之介は冷淡な調子で答えた。

「夜更けながら、おのしを誘いに参った。まぁ、拙者に従《つ》いて参れ」

荘十郎の大兵《だいひょう》の背について、数日ぶりに甲板に出た。

頬《ほお》に当たる潮風は心地よかった。舷側であかあかと燃えている篝火《かがりび》の火影から一歩を踏み出すと、あたりは蒼《あお》一色に沈んだ。

「ほう。これは美しいな」

大海原は一面に銀砂子を散らしたかの如《ごと》く輝き、天空高い望月《もちづき》は澄み切った光を放っていた。

「見事なるは南海の月ぞな。……さ、兵庫さまがお待ちじゃ」

荘十郎に促されて帆柱を越えて進むと、兵庫が垣立に背をもたせかけて立っていた。傍らには、一畳ほどの四角い木箱に湯が満たされ、白い湯気が立ち上っていた。

「参ったか。そこもとに、風呂を馳走《ちそう》しようと思うてな」

「この船は水風呂《すいふろ》まで持つのか」

食事といい風呂といい、さすがに日々を海上に生きる海賊だけはあると、信之介は感嘆の思いで兵庫の顔を見た。

「御屋形《おやかた》が乗られるときには真水を沸かすが、我らは潮風呂としてしか用いぬ。船で真水は貴重なものゆえな」

「拙者のために沸かしたと申すのか……」

配下の者たちの生命を奪った海賊たちへの憎しみは、少しも薄らぎはしなかった。兵庫が自分へ示すこの好意を受け容《うい》れてもよいものか。信之介はちぐはぐな思いに襲われた。

だが、全身にへばり付く汗は、とうに限界を超していた。

「かたじけない。ありがたく馳走になるとしよう」

「遠慮なく湯を使え。卯助《うすけ》、着替を持って参れ」

湯船には手足を伸ばせる広さがあった。湯に浸かるや、身体中の皮膚が湯の中に溶けゆくような錯覚を覚え、全身になんともいえぬ解放感が拡がった。

湯が冷めかけると、十五、六の少年足軽が、傍らで沸き立つ湯釜《ゆがま》から手桶《ておけ》で足し湯をしてくれた。信之介は生まれ変わったような心持ちになった。

湯から上がり、風通しのよい麻の帷子《かたびら》に着替えた信之介は、兵庫の勧める酒杯《しゆはい》に手を出した。

肴《さかな》は醤油《しょうゆ》に漬け込んで炭火で香ばしく焙《あぶ》った鮪《まぐろ》の頬肉と酢蛸《すだこ》であった。唐草模様の刻まれた錫《すず》の酒杯が唇にあたる感覚も涼しく、辛口の酒を口もとに運ぶ回数も増えていった。

「先に御屋形と申しておったが、そこもとたちの頭領《とうりょう》だな。確か、鍾馗どのと立ち合ったときに、その名を聞いたが……失念した」

「我らが主君は、備前守《びぜんのかみ》さまぞ。以後、忘るな」

荘十郎は、自分の顔よりも大きな朱塗りの大杯で一気に酒を呷《あお》ると肩をそびやかした。

「備前守といわれるは、兵庫の父御だったな」

「そうだ。嫡男の俺は、ここな荘十郎と同じく部将の一人にすぎぬ。家を継ぐまでは、ほかの侍たちとともに船に乗り戦うのが、我らのしきたりでな。海を、船を知らぬ者は、阿蘭党を継げぬ掟《おきて》だ」

「惣領《そうりょう》が愚か者ではつとまらぬ。阿蘭党は、よい家訓を持つわ」

「とはいえ、俺には惣領として、二千八百余りの家の子郎党を護《まも》らねばならぬ責務がある」

「二千八百とは驚くな。それほどの民を養うのか」

領民と考えれば、五千石級の旗本といえよう。が、すべてが軍勢と捉《とら》えれば、これは数万石の大名に相当する規模である。いったい、阿蘭党が根城《ねじろ》とするのは、何処《どこ》の土地なのだろう。

「三千近い民の平穏のために、世人の噂《うわさ》に上るのは迷惑至極だ。風神丸と出会った船人には、不運と思って諦《あきら》めて貰《もら》うよりほかにない」

「罪もない船人らを手に掛ける海賊め」

信之介は憎しみを込めて吐き捨てた。

「俺たちは海賊だ。されど、力によって生きるは士の常。おぬしらが仕えておる徳川将軍家とて、初めは三河《みかわ》の野盗にすぎまい」

兵庫は杯をちょっと振ると、にやりと笑った。

「何を無礼を申すのだ」

「無礼なものか。源氏を称してはおるが、出自不明な徳川家に比ぶれば、梶原の家は、鎌倉《かまくら》以来の武門だ」

「されば、梶原氏とは、あの……」

信之介は、月の光を浴びて檣頭で風になびく三角旗に眼をやった。蒼《あお》い光の中で旗に染め抜かれた丸に四ツ石の家紋が眼に映った。

どこかで見た覚えのあった四ツ石紋は、幼い頃に、草双紙で見た鎌倉梶原氏の紋所だったのだ。

「すると、この船にも逆艪《さかろ》があると申すか」

「馬鹿を申すな。どだい我が遠祖は、悪く言われすぎだ」

――屋島の戦いで、梶原平三景時《かじわらへいぞうかげとき》は退却するときの用意として、船尾を先にして漕ぎ進めるための逆艪《さかろ》の採用を進言した。が、大将の九郎義経《くろうよしつね》に武士にあるまじき卑怯未練《ひきょうみれん》として一蹴《いっしゅう》された。景時はこれを恨んで、後に義経の兄の頼朝《よりとも》にさまざまに陰口を告げたがため、義経は頼朝に厭《いと》われ、ついには鎌倉勢に攻め滅ぼされた――

芝居などでは景時が意地の悪い人間に描かれているところから、梶原の名は小人《しょうじん》の見本のようになっている。

「冗談だ。気を悪くするな」

「景時の三男である景茂《かげもち》の子孫は讃岐《さぬき》で海賊衆となり、後に紀州熊野《きしゅうくまの》に移って、海とともに生きてきた。時代は下って永禄《えいろく》の頃、小田原《おだわら》の殿(北条氏康《ほうじょううじやす》)より招かれたのが、我らが六代前の備前守景宗《かげむね》だ。家康《いえやす》が元服した頃には、すでに北条水軍を束ねておったのよ」

「阿蘭党は、北条の遺臣だと申すのか」

後北条氏の遺臣が、公儀の目を逃れて独立の武士団として生き延びてきたとは。

「客将の立場で伊豆《いず》の海賊衆を率いて、里見《さとみ》水軍や武田《たけだ》水軍と戦ってこれを大いに破った。したが、天正《てんしょう》十八(一五九〇)年三月、景宗の次男である兼宗《かねむね》が西伊豆は安良里《あらり》の阿蘭城《あらんじょう》を預かっていたおり、太閤《たいこう》の北条攻めの折の話か」

「鬼作左《おにさくざ》だな。本多作左衛門《ほんださくざえもん》と申す家康の旗本が……」

兵庫の言葉を遮って信之介は身を乗り出した。

「そうだ。本多作左衛門の率いる多勢の徳川水軍に攻められて阿蘭の城は落城、城将兼宗は敗死。されど、兼宗の嫡男、つまり俺の四代前の兵部恭宗《ひょうぶやすむね》は、わずかな供回りとともに沖へ逃れた」

大海原に囲まれ、波が船端に当たる音を聞いていると、信之介は小舟に乗って、戦場から落ちゆく鎧武者《よろいむしゃ》たちの姿が見えるような気がした。

「鏑木《かぶらぎ》家も鎌倉以来の武門だぞ。遠祖は桓武《かんむ》平氏《へいし》の千葉《ちば》一族だ。千葉四天王として宿老の家柄にあったが、紆余曲折《うよきょくせつ》あって、やはり北条氏の客将となった」

信之介も、武士としての出自は確かだった。

「それは、まことの話か！」

兵庫は身を乗り出した。

「天正期には下総《しもうさ》国は鏑木城主であったのだ。太閤の北条攻めの折は北条氏政《うじまさ》とともに戦って武運拙《つたな》く、開城する羽目となった」

「梶原の始祖である鎌倉氏も千葉氏と同じく坂東八平氏《ばんどうはちへいし》だが、血を遡《さかのぼ》れば、桓武平氏なのだ」

「となれば、兵庫と俺の遠祖は同じじか」

「そうだ。世に数多《あまた》いる素性の怪しき源平の輩《やから》とは違って、お互い、紛《まご》う方なき武門の血筋だな。それにしても、小田原の役で北条方としてともに戦ったとは奇遇よの」

兵庫は機嫌よく笑った。

小田原攻めの折、武将としての鏑木の家は滅びた。兵庫の祖先と似た来歴と言えなくもなかった。

幸い血筋は続き、寛文期《かんぶんき》に曾祖父の氏胤《うじたね》が上州《じょうしゅう》館林《たてばやし》の徳川家に仕えた。氏胤は、将軍位を継いだ綱吉《つなよし》に付き従って江戸詰めとなり、鏑木家は旗本の末に列したのである。

「伊豆水軍の城将は太閤に降《くだ》った。開幕以降は名主や本陣の当主、網元《あみもと》などとして生きておる。が、我が梶原の祖はこれを潔《いさぎよ》しとせず、奥石廊崎《おくいろうざき》に隠れ住んだ。やがてかつて旧北条領だった新島《にいじま》に移り、苦難の末、沖合遥《はる》けき館島《やかたじま》に移ったのだ。爾来《じらい》、百数十余年、我ら一党は海神の臣として生きてきた」

「今、そこもとは館島と申したが……」

信之介は慌てて聞き咎《とが》めた。

「そんな島の名は、ついぞ聞かぬ。いずこにあるのだ」

「伊豆のはるか南の彼方《かなた》。美しい大海に浮かぶ島だ。向後《こうご》、おぬしには館島で暮らして貰う」

やはり、絶海の孤島に連れて行かれるのだ。信之介の身体中の力が抜けていった。

「おそらく江戸の人間は、誰も知るまいな。が、よい島だ」

「天涯の島か……」

水平線の向こう、銀色の燐光《りんこう》の背後に小さな岩礁が幾つか黒い影を落としているのが視界に映る。寝ぼけたのか海鳥が一羽、鳴きながら飛び去っていく。

「公儀では目付役なる者は、裃《かみしも》をつけたら、どこであろうと四角に歩かねばならぬと聞くが、まことか」

兵庫はいきなり話題を転じた。

旗本の監察役にあたる一千石取りの目付は、武士の手本となるべき役職であるため、万事に堅苦しく振る舞う毎日を要求されていた。角を曲がるときも中央を直角に曲がって歩行する慣わしだった。

しぜん、草履取《ぞうりと》りや供侍、挟み箱持ちといった郎党たちも、主人の後をぞろぞろと従いて直角に曲がらねばならず、四人の大人が揃《そろ》って四角四面に歩く様は、営中（江戸城内）の奇観ではあった。

「目付役は我ら旗本八万騎《はちまんき》の模範となるべき役目ゆえ……」

「わっはっはっ。されば、道ばたで犬の糞《くそ》を避《よ》けるときにも、四角に曲がると申すか」

「これ、荘十郎。余計な差し出口を申すな」

腹を抱える荘十郎をいさめて、兵庫は真面目《まじめ》な顔で言葉を継いだ。

「さような道理にかなわぬ規矩《きく》（規則）に従うていては、船は決して行く先に辿《たど》り着けぬ。道理に目を背ければ、波に呑まれて沈む憂き目に遭うだけだ。我らは日々、風の吹く先、潮の向かう先を読み続ける。天然自然の道理に従うて己れの進む路を決めねばならぬ」

兵庫は、どこか、もの思わしげな口調で続けた。

信之介も旗本としての煩わしき規矩ずくめの暮らしぶりが、必ずしも道理にかなったものでないことは強く感じていた。規矩は作られたときには道理にかなっていても、時を経るに従って、形骸《けいがい》だけが亡霊のようになって人々を縛り、苦しめる……。

「どうだな。信之介。おぬしも館島で、我らとともに海を主《あるじ》として生きてみぬか。天涯に海神のみを主と仰ぐは、悪くないぞ」

兵庫は誘い込むような笑顔を浮かべた。

「馬鹿を申すな。海賊などになれるものか」

「おぬしの腕も、武士らしい振る舞いも、阿蘭党の士にふさわしいと思うておるのよ」

兵庫の眼に皮肉や嘲《あざけ》りの色は感じられなかった。

「何を言うか、拙者は配下の者を犠牲《にえ》にして、一人生き残った男なのだぞ」

伊豆の島に焔硝《えんしょう》を探す企ては、吉宗《よしむね》に追い詰められて考え付いた窮余《きゅうよ》の一策であり、どこか苦し紛れだった。結果として多くの者を死地に追い遣《や》ってしまった……。信之介は、今さらながらに悔いた。

兵庫はしばらく黙っていたが、やがて宣言するように言った。

「おぬしが、あの船の者どもがことに屈託しおるゆえ、海にでも飛び込まれてはと思うて今日まで艫矢倉に閉じ込めておいた。が、今宵《こよい》からは止《や》める。船の中を自ままに歩くがよい」

いつの間にか、望月は水平線近くに傾き、橙《だいだい》色の濁りを見せていた。荘十郎は、船板に寝転び大いびきを掻いて寝入っていた。

3

兵庫の許しを得た信之介は翌朝から風神丸の船内をつぶさに見て回った。船長《ふなおさ》の寺西儀右衛門が適当な説明を加えつつ各所を案内してくれた。何度となく見ても驚くのは、この船の規模であり、千歳丸とは比較にならない精緻《せいち》さだった。

想像以上に多くの水主や足軽の姿を目にした。おそらくは百数十名の人間が乗り組んでいるであろう。千歳丸との規模の違いは、あまりにも大きかった。

主帆柱を背にした上甲板では、二人の大柄な水主が、大八車の車輪ほどの構造物に力瘤《ちからこぶ》を作って取りついていた。仏道の法具である転法輪《てんぽうりん》そっくりの形である。

「舵輪《だりん》と申して、弁才船の舵柄《かじづか》と同じで船の行く先を変える働きをする。船尾の舵へ何枚もの歯車と綱で力を伝え申す」

儀右衛門は、波の反射に眼を細めながら話した。

「これだけの大船なれば、舵も大きく、動かすのにも大変な力を要するだろうな」

「さよう。船自体の重さが、十八万貫（六七五トン）はござろうな」

「千歳丸の重さは二万貫ほどと聞いていたが……」

「弁才船とは異なり、風神丸は船板の下が三層になっており申す。下りてみませぬか」

儀右衛門の先導で甲板の開口部から梯子《はしご》を下り、艪床のある層に降り立った。数十人の平装の足軽が一斉に頭を下げた。

「この一層目の後ろのほうには四十挺の艪床が設けられておる。すべての艪は、使わぬときには船内に収めて、波よけの蓋をする仕組みだ。さらに下の二層は、どんなに海が荒れても水が入らぬ造りになっておる」

阿蘭党は船造りの技においても、江戸や上方の技術をはるかに引き離していた。

「風神丸の手本となっているのは、長崎代官も務めた末次平蔵《すえつぐへいぞう》が、寛永期に長崎で造らせた朱印船の『末次船《すえつぐぶね》』だ。竜骨と呼ぶ太い背骨を持った清国の戎克《ジャンク》船の型を下地に、高帆や遣出帆《やりだしほ》、船尾楼などには、南蛮のガレオン船の形を採り入れている。さらに我らはフスタなる船から艪について学んだのだ」

「寛永と申せば、百年も昔ではないか」

百年も前に風神丸のように進んだ船が造られていたのか……。

「我が国の船造りも船を操る技も、寛永の頃が最盛だったのだ」

「そうか、天地丸が造られたのも、大猷院《だいゆういん》さま（三代将軍家光）の御世であったな」

信之介は吉宗の川御成《かわおなり》の際に見た将軍御座船の天地丸を思い出した。あの時は、世の中にこんな立派な船があるかと思ったが、風神丸と並べたら、比べられぬほど見劣りする。

「風神丸は、寛永の頃に、我らが秘《ひそ》かに長崎で造らせた。大海を渡る我が国の船造りの技が、随所に込められておるでな。さらに、舵輪など後から付け加えた備えもある」

「今の船は、何故《なにゆえ》に大海を渡れぬのだ」

「弁才船が嵐に弱い理由《わけ》は、竜骨を持たぬ箱船だからだ。また、複層ではなく単層の造りであるため、船板が波を被《かぶ》ると船底まで潮水が入り込むためでもある。南海を渡らせぬために、ともに公儀が禁じたのでござるよ」

「なるほど、弁才船が難船しやすいわけは、渡海の禁を守るための船だったからか」

「その通りよ。さて、この梯子で二層へ降りる」

第二層は無数の矢狭間《やざま》や鉄砲狭間が穿《うが》たれた戦さのための甲板であり、風神丸の武備の強靭《きょうじん》さを示していた。この層にも五十人を超える足軽がくつろいでいた。

一層に登り直して船首方向へ進むと、眺めのよい船首楼が設けられていた。

紅い格子窓が目立つ鳥籠《とりかご》に似た内部に入ると、立ち机に絵図が拡《ひろ》げられていた。若い武士が墨壺《すみつぼ》を用いて、図面に船の来し方の線を引いている。

「間宮雄之進《まみやゆうのしん》です。若輩者ですが、風神丸の按針《あんじん》（航海士）をつとめております」

図面から顔を上げると、雄之進は弾んだ声で挨拶してきた。

「鏑木信之介と申す」

信之介は答えながら、雄之進の目を盗むように図面を覗《のぞ》き込んだ。

平滑な白紙に複数の島の形が黒々と詳細な筆致で描画された海図だった。千歳丸で沖船頭が用いていたものとはまるで異なっており、肉筆ではなく、版木で刷ったものだった。

信之介の胸は高鳴った。

だが、海図の南端近くに記された館島の周りには幾つかの島影があるばかりで、本土と思われる陸影は見当たらなかった。

風神丸の現在位置を示すと思しきマチ針は、もはや、館島のすぐ北に刺し留められていた。

「館島は、伊豆の南の彼方、江戸よりおよそ二百五十里（一〇〇〇キロ弱）の大海に浮かぶ孤島でござる」

絵図を凝視していると、儀右衛門が背後から声を掛けてきた。

「江戸の人々にとっては、見知らぬ南蛮の国と何も変わらないでしょうね」

雄之進は喉の奥で、くっくっと笑った。

「館島には、阿蘭党以外にも住む人がいるのか」

「あとは、海亀《うみがめ》や海鳥ばかりの島ですよ」

親しげに笑みを浮かべて会釈すると、雄之進は仕事に戻った。

やはり、館島は阿蘭党だけの領分なのだ……。

信之介の失望の表情を見てとったのか、儀右衛門は踵《きびす》を返して歩き始めながら明るい声で話題を変えた。

「拙者は、そもそも代々、小普請《こぶしん》の御家人でござってな。佐々《さっさ》が本姓で、伊織《いおり》がまことの名乗りよ」

「ほう。船長どのは小普請組だったか。これは驚く」

同じ直参だったとは意外だった。どんな運命《さだめ》が、儀右衛門を阿蘭党に加えたのだろう。

「若き日に身を持ち崩し、三度の飯より賽子《さいころ》が好き、女郎を買わねば、夜が眠れぬありさまの放蕩《ほうとう》三昧。忘れもせぬわ、宝永《ほうえい》五（一七〇八）年の話だ。徒《あだ》し女と手に手をとって伊勢《い》参宮《せさんぐう》と洒落《しやれ》込んだのよ。すっかり粋な町人体でな。ところが、帰りに乗った船が難船しての。山田奉行の調べを受けて身分が顕《あらわ》れてしまい、ついに八丈《はちじよう》へ遠島と相成った」

旗本や御家人は公用のほかには江戸を離れるのは難しく、伊勢参りなどの許しが上役から出るはずはなかった。露顕《ろけん》すれば、女共々、処罰は確実である。

暗い過去とも言えようが、儀右衛門は楽しい思い出話をするような調子で喋《しやべ》り続けた。

「よくせき嵐に縁があるとみえ、この流人船がまた伊豆の沖で難船しおってな。生命からがら辿り着いたところが、どんな風の加減か、なんと、呂宋でござったわ。ははは」

笑うどころの騒ぎではなかった。信之介は驚きに眼を見張った。

「呂宋で、奴僕《ぬぼく》として売られた先が、ロドリゲスという名の商い船の船長の家だった。ロドリゲスはよいお人での。拙者の身の上を聞くと、憐《あわ》れんで手荒に扱いもせず、何度か航海を共にさせて貰《もろ》うた。嵐は拙者にとっては仇敵《きゅうてき》も同然、何とか戦う術《すべ》を学びとうてな。それこそ、懸命に渡海術を学んだわ」

何気なく話す儀右衛門の昔語りの数奇《すうき》さに、信之介は言葉を継げなかった。

「ところが、ロドリゲスは、エスパニアと申す故国へ帰ることになってな。拙者を是が非でも伴うと言うて聞かない。エスパニアなどへ連れて行かれては、二度と故国の土は踏めぬ。拙者は途方に暮れた。そうこうしているうちに、拙者を乗せた商い船は港を離れた。呂宋を出た船は、まずは、ヌエバ・エスパニア（スペイン領アメリカ）と呼ばれる土地を目指すが、この海路は、常日頃は館島の南方二百五十里あたりを通っておる」

「二百五十里と申すと、館島と江戸の隔たりと……」

「さよう。ほぼ同じでござるな。が、このときは、エスパニア船が風の加減で北寄りを通った。ある夕刻、一隻の大船が遠くに見えた。遠眼鏡《とおめがね》で見ると、なんと、丸に四ツ石の紋所よ」

「風神丸だったのだな」

儀右衛門は静かにうなずいた。

「拙者は、小舟を盗んで風神丸に漕ぎ寄せた。拙者は、文字通り、御屋形さまに拾われた身。館島に参ったをしおに、佐々の姓を捨て寺西儀右衛門と生まれ変わって、はや、干支《えと》が二回りを越えたわ」

ともに不思議な因縁で風神丸に乗る二人だが、お互いの立場は大きく異なる。とは言え、元は直参とあれば儀右衛門とは話の通ずることもあるかもしれない。

その時、足軽が床板に音を立てて小走りで注進に来た。

「船長《ふなおさ》。萬歳楽《まんざいらく》が現れました」

「ほう。早いな。もうお出ましか」

「萬歳楽とは、なんでござるか」

信之介には聞き覚えのない言葉だった。

「まぁ、甲板へ上がって実物をご覧あれ」

梯子を登って甲板に出てみて、信之介は肝を潰《つぶ》した。風神丸の周囲を見知らぬ十数頭の不思議な生き物が取り囲んで泳いでいる。灰色の肌を持ち、人の背丈の倍もある大きな魚たちだった。

水主たちが笑い騒ぎながら鰯《いわし》を放り投げると、大魚たちは巧みに宙を飛んでくる餌《えさ》をくわえ、得意げに波の上に飛び上がった。

「あの生き物たちは、いったい？」

茫然《ぼうぜん》と大魚を見ていた信之介は、我に返って儀右衛門に訊《き》いた。

「萬歳楽でござる。別名を海豚《いるか》と言うて、大変な知恵者でな。なかなかと可愛《かわい》い奴らよ」

「あれが、いるか……と申す魚か」

伊豆や紀州で食す魚と聞き覚えはあったが、実物を見るのは初めてだった。とても魚の類いには見えず、飼い犬にも似た賢さを持つ動物だった。

「うむ。館島の近くの海に数多く棲《す》み、風神丸が帰島すると、必ず迎えに罷《まか》り出て参る」

「水主たちが餌を与えるからか」

「いや。我らを友垣と思うておるようだ」

そのとき、主帆柱の檣楼から見張りの足軽の高い叫び声が響いた。

「島が、島が見えましたーっ」

第三章　信之介、館島に生きる

1

夕風が吹いていた。艫矢倉《ともやぐら》で艪拍子《ろびょうし》をとる太鼓と、艪を握る足軽たちの掛け声が、入江を囲む山々にこだまする。

四十挺《ちょう》の艪が一斉に夕映えに輝く波を切り、風神丸《ふうじんまる》は大きく屈曲した湾の東奥へと進んでいった。

切り立った崖の所々に白い砂浜が点在する入り組んだ海岸線が見える。島全体が、信之《しんの》介《すけ》の知らぬ、細かく複雑な形の葉を持つ数多《あまた》の南洋の植物で覆われていた。

浜辺の背後に拡がる密林から、無数の鳥の囀《さえず》りが響いてきた。

「これが……。この島が、館島《やかたじま》なのだな」

「そうだ。我ら阿蘭党《あらんとう》の国であり、俺の生まれ育った館島よ」

総髪を東風になびかせた兵庫《ひょうご》は、視線を島に向けたまま誇らしげな声を出した。

「古くから人が住んでおったのか」

「我らが移り住むまでは、人の住める処《ところ》ではなかった。我らの力で、入江に石を積んで湊《みなと》を設けた。密林を切り拓《ひら》いて、畑を作った。赤木の樹を伐《き》り出して家々を建て、枇榔《びろう》の皮で屋根を葺《ふ》いてきたのだ」

その言葉通り枇榔葺きの家々が見えてきた。浜辺の村だけを見ても、館島は伊豆のどの島よりもはるかに拓《ひら》けていた。

（かほどの村邑《そんゆう》を持つ島を、江戸では誰も知らぬとは）

信之介は心の底で唸《うな》った。

右舷《うげん》の白い砂浜に設けられた木の桟橋には、大きさも形も風神丸とよく似た二本帆柱の帆船が停泊している。

「あの大船は、なんだ？　いずれ、阿蘭党の軍船ではあろうが」

「雷神丸《らいじんまる》だ。我らの誇るもう一隻の軍船でな。船足は落ちるが、六門の大筒を持っている」

船形も、特徴ある四角い船首楼も風神丸とよく似ていた。ただ、風神丸よりいくらか胴が太く、やや背が低い。

どっしりした船体は、風神丸の朱色とは対照的に黒い漆で塗られていた。黒光りして波に揺れる船体の所々で、金色の飾り鋲《びょう》が夕陽《ゆうひ》を映して揺らめいていた。

左舷の波間から数艘《そう》の小舟が風神丸を目指して近づいてきた。長さ二間（三・六メートル）余、伝馬船《てんません》ほどの細長い船体の小舟で、胴の横に二本の脚で支持された小さな副胴を持つ、見慣れぬ形をしている。

「なんとも変わった形の舟だな。あの小さな副胴は、舟を波から守るためのものなのか」

「その通りだ。小舟でも波に強い。南海の民から伝えられた舟で、狩野舟《かのぶね》と呼ぶ。風神が着くと島の民はああして出迎える」

風神丸が着いた石積みの突堤《とってい》には、十数艘の大小の狩野舟や、六艘の小早船がもやってあった。

突堤から山へと続く枇榔の並木道は、出迎えの島の民で賑《にぎ》わいを見せていた。

「若さまーっ。お帰りなさいまし」

「ご惣領《そうりよう》さま。無事のお帰り、お待ちしておりましたっ」

人々は白い貝殻を敷き詰めた並木道の両脇に整斉として長い列を作り、足軽たちに先導された兵庫を歓呼の声で迎えている。

ゆるやかな登り坂に沿って列を作る数百人と思《おぼ》しき人々の歓声は、潮騒を掻《か》き消し、うわんと背後の山々に響いた。

兵庫は笑みを湛《たた》え、ゆったりとした歩みを見せながら、時おり右手を挙げ、軽く左右に振っては熱狂する人々に応《こた》えた。

兵庫の帰還は、この島の民にとっては、凱旋《がいせん》にほかなるまい。風神丸は、襲った船から奪い獲《と》った幾多の米や財宝を満載しているのである。戦利品は島の人々の暮らしを支え、豊かな明日をもたらすものに違いない。

（だが、すべては千歳丸の如《ごと》き罪なき船から奪い取ったものに、ほかならぬのだ）

信之介は、島民たちの歓呼に違和感をぬぐえなかった。どんなに島を潤すからと言って多くの船を沈めた罪が軽くなるわけではない。

白い道の両脇に立つ人々は、実に素朴な姿だった。年齢も様々で、水洟《みずばな》を垂らした幼児から老人まで、誰もが真っ黒に日焼けしている。

信之介を見ながら、隣の者の袖《そで》を引いて耳打ちしている女房たち。信之介を茫然《ぼうぜん》と穴の空くほど見つめているあぐら鼻の中年男――島民たちの好奇の目を肌で感じながら、信之介は凛《りん》と背を伸ばし、姿勢を正して兵庫の後を歩いていった。

島の女たちは誰もみな、一種の櫛巻髪《くしまきがみ》姿であるのが、殊更《ことさら》に異風に映った。

居並ぶ人々の背後には、館と同じように、防風林で囲まれた民家が延々と続いていた。

「兵庫さまーっ」

さざめきながら駆け寄ってきたのは、年頃十六、七歳を中心とした五人の若い娘たちであった。娘たちは揃《そろ》って兵庫の周りに輪を作り、口々に賀を述べた。

「娘衆は、皆、変わりないか」

兵庫は、素っ気ないひと言で応えた。

並木道は五町（五四五メートル）ほどの距離で一直線に伸び、長い石段を経て高台へと続いていた。

台地上には、梶原備前守《かじわらびぜんのかみ》の居館と思《おぼ》しき建物が、高木の防風林で隙間《すきま》なく囲まれて建っていた。三万石の小大名の陣屋といった規模である。

百段以上もある長い石段の両脇には、家紋を染めたお仕着せ法被《はっぴ》姿の小者たちが居並んでいる。五十人近く並んだ阿蘭党の武家奉公人たちは、一行が通り過ぎるに従って、次々と頭を下げていった。

石段を中ほどまで登ったところで、館の中から太鼓の音が響いてきた。左右に潜《くぐ》り戸が設けられた両開きの表門を持つ大手門が見えてきた。

総構えの塀は二十間（三六・四メートル）ほどの横幅に延々と連なっており、両端にはそれぞれ二層の物見矢倉《ものみやぐら》を持っている。

（そこいらの陣屋大名の陣屋とは、構えも兵の備えも、比べものにならぬな）

信之介は、改めて阿蘭党の力を痛感せざるを得なかった。

「兵庫さま、ご帰城――っ」

表門の前まで来ると控えていた家士が、大音声に呼ばわった。夕陽に染まる入江に響いて鳴り続けていた太鼓の音がやんだ。

表門を潜った信之介は、思わず息を呑《の》んだ。

玄関の式台まで続く数間の篝火《かがりび》の焚《た》かれた石畳の道の両脇に、揃いの赤と黒の畳鎧を身につけ、弓鉄砲で武装した足軽がずらりと居並んでいる。

足軽たちが口を引き結び、粛々と立ち並ぶ中を、一行は館へと歩みを進めた。

館の本棟も枇榔葺きの板壁作りだった。四隅には、丸に四ツ石の家紋を染め抜いた幟《のぼり》が、夕風にはためいていた。


信之介は玄関を越え、鯨《くじら》の絵の衝立《ついたて》が置かれた式台に上がった。

「兵庫さま無事のご帰城、富永丹波《とみながたんば》、家臣一同になり代わり、慶賀を申しあげまする」

大広間の上座右手に座る還暦過ぎと思しき白髪の老人が厳かな声を出すと、居並ぶ部将たちは一斉に頭を下げた。この貫禄《かんろく》ある老人が阿蘭党の家老職にあたる者だろう。

梶原備前守は、華やかな朱塗り南蛮胴具足の置かれた床の間を背後に、広間正面に座っていた。

「風神丸乗り組みの者、いずれも大儀であった」

備前守は、海戦で鍛えたものか、朗々と通る声を響かせて、兵庫たちの労をねぎらった。

年の頃は五十を越したところであろうか。短い茶羽織を藍染め木綿の単衣《ひとえ》の上に重ねただけの質素な形装《なり》だった。腰に差した蠟色艶消《ろいろつやけし》の脇差《わきざし》だけが大名道具然とした立派なものであった。

真っ白な総髪を結うこともなく背中に無造作に流し、兵庫と似た彫りの深い顔に光る両眼が鋭かった。

肩衣《かたぎぬ》姿の部将たちは軍陣にあるように将几《しょうぎ》に腰を掛けていた。

十数畳はあるこの広間には畳が敷かれておらず板張りで、諸侯の居館と言うよりは、城《じょう》塞《さい》本丸のような雰囲気であった。

「御屋形さまの健やかなるご尊顔《そんがん》を拝し、兵庫、祝着に存ずる。家臣一同の者、堅固で重畳である。さて、今般《こんぱん》、風神丸の船出によりて……」

兵庫も惣領にふさわしい張りのある声で、今回の船出で沈めた船についての子細を一同に語り始めた。

「ほう。それは大船なるわ」とか、「八百両とは豪儀な」などと言う賞賛の声が、風神丸の戦果を聞く部将たちから囁《ささや》かれた。

「神津《こうづ》島《しま》沖にて、公儀薬園便船の千歳丸《ちとせまる》と遇し――舵《かじ》を破却して火を放ち、大海に沈めしものなり……」

千歳丸の名を聞いて、信之介の胸は激しく痛んだ。

「ところで、ここな鏑木《かぶらぎ》信之介は、剣の腕も荘十郎《そうじゆうろう》を上回りまする。武士としての覚悟も確かな男にて、天晴《あっぱ》れ偉丈夫と存じますれば、兵庫、彼の者を阿蘭党部将に推挙したく」

むろん、信之介には阿蘭党の一員となる気は毛頭ない。

「それは、ならぬ」

備前守は、兵庫の推挙を言下《げんか》に否定した。しばらく黙って兵庫の顔を見ていた備前守は、やがて静かに宣言した。

「鏑木どのは、我が阿蘭党の客分として遇することに致す」

海賊になるつもりのない信之介としては、幸いだった。だが、客分からいつ虜囚に落とされるかは、知れたものではなかった。あるいは、ある朝、突然に斬《き》られるかもしれないのだ。

一座の、しばしの静寂の後、上座の阿蘭党家老の富永丹波が口を開いた。

「鏑木どのに伺いたいが」

「何事でござろう」

老獪《ろうかい》な面持ちの丹波に、信之介は警戒しながら答えた。

「こなたは、徳川右府《とくがわうふ》どのの薬園の用務にて、千歳丸と申す便船に乗りしものと聞くが、いかなるつとめを以《もっ》て、海に出たものなるか」

将軍家に対する右府（右大臣）という呼び名は、ひどく奇態なものに思われた。だが、阿蘭党は徳川家に臣従《しんじゅう》しているわけではない。戦国大名たちが、御神君さまを内府どのと呼んだに倣っても、不思議ではなかった。

「それは、御政道向きに関わる儀ゆえ、申せませぬな」

増産のために玉薬《たまぐすり》を探すという台命は、すでに、この絶海の孤島では大きな密事ではないように思えた。だが、素直に披見《ひけん》しにくい何ものかを、丹波の口調は持っていた。

「ふむ……。そもそも、こなたの徳川公の臣としての役向きは、いかなるものじゃ」

丹波は、怒りを浮かべるわけでもなく淡々と言葉を重ねた。

「公儀の旗本。二百俵取りにござる」

鉄砲玉薬奉行の役職名は、今回のつとめに直結するだけに、口には出せなかった。

「もそっと詳しく。右府どのの旗本衆として、どのような役にお就きであったか」

「それも、申せませぬ」

丹波はほっと吐息をついて、嘆くような口調で言った。

「鏑木どのは、かように自らを隠しおおされる所存じゃ。何者かも判らぬ者を客分として遇するは、いかがなものかと存ずる」

備前守に建言するだけではなく、部将一同の賛意を求めて、丹波は発言しているようであった。

「ご家老の仰せの通りだ。御屋形さまに対し、かような無礼な振る舞いを為《な》す者は、囚人《めしうど》として遇すべきでござろう」

老人の思惑に応《こた》えるように、一人の部将が甲高い声で追従すると、部将たちの中に、頻《しき》りと賛意を示す声が湧いた。

「黙れ。これは軍議の席ではない。誰がそのほうらに、ほしいままに所思を述べよと言った」

広間中に、備前守の鋭い叱責《しっせき》の声が響き渡り、一座は水を打ったように静まった。

備前守は穏やかな声に戻って続けた。

「今後、鏑木どのが身は、我が阿蘭党、存分に養い申そう。したが、そなたを我ら海賊衆として迎えるわけにはゆかぬ」

備前守は、理由を示さずに決めつけた。

「なれど、御屋形さま……」

兵庫は備前守の裁定に不満なようであった。

「くどいぞ兵庫。すでに決めたことよ」

備前守は、わずかに声を荒らげた。

「さて、風神丸に乗り組みの者どもには、後刻、あらためて褒美《ほうび》をとらせるであろう」

備前守が立ち上がると、小者がさっと板戸を開けた。白髪の背は左手の部屋に消えた。

「吉例《きちれい》により、風神丸乗り組みの一同を慰労し、客人を迎える宴《うたげ》を催しまする。方々、奥殿にお運び下さいまし」

場の空気を和やかにしようとしてか、あえて明るい若党の声が大広間に響いた。すでに窓から見える部屋の外は、すっかり宵闇《よいやみ》に沈んでいた。

2

梶原家の家士に月代《さかやき》を剃《そ》って貰《もら》って、やっと人心地がついた。兵庫から大刀を借りて武士らしい姿を取り戻した信之介は、急斜面を横切って設けてある長い廻廊《かいろう》を通って、奥殿へ登って行った。

登り切ってみると、随所で焚かれた篝火に照らされた奥殿は、四方に縁を巡らした二十畳ほどの棕櫚《しゅろ》葺きの建物であった。

能舞台のような構造で、山を背にした西向き以外の三方は、軒から蔀《しとみ》（格子付きの板戸）が風に揺れており、壁代わりの蚊帳《かや》が下がっていた。

濡《ぬ》れ縁に立つと、眼下には村の灯火が瞬くのが見下ろせて美しい。入江の彼方《かなた》には月が昇り、銀色のさざ波が遠く見えた。

「おいでになられましたぞ――っ」

若党が蚊帳の入口で信之介たちの来着を告げた。

天井の梁から下げられた八間（釣り行灯）の下で、十二人の部将たちが箱膳を前に杯をやりとりしていた。

上座には備前守が年寄衆と共に座り、傍らには信之介と、風神丸乗り組みの兵庫、荘十郎、儀右衛門《ぎえもん》ら六人の座るべき空の藁座《わらざ》が敷かれていた。

広間に入っても、蚊帳を通して入江から吹き上げる夜風は涼やかだった。

信之介は、風神丸が入港した時に感じた疑問を、兵庫に尋ねてみた。

「堅固な城塞《じょうさい》や、拓けた村邑を持つにもかかわらず、館島は世間にまったく知られておらぬのか」

「延宝《えんぽう》三（一六七五）年に、公儀の命で長崎の船頭、島谷《しまや》市左衛門《いちざえもん》を筆頭に、三十二名が船を仕立ててやって参った。阿蘭党は市左衛門らを捕え、末次《すえつぐ》船の富国寿丸《ふこくじゅまる》をも奪った」

西陽に銀色にきらめく波頭がまぶしいのか、兵庫は眼を細めた。

「当時の御屋形さまは、二代目で俺の曾祖父《そうそふ》に当たる靖宗《やすむね》だった。市左衛門が、遠洋を渡る技に優れていたがために、阿蘭党の部将になれと説いた。したが、市左衛門が固く拒んだために、気持ちを変えさせようと、人の住まぬ北島《きたじま》（兄島）に流した」

「拙者も北島に流されるところだったな」

「まぜっかえすな。市左衛門は、生命をつなぐ芋だけを与えられ、その頃北島の滝《たき》ノ浦《うら》にあった苫屋《とまや》に寝起きした。ところが、わずか三日のうちに、水主《かこ》のうち十五人までが宿所を抜け出し、流れの急な北島瀬戸を生命がけで泳ぎ渡った」

「市左衛門を守ろうとしたわけか」

「そうだ。水主たちは市左衛門と寝起きをともにし、魚を獲ったり、水を汲《く》んだりした」

「まことに、水主たちに慕われる船頭だったのだな」

「水主たちの動きを黙って見ていた御屋形さまは、四日目に北島に迎えの船を出した。市左衛門を召して、『なにゆえに、かほどまでに水主たちに慕われると思うか』と、尋ねられた」

「市左衛門は何と答えたのだ」

「『はて、一向にわかりませぬ。ただ、船を操る上では、持ち場で水主たちが、おのおのの力を存分に活かせるように努めております。潮路《しおじ》を読み、風を待つのと同じ話でございます』と申したそうな」

「いかにも船乗りらしい言葉だな」

「御屋形さまは、市左衛門をいたく気に入られた。市左衛門は阿蘭党が事を決して他言せぬと固く約した。御屋形さまは一月《ひとつき》ほどして後、一行を江戸へ帰した」

自分たちの存在を知った者は生かして帰さぬ固い掟《おきて》を持つ阿蘭党が江戸へ帰した島谷市左衛門は、よほど気性の優れた男であったのだろう。

「市左衛門は、館島の草木や蝙蝠《こうもり》などを持ち帰り、時の公方《くぼう》に献上してお茶を濁した。伊豆《ず》代官《だいかん》の伊奈《いな》忠易《ただやす》や、公儀の重役らには、我らが島々を無人島《むにんじま》と上申した。往還の海路があまりにも危険なることを伝え、焼け島で地味は荒れ、作物は実り難しと、申したそうな」

「こんな豊かな島であるにもかかわらずか」

「そうだ。それ以来六十有余年、館島に来たる者は風浪に翻弄されて漂着した、わずかな船人のみとなった。海の男同士の絆《きずな》は強かった。また、御屋形さまの人を見る目も確かだったのだ」

「なるほど、無人島が、館島の江戸での名乗りとなったのだな」

「館島の周りには、大小三十近い島々があるが、それらの総称だ」

「もはや、営中では、無人島の名を口にする者もおるまい。公儀の命で伊豆の島々を巡るつとめを果たしていた拙者にも、無人島の名すら聞かされてはいなかった」

「我らはこの島の民を守るために、意を払い続けて参った。市左衛門がことは、特段の話なのだ」

　兵庫は生真面目《きまじめ》に締めくくった。

（海の男同士の絆か……俺には阿蘭党との間に、何らの絆も築けるものではない。だいいち、市左衛門は、部下たちを殺されたわけではない）

　信之介にとっては、冷めた気持ちでしか聞けない話だった。

　宴の中ほどから座は乱れ、信之介の座る席にも次々と部将たちが挨拶《あいさつ》に来た。

「雷神丸をあずかる塩崎采女《しおざきうねめ》じゃ。よろしくの」

　風神丸船長の儀右衛門より歳上《としうえ》で、岩に刻みつけたような厳《いか》つい顔立ちの塩崎采女は、信之介の肩をぶ厚い掌《てのひら》で叩《たた》くと快活に笑って去った。

「渡辺藤三郎《わたなべとうさぶろう》と申す無骨者でござる。風神丸の御徒士組《おかちぐみ》をお預かりしております。以後、お見知りおかれまして、格別、ご昵懇《じっこん》のほど願わしゅう存じます」

こちらは、三十代と思しき実直そうな武士であった。

「高橋将監《たかはししょうげん》と申す。風神丸乗り組みで砲術組頭《ほうじゅつくみがしら》をつとめる者じゃ。率爾《そつじ》ながら、お手前は、なかなか壮気の面構えだな。はははは。さぁ、一献参ろう」

大火傷《おおやけど》で左眼の潰《つぶ》れた初老の部将だった。将監は徳利を差し出しながら、歯を剝《む》き出して物凄《ものすご》い顔で笑った。

「江戸の話をいろいろと教えて下さい。拙者は、この島で生まれ育ち、館島以外は何も知らぬのです」

風神丸の若き按針《あんじん》(航海士)、間宮雄之進《まみやゆうのしん》は、眼を輝かせ熱っぽい調子で続けた。

「日本橋の賑わいは大変なものなんでしょうね。それより何より、一度でいいから、河原崎座の芝居っていうのを観てみたいですよ」

信之介は江戸に憧《あこが》れる雄之進に、意外の感を持った。阿蘭党の部将たちは江戸も公儀も認めない者ばかりだと思っていたからである。

「年寄り連中は、いまの芝居小屋は火が消えたようだと嘆いている。いずれにしても、我ら直参は、芝居など無縁の者ばかりだ……」

大名や大身《たいしん》の隠居ならともかくも、旗本である信之介らが倹約令の下で堂々と芝居に通うことは憚《はばか》られた。

「信之介は江戸など思い出したくないだろう。それより……」

兵庫は雄之進をたしなめると、話題を変えた。

「天正《てんしょう》の頃、伊豆に参る前の梶原の家は、紀州熊野《きしゅうくまの》に覇《は》を唱えておった。しぜん家臣には、熊野水軍の流れを汲む伊豆海賊衆を出自とする者が多いのだ」

兵庫の言葉に、雄之進が補足を加えてくれた。

「みんな古い家柄ばかりなんですよ。雷神丸船長の塩崎采女どのは戸田《へだ》、渡辺藤三郎どのは松崎《まつざき》、高橋将監どのは雲見《くもみ》、ご家老の富永丹波さまは土肥《とい》……皆さま、西伊豆の浦々に割拠していた北条《ほうじょう》水軍の末裔《まつえい》です……」

それぞれが古くから伊豆の地侍として土着し、北条早雲《そううん》の伊豆国支配を支えた家柄だそうである。兵庫の祖先が館島に渡るについては、松崎の渡辺家が力を尽くしたらしい。

雄之進自身は、近江の佐々木氏の裔《すえ》で、北条麾下《きか》の妻良《めら》水軍の流れを汲むと語った。

「縁戚の江尻《えじり》の間宮家は、鏑木さんと同じ直参になって、いまや江戸暮らしですよ。拙者は江戸には縁がないだろうなぁ。ご惣領の買い出しのお供がかなえば別だが……」

「そこもとらは、江戸に買い出しなどに参るのか」

軽い驚きに信之介は身を乗り出した。

「そりゃあ、島では手に入らない薬種や細工物などが多々ありますからね。南新堀町《みなみしんぼりちょう》の嶋《しま》屋《や》と取引があるんですよ」

「嶋屋はな、かつてこの島に参った島谷市左衛門の息子が始めた廻船問屋よ。阿蘭党とは、長いつきあいだ」

兵庫が、徳利を向けながら付け足した。

島谷市左衛門の子孫が、阿蘭党について口外しなかった理由も、単なる友情からではなさそうである。

阿蘭党は嶋屋を、奪取した物資の売りさばき先としているのだ。

嶋屋は無理な抜け荷などせずとも、御禁制《ごきんせい》の品や南海の珍品が阿蘭党から無尽蔵に入ってくる。莫大《ばくだい》な儲《もう》けを生むはずである。

海賊業には、略奪品の売りさばき先が必須《ひっす》である。両者は持ちつ持たれつの関係なのだろう。

「おい、弥助《やすけ》。伊世《いよ》の姿が見えぬが。あ奴め、いかがした」

兵庫は不興げな顔で、大きな硨磲《しゃこ》貝の殻に山盛りの料理を運んできた小者に訊《き》いた。

「伊世姫さまは、風神丸のご入港までは扇之浦《おうぎのうら》にて弓の稽古《けいこ》をしておられましたが、それから後は、弥助めも存じませぬ……」

自分のせいにされても困るとばかり、弥助と呼ばれた若い小者は口を尖《とが》らせた。ほかほかと湯気の立つ赤腹の魚の酒蒸しを置いて足早に去った。

「せっかくの宴《うたげ》であるに、まったく、伊世にも困ったものよ」

愚痴りながら酒杯を干すと、兵庫は大仰に顔をしかめた。

「伊世どのと言われるのは？」

「拙者の妹でな。弓矢刀剣ばかりを好み、歌詠《うたよ》みだの琴だのといった、女らしい嗜《たしな》みの一つも覚えようとせぬ。稚児髷《ちごまげ》の頃から船に乗りたがって手が付けられぬ。儀右衛門に無理矢理せがんで、船の造りや操り方、諸方の海路、諸家中《しょかちゅう》の船印などを学んで参った」

「それは、なんとも頼もしい妹御《いもうとご》ではないか」

だが、兵庫は大きく舌打ちした。

「もう十七にもなるので行く末を案じておるのだが、俺の懸念などはよそに、この春、御屋形さまに願い出て部将の一人となった。弓手組の頭をしておってな。今宵も宴を嫌って逃げ出したものとみえる。亡き母上も悲しまれるだろう」

兵庫は杯を手にしたまま、宙を見つめて言葉を継いだ。

「梶原の家も古いが、阿蘭党には名族の裔《すえ》が多いのだな」

素直な驚きであった。南海の孤島に隠れ住む武士団は、三河武士が大手を振る江戸の旗本よりずっと確かな血統ばかりではないか。

「そうさな。我ら一党は、大方の大名家よりも家柄では立ち勝っているのよ。だが、信之介、おぬしとて梶原と同じく、坂東八平氏の千葉一族なのであろう」

「そうだ。もっとも、今は小旗本に過ぎんが……」

すでに公儀では、信之介を千歳丸もろとも海の藻屑《もくず》と消えたものとしているだろう。跡継ぎのいない鏑木の家は潰《つい》える。

浮かぬ顔に気づいたのか、大盃《たいはい》を呷《あお》る荘十郎を指さして、兵庫は陽気な声を出した。

「管を巻いている荘十郎は、あれでも清和源氏《せいわげんじ》でな。源頼光《みなもとのらいこう》の裔なのだ。鵜飼《うかい》氏は、室町の頃に美濃から伊豆へ流れてきたらしい」

髭《ひげ》だらけの鍾馗顔《しょうきがお》を真っ赤にして大口を開けて笑っている荘十郎は、頼光が退治したという酒呑童子《しゅてんどうじ》を思わせるが……。

「さぁ、娘衆、いい喉を聞かせてくりゃれ。志乃《しの》よ、三味線だ」

酒呑童子の荘十郎が、宴席に控える娘たちに回らぬ舌で催促した。

志乃と呼ばれた娘は、骨細で目鼻立ちが整っていた。少なくとも、伊世のような女武者ではないらしい。

「志乃は儀右衛門の一人娘よ。内方はすでに亡いので、ただ一人の身内ゆえ可愛くて仕方ないらしい」

兵庫が耳元で囁いた。

娘たちは、志乃の弾く三味線に合わせて歌い始めた。

〽竹になりたや、お城の竹に、枝も栄える、葉もしげる
〽納屋のろくろに綱くりかけて
〽大背《おおせ》美《み》巻くのにゃ暇もない、子持ち巻くのにゃ暇もない

「どうだ。阿蘭の娘衆の歌声は格別であろう。この歌は、鯨の銛漁《もりりょう》で歌う紀州や土佐《とさ》の舟唄で、波座士《はざし》歌ともいう。大背美と申すのは、背《せ》美鯨《みくじら》よ。……のう、娘衆、続けて、八丈の島唄を頼むぞ」

〽南風だよ、みな出ておじゃれ
〽迎え草履の、紅はな緒

五人の娘たちは、揃って透き通った、それでいて、ほのかに艶《つや》のある声で歌った。信之介は、広間に通り渡る清らかな歌声に聞き惚《ほ》れた。儀右衛門も襟前をくつろげ、目を細めて志乃たちの歌に聴き入っていた。

旗本の娘たちが宴席で歌うなど、江戸では考えられなかった。が、これもまた、阿蘭党の武者振りの一つなのかもしれない。

異境の夜は色鮮やかな印象を留めて更けていった。

3

眩《まぶ》しい。目の前に広がるのは、珊瑚《さんご》の残片が一面に散り敷かれた輝くように白い砂浜だった。

浜に近いところでは透明な入江の水は、波打ち際から離れるに従って、水色から瑠璃《るり》色、薄青へと、徐々に色彩を深めてゆき、沖に近づくところで紺青《こんじよう》色に沈んでいた。

澄み切った海水を、信之介は両の掌《てのひら》で掬《すく》って口元に持っていった。岩清水のように喉《のど》を潤すのではないかとの錯覚を覚えたのだ。

(からい!)

舌の先に感ずる刺激は、海水そのものだった。信之介は、児戯《じぎ》じみた己れの行動に苦笑した。

「鏑木さま。大概になさいまし。日が昇って段々と暑くなります」

振り返ると、案内役として兵庫がつけてくれた小者の弥助が、つまらなそうに座っていた。十三、四の弥助は、時おり立ち上がっては、足もとの貝殻を拾って沖に投げている。

「すまぬ。すまぬ。ずいぶんと時が移るか」

「館島には、ここよりも綺麗《きれい》な浜は、たんとございますよ。せっかくの日よりですので、狩野《かの》を出すつもりで参りました。弥助に少しは舟を漕《こ》がせて下さい」

弥助は蓮《はす》ノ葉《は》桐《ぎり》で作った小振りな狩野舟を、浜から波打ち際に押し出し始めた。

「この浦を、扇に似ている地形から扇之浦と申しまして、西海岸のちょうど中程にあたります。二十五軒の家があり、おもに職方の者が住んでおります……」

船を下りた信之介と弥助は、館のある前浜以上に白く輝く扇之浦の砂浜を、海岸林へ向けて歩んで行った。

桃玉菜《ももたまな》や蓮ノ葉桐などの広葉樹が緑の帯を延々と作る林まで数間と迫ったところで、信之介の眼に異様なものが飛び込んで来た。

「弥助。あれは、いったいなんだ？」

桃玉菜の大木に、十数匹の黒い獣が枝々を摑《つか》んで鈴なりにぶら下がっていた。

獣たちは、全身が針のような黒褐色の毛に覆われて、銀白色の毛がまばらに生えていた。目がくりっとして鼬《いたち》や栗鼠《りす》に似てはいるが、翼がある。空を飛ぶ獣と見える。

「お珍しゅうございますか。あれは蝙蝠でございますよ」

「蝙蝠だと？　蝙蝠なら、せいぜい雀《すずめ》くらいの大きさのものだろう。したが、あれはまるで小猿のように大きいではないか」

「さようですかな。しかし、この島で蝙蝠と申せば、あれです」

動いている二匹が見せる翼は、薄い肉質の皮膜で鳥とは明らかに異なっていた。

弥助は蛸《たこ》ノ木の枝を切って棍棒《こんぼう》にすると、鈴なりの蝙蝠に忍び寄った。敏捷《びんしょう》な仕草で、あっという間に一匹をたたき落とした。

キィキィと叫び声を上げながら、慌ただしく羽音を響かせて、残りの十数匹は空へと消えた。

戻ってきた弥助は、もがき苦しむ一匹を右手に提げて、信之介の目の前に突き出した。

「火出《ひで》ノ木《き》の葉で焼けば、脂が乗って結構、美味《うま》いものです。一つ、味見をなされませぬか?」

「おもしろそうではあるな……」

こぶし大の黒い顔で茶色い両目が、キィーと鳴きながら、恨めしげに信之介を見つめている。

「が、今は腹が減っておらぬ」

「さようですか……やはりいけませぬか」

弥助はにやにや笑いを浮かべた。武士たる者、臆《おく》したと思われるのは癪《しゃく》ではある。

「では一つ頼むとするか」

弥助は得たりとばかりにうなずいて、蝙蝠の首を念入りに捻《ひね》った。丸い植え込みのようになって生えている火出ノ木の枝を集めて、懐中から取り出した燧石《ひうちいし》で火を点《つ》けた。

立ち昇る煙の中から漂うのは、杉檜《ひのき》と似たような針葉樹の樹脂の爆《は》ぜる匂いであった。

四谷の自邸に近い西念寺では朝な夕なに杉の葉を焚く。

（西念寺の和尚は達者にしておるだろうか）

還暦近い好人物の住職とは笊碁《ざるご》をよく打った。信之介の胸は、江戸への思いにうずいた。だが、帰参のかなう日も来るやもしれぬ。武士は戦機を見て生くるべきである。今は、この島で生き抜く術《すべ》だけを考えるべき、雌伏《しふく》の時に違いない。

信之介の心には千歳丸で亡くなった者たちの分も生きようと思う気持ちが芽生え始めていた。

ものの寸刻の後、黒い塊は、平たい石に敷かれた青々とした羊歯《しだ》の葉の上に羽を伸ばして広げられていた。

山刀《さんとう》で腹を裂き、腸《はらわた》を取り除いて海水で洗っただけ。味付けは、振りかけた塩である。丸のままの姿にはさすがに躊躇《ちゅうちょ》を感じたが、ここでひるんでは男がすたる。

信之介は、弥助が小枝で作ってくれた箸《はし》を切り裂かれた背の辺りに伸ばした。白い肉を摘まむと、平気な顔を作って口元に持っていった。

「ふむ……。これは、なかなかだな」

香ばしさが口の中に広がった。見た目の不気味さとは裏腹に、大蝙蝠の肉は柔らかく淡白だった。鶏肉《とりにく》に似てはいるが、さらに濃密な味わいが感じられた。

「軍鶏《しゃも》に似ておる。美味《うま》いものだな。鍋《なべ》にしたら、さらにいけるだろう」

「今日は支度がありませんが、またの折には、きっと鍋をお作り申します」

館島の味を認められたからか、弥助は相好を崩した。

扇之浦の目抜き通りには、前浜湊の大通りと同じように、照葉木《てりはぼく》の防風林に囲まれて多くの家が建っていた。

弥助は、この角の家は刀工《とうこう》、ここは弓師《ゆみし》、島紫《しまむらさき》の花が咲くのは陶工《とうこう》、その隣は塗師《ぬし》の家と、一軒一軒の生業を教えてくれた。

防風林の切れたところから覗《のぞ》き込んで見ると、家々はいずれも枇榔《びろう》葺きの質素な造りだが、新しいものが多かった。そのためか、村全体が明るく清潔な感じがする。嵐などで倒壊することが多く、建て直しを前提としているのかもしれない。

「おはようございます。鏑木さん」

黄色い大浜朴《おおはまぼう》の花が咲き乱れる生垣の中から声を掛けてきたのは、間宮雄之進だった。

「見て貰《もら》いたいものがあるんです」

雄之進は、庭に引き出された木製の作業台のところへ信之介を連れて行った。作業台の上には、一枚の大きな絵図と、バネや黒錆《くろさび》色の金属の塊がいくつか載せられていた。中年の男が細長い金属の部品を手にして、鑢《やすり》掛けをしている。

「この男は、阿蘭党の鉄砲《てっぽう》鍛冶頭《かじがしら》です」

ごましお頭の堅太りの男は、頭に巻いた手ぬぐいを取りながら、無言で頭を下げた。

「これを見て下さい」

雄之進は、細密な線で描かれた細長い物体の図面を指さした。信之介は興味をそそられて、図面を覗き込んだ。

「鳥銃のようだな？」

「そうです。清国人から買った銃を真似《まね》て作った、新しい銃なんです。火縄を使わなくても、撃てるんですよ。寺西さまのお話では、エスパニアでは、種子島《たねがしま》（火縄銃）は、すっかり一昔前の武具だそうです」

雄之進は再び図面を覗き込み、バネ仕掛けの発火装置のところを指さした。

「この部分に、火縄の代わりに燧石《ひうちいし》がついています。バネの強さの加減が難しく、弱いと上手《うま》く発火しないし、強いと撃鉄《うちがね》を起こすのに指を痛めてしまう。ですが、いくつも作ってみてようやく程よいものが作れたんです」

雄之進は誇らしげな声を出した。

「たしかに、この仕組なら火縄が消える心配がないな」

火薬を扱う職掌にあったわけだが、鉄砲組の者とは異なり、信之介が銃を撃つ機会はなかった。

「試しに、撃ってみましょう」

実際に鳥銃を持ち出してきた雄之進は、生垣から外の砂浜へ歩き始めた。信之介が後を追うと、一尺二寸（三六・四センチ）ほどの丸い標的が五つ、棒杭《ぼうぐい》の上に立てられていた。

信之介が千駄ヶ谷《せんだがや》の焔硝蔵《えんしょうぐら》で立ち会っていた試射の倍近い距離である。

小気味よい銃声が響いて、標的は四散した。

「どうです。たいしたもんでしょう」

おもちゃを自慢する子供のように、雄之進は鼻をうごめかした。

「種子島より矢頃《やごろ》（射程距離）も遥かに遠い。この鳥銃を量産できれば、阿蘭党の武備として、実に心強いな」

「拙者は細工物が好きでして……それで、みんなの役に立つことができれば、こんなに嬉《うれ》しいことはないんです」

信之介の賞賛に、雄之進は頬《ほお》を紅潮させた。

エスパニアの航海技術や、新しい武器技術をどんどん取り入れてゆく阿蘭党の進取《しんしゅ》の気取りに舌を巻く思いでもあった。

（だが、要するに、生きてこの島から出さぬつもりだな……）

雄之進は阿蘭党にとって極めて重要な軍事機密をあっさりと伝えている。信之介を島から出す気がない証左であろう。

「ところで、阿蘭党では、鉄砲に用いる玉薬は、いかにして入手しておるのだ？」

信之介は、いくらか詰問口調で訊いた。

「玉薬……？　ああ、作っているのですよ」

雄之進は、こともなげに答えた。

「なに。作っておるだと？」

信之介の声は、思わず裏返った。

「ええ。ここより南の八木島《やぎじま》近くに、玉薬番所があります」

「そ、そこへ案内しては貰えまいか」

二人を急《せ》き立てるようにして、信之介は浜へ向かった。

安山岩の断崖に狩野舟が近づいて行くと、西に向かって大きな開口部を持つ海蝕洞《かいしょくどう》が見えてきた。

弥助は洞窟《どうくつ》内の舟隠しのような入江に向かって狩野舟を進めた。信之介は、初めて見る海蝕洞に目を見張った。

八木島の三分の一は占めようかという大きなもので、高いところでは十丈（約三十メートル）はあろう。洞窟の奥は外光が届かないために薄暗くて、はっきりはしなかった。

洞内の青く輝く入江の中ほどに、小さな木の桟橋が設けられていた。桟橋の奥には、二人の武士と数人の人足の立つ影が黒く浮かんでいた。弥助は狩野舟を桟橋に着けると、機敏に舫《もや》いをとった。

信之介は逸《はや》る心を抑えつつ、一番に桟橋に上がった。

「どうだ。島見物はおもしろかろう」

声を掛けて近づいて来たのは、片眼が焼け潰れた砲術組頭の高橋将監であった。

「なにせ、見慣れぬものばかりで……」

薄暗がりから近づいて来たもう一人は、兵庫だった。

「兵庫。ここでは、玉薬を作っておるのか」

「いや、実際に作っておるのは、瀬戸を渡った西ノ岬《にしみさき》の番所だ。この洞窟では、焔硝が採れるのだ」

さらっと口にした兵庫の言葉に、信之介は心ノ臓を鷲摑《わしづか》みにされたほどの衝撃を受けた。

「なんだと！　それは、まことかっ」

摑み掛からんばかりの信之介の剣幕に、兵庫は怪訝《けげん》な表情を浮かべながら、言葉を継いだ。

「部将の一人に武林丈庵《たけばやしじょうあん》なる医者がおってな。丈庵は本草《ほんぞう》（薬草や鉱物など）にも詳しく、十年ほど前に、この洞窟に堆《うずたか》く積もる白い石が焔硝であると見抜いた」

兵庫が指さす洞窟の奥には、白く鈍い反射を見せている岩塊《がんかい》が何十畳と思しき広さで広がっていた。

「我らは小躍りした。それまでは暹羅《シャム》（タイ）で産する焔硝を、高い金を出して清国から購《あがな》っておったのだ。それを館島で手に入れられるわけだからな。丈庵の話では、往古の昔、洞窟に巣くっておった何千匹もの蝙蝠の糞《ふん》が長い歳月に積もったために、生まれたものだそうだ」

「ははははっ。ははははっ」

信之介は兵庫の言葉を遮って笑い出した。

「いったい、どうしたのだ。信之介……」

「さよう。何ごとだ」

ややあって、兵庫と将監が不安げに聞いた。二人とも信之介の気が触れたかと訝《いぶか》っているようだった。

「すまぬ。も、もう少しだけ笑わせてくれ」

信之介は、尻餅《しりもち》を搗《つ》くように桟橋に座り込むと、手を後ろに突いて笑い続けた。

「聞いてくれ。拙者は、公儀の焔硝探査方なのだ……」

ようやく笑いを止めた信之介は、座ったまま身体《からだ》を起こして、兵庫に身分を明かした。

阿蘭党が焔硝を自らの手で生産し、豊富な玉薬を持つとなれば、もはや焔硝探査方としての自分を隠し立てしても、意味がなかった。

「二百俵取りの小旗本の家に生まれた拙者は、鉄砲玉薬奉行の御役に就いておった」

「ほう。信之介は奉行衆だったか」

「なに、奉行とは申せ、大層な御役ではない。二十人扶持《ぶち》の役料を頂戴し、御目見《おめみえ》できる旗本の末席にようやく連なる。ご公儀で用いる玉薬の貯蔵と生産を監督するがつとめだ」

信之介は苦笑しながら、言葉を続けた。

「この正月の話よ。上さまは、我ら二名の玉薬奉行に、ご公儀焔硝蔵の玉薬貯蔵量を倍量に増やせ、との命を下された」

将軍位に就いた早々から、吉宗は各地に眠る本草を活用する施策に熱心だった。享保《きようほう》七（一七二二）年からは、清国から輸入していた薬草を国内で探して国産化するために、医師の丹羽正伯《にわしようはく》や、本草家の野呂元丈《のろげんじよう》、阿部友之進《あべとものしん》などを採薬使として全国に派遣していた。中には植村左平次《うえむらさへいじ》のように、御庭方《おにわかた》の旗本もいた。

「公儀御用である加賀の焔硝会所から断られ、拙者は困り果てた。御医師の丹羽正伯どのに教えを請うたところ、天竺や南蛮の海辺には焔硝が埋まっていると聞いた。拙者は、破れかぶれで伊豆の島々に焔硝を求める方策を思いついて上申したのよ」

「そうか。焔硝を求めて、薬園の便船に乗っておったわけか」

兵庫は低い声で唸った。

「その通りだ。旗本が船に乗って島を巡るなどは、よくせきの話よ。上さま直々の御諚《おおせ》あればこそなのだ」

「なるほど、極秘の大命なればこそ、身分を問う家老の丹波にも、口を堅く閉ざすばかりだったのだな」

「拙者のつとめは、今ここに果たせた。拙者は、ついに南海に焔硝を見つけたのだ。されば硝石を発見したとの復命はできない。それどころか、この絶海の孤島から死ぬまで出られぬかもしれぬ。信之介は、己が身の皮肉な運命を笑うしかなかった。

外光が揺らめく反射の模様を作る海蝕洞の高い天井に、信之介の笑い声が響き続けた。

4

兵庫たちと別れた信之介と弥助は、島の西海岸に沿ってさらに南に狩野舟を進めていった。館島の西岸には輝くような白砂の浜が多く、沖合から眺めても美しさは際だっていた。

弥助は南浜まで来ると、舳先《へさき》を沖合半里（二キロ弱）に満たない細長い小島に向けた。

「南島と申します。館島の中でも、大変に浜が綺麗です。鮫《さめ》だらけの入江などもあり、変わったところです」

南島は、風化して鋭く尖《とが》った石灰岩質の岸壁が切り立っていた。

弥助は島の南岸に回り込んだ。二つの岬に囲まれた切り込んだ入江が現れると、岸辺から一町あまりの波の上に筏《いかだ》が浮かんでいるのが見えた。不揃いの丸太を蔓《つる》で組んだ、四畳ほどの広さを持つ四角い筏である。人影の見えぬ筏には小振りの紅い狩野舟が一艘《そう》、棒杭にもやってあった。

「あ、姫さまがお見えだ」

「姫……。兵庫の妹御だな」

「伊世姫さまです。あの筏は姫さまの仰せで、三月《みつき》ばかり前に、俺と仲間たちで組んだん

頭領の娘が、供も連れずに、城からこんなに外れた場所に来ているとは驚くほかなかった。

筏の上にも波の上にも伊世の姿は見えなかった。近くの海面には、いくつもの細長い濃灰色の大きな魚の背や、斜めに突き出た背ビレが波を縫うように浮かんでは消えていた。

「あれは……。萬歳楽なのか」

風神丸を出迎えた海豚たちに違いなかった。

「萬歳楽の一種で、半道海豚《はんどういるか》と言います」

狩野が筏に接舷《せつげん》した。弥助は、舫い綱を手早く棒杭に結んだ。

二畳ほどの筏の上には柳行李《やなぎごうり》が置かれていた。

傍らに置かれた一振りの刀が目を引いた。郷士《ごうし》が差すような、無骨極まりない藤蔓《ふじづる》巻きの大脇差だった。

網代籠《あじろかご》には海豚の餌なのか、片口鰯《かたくちいわし》が山盛りに入っていた。

「御精の出ることだで。ほれ、あそこに泳いでなさる」

弥助の言葉に信之介は波間に眼を遣った。白い衣をまとった小柄な人影が抜き手を切る

姿が、澄み切った水を通して見えた。

数えてみると、伊世のまわりには八頭の海豚が集まってきていた。

海豚たちはピーッと響く笛の鳴るような音や、キチチッと聞こえる歯を嚙《か》み合わせるような音をしきりに鳴らしながら泳ぎ回っている。海面に頭が出たところで、各々、小さな噴気孔から潮を噴き上げた。

伊世はいきなり、一頭の海豚の背ビレに摑まって身体を海面から乗り出した。恐ろしい速度で泳ぐ海豚の背に飛び乗ろうとしている。

半身が斜めに背に乗ったところで、海豚はもがくように動いて伊世の身体を波間に放り出した。

波しぶきが立ち上り、伊世は海中に沈んで見えなくなった。

ややあって、数間ほど離れたところで頭が波の上に出た。からかうかのように、三頭ばかりが海面から飛び上がって次々に宙返りを繰り返す。どう見ても伊世とじゃれ遊んでいるようにしか思えなかった。

「弥助、イワシっ」

「へいっ。ただいま」

伊世は棒杭に手を掛け、身軽にすとんと筏に飛び乗った。弥助があわてて平籠を渡すや、伊世は次々に銀色に輝く鰯を海豚たちに投げ与え始めた。

放物線を描いて飛ぶ鰯が落ちる場所に、海豚たちは次々と泳ぎ寄せた。銀色の塊が海面に落ちるや否や、長い吻《ふん》でくわえる。宙に飛び上がって空中の餌を器用に獲《と》えるものもいた。

伊世は海豚たちに餌を与え終わると、心持ち足を開いた姿勢で、右掌を手刀のような形にして右へ薙《な》ぎ払った。

八頭の海豚は一斉に伊世の指し示す方角へ鼻先を向けて泳いでゆく。伊世が掌を泳がせるようにして手招くと、海豚たちは方向を一斉に変え、今度は筏を目がけて泳ぎ寄せた。

伊世は心地よげな笑顔を浮かべて右手の手刀を左へ薙ぎ払った。海豚たちは左の方向へと泳ぎ去っていった。

(海豚とは不思議な生き物だが、この姫もまた、負けじと不思議な女だ)

信之介は、采配で兵を動かす武将にも似た伊世の姿を、あっけにとられて見守るばかりだった。

「さぁ、姫さま。冷えるといけないで、身体をお拭《ふ》きなさいまし」

弥助は柳行李から幅広の長手ぬぐいを出して伊世に差し出した。

伊世は、手ぬぐいを無言で受け取って身体をひとしきりぬぐうと、弥助が手渡した紅梅色の短い袖無し羽織を羽織った。細い帯をきつく締め、転がしてあった大脇差を取り上げて腰に差した。

濡《ぬ》れた髪を風になびかせ、晒《さらし》の上に袖無し羽織を纏っただけの姿は、むろん、まともな女の姿ではなかった。

それでいて、伊世は、兵庫から聞いて想像していた武張った女の印象からはほど遠かった。

小麦色に灼《や》けた小作りな卵形の顔は目鼻立ちが整って、姫と呼ばれるのにふさわしい品のよさを匂《にお》わせ、小さめの唇はどこかに童女のような無邪気さを漂わせていた。

だが、切れ長の大きな瞳《ひとみ》には、尋常でない光が宿っていた。

「弥助、この者はなに？」

よく通る澄んだ声ながら、語尾上がりの厳しい言葉が響いた。

「兵庫さまがお連れになられた鏑木さまでございます」

弥助は言い訳めいた口調で答えた。

「鏑木信之介と申す」

笠《かさ》を取って頭を下げた信之介を、伊世は切れ長の大きな瞳で睨《にら》みつけてきた。

「そうか。おぬしが兄上が連れ帰った腰抜けか……」

伊世は形のよい小作りの鼻に皺《しわ》を寄せてせせら笑いながら、男のような言葉で言い放った。

「伊世どのと言われるか」

相手が女では怒るわけにはいかない。信之介は無理に笑って親しみを示そうとした。

「気安く呼ぶのではないっ」

伊世は、いきなり抜刀して信之介の右肩に脇差の刃を当てた。刃は陽ざしで銀色に輝いて、信之介の眼を眩《くら》ませた。

伊世から毛筋ほどの殺気をも感じなかったからとはいえ、不覚をとった。信之介は内心で恥じた。

「い……。い、伊世さま、なにを……」

弥助の声が震えた。

「配下を討たれて遺恨重なる荘十郎と、何故に再び立ち合わなかった。おぬしは、木剣の一つさえも満足に振れぬ腰抜けであろう」

伊世は刃をぎらつかせて、毒づいた。

激越《げきえつ》な声の調子や強《こわ》ばった姿勢とは裏腹に、伊世の身体は相変わらず少しの殺気も放ってはいなかった。単なる空脅しに違いない。

(どこまで無礼を申す姫君だ……あまり脅かすのも大人気ないが、はて、どのように剣を納めさせるか)

腰の物に手をやる必要はなかった。信之介は、伊世の眼を見据え、不動の姿勢を保ち続けた。

信之介の視線と、伊世の視線が激しくからみ合った。

切れ長の険しい両の眼は、嫌悪の情を映して燃えていた。が、突如として伊世に困惑の色が浮かんだ。少しも刃物に動じていない信之介の平然とした態度への戸惑いから来るものだろう。

(剣の腕は立つが、心構えは、まだまだだな……)

伊世は視線を逸《そ》らし、切っ先を信之介の肩先から離した。血振るいするように脇差を宙で振る。

「公儀の侍が何用で館島に参ったかしらぬ。が、仮にも、おぬしが阿蘭党に対して胡乱《うろん》な素振りを見せたら……」

伊世は、派手な音を立てて脇差を鞘《さや》に納め、傲然《ごうぜん》と背をそらして言い放った。

「その段には、捨て置かぬ。わたしがこの手で成敗するから、覚えておいで」

相も変わらず無礼千万だが、信之介は不思議と腹が立たなかった。

伊世の立ち居振る舞いが、どこか、虚勢を張る餓鬼大将《がきだいしょう》のように思えたからだった。

「ふんっ、死に損ないが」

伊世は突然、踵《きびす》を返して狩野へ飛び移ると、舫いを解いた。

紅梅色の狩野舟は、櫂《かい》の音とともに見る見る遠ざかって行く。小さな波が筏をわずかに揺らした。

突然に訪れ去っていった青嵐《せいらん》にも似た女の姿は、信之介の目蓋《まぶた》に焼き付いていた。

5

館島の雨期は終わっていたが、天気の崩れる日が多かった。

十日余り、晴れ間を選んで弥助に案内させ、信之介は島中を探検してみた。

だが、島に着いた日や、その翌日のような大きな驚きはなかった。館島は、館のある中心地の前浜《まえはま》本村（大村）を除けば、向浦《むかいうら》、境浦《さかいうら》、扇之浦と三つの小さな村があるだけで、あとは手つかずの自然ばかりの孤島であった。

切り立った崖の続く東海岸には、東浦砦《ひがしうらとりで》が一つ設けられていたが、人の定住している村は存在しなかった。

島に着いた日から、阿蘭城の侍長屋で寝起きしていた信之介に、兵庫が屋敷を用意すると言ってきた。

静かな場所をという信之介の希望に合わせ、兵庫が用意してくれた屋敷は、扇之浦の南の外れに建っている枇榔葺きの家だった。

小さな納屋も備わっており、庭からの大之《おおの》浦《うら》（二見湾）の眺望が素晴らしかった。

その晩から、炊事、洗濯、掃除などの身の回りの諸事は、前浜本村に母親と二人暮らしの弥助が一切の面倒を見てくれた。

信之介の望み通りに、茅屋《ぼうおく》を訪ねてくる者もなかった。兵庫が二度ほど玉薬場への復路に立ち寄ったくらいであった。

その日も朝から西風を伴った雨降りだった。昼前になって薄日が射し始めたのを幸い、信之介は庭で木剣を振り始めた。

「よく飽きないですね。少しは、お休みなさいましな」

昼飯の魚を焼いていた弥助は、渋団扇《しぶうちわ》を七輪の焚き口に向けあおぎながら、呆《あき》れたような声を出した。

「飽きるとか、飽きないとかの話ではない」

鏑木信之介は、照葉木の若木の幹から自分で作った木剣を砂地に置くと、無人躑躅《むにんのつつじ》の枝に掛けてあった手ぬぐいで、肌脱ぎした上半身の汗をぬぐった。

「しばらく雨降りでろくに剣を振れなかった。幼い頃から、剣の修行をしない日は、一年のうちでも数えるほどだったからな。身体を動かせぬと、気持ちが悪いのだ」

「へぇ……お侍なんてのは、大変なもんですねぇ」

弥助は眼を細めて笑った。もともと童顔なので、笑うと十三の歳より幼く見えた。

「ところで、今日は北島の滝ノ浦に行ってみませぬか」

「そうだな、まだ、北島の土は踏んでいなかったからな。天気は大丈夫か？」

「この空模様ですと、たぶん、晴れ上がって参りますね」

弥助は雲の動きの激しい空を見上げて答えた。

北島ノ瀬戸を右手に見て、狩野舟は左回りに滝ノ浦に迫ってゆく。

弥助の読みは当たった。空は一片の雲もないほどに晴れ上がってきた。おまけに凪《な》いできた。

滝ノ浦は前浜と比べると黒っぽい砂浜だった。小砂利の合間に、珊瑚のかけらや貝殻が点々と白い模様を作っている。

葉っぱ付きの枝やら海藻の根っこやらが山のように打ち上げられて、浜辺をふさいでいた。

「凄《すご》いゴミだな」

「一昨日の大波で、打ち寄せられたんでしょう」

いつものことだとさして関心がなさそうに、弥助は浜に狩野舟を乗り上げさせた。

浜では、十歳前後の子供たちが男女あわせて六人、しきりに立ち働いている。浜辺が尽きて岩場になるあたりから、波打ち際まで何かを運んでいるようだ。

「子供がいるではないか」

「前浜の漁師の子供たちです。ベタ凪だから、あんな小さい子でも平気で渡ってこられるんですよ」

弥助の指さす先に、一艘の網舟が砂浜に乗り上げられている。

信之介は子供たちに近づいて行き、年かさらしい頭のデコボコな男の子に声を掛けた。

「何をしているのだな」

子供は黙って両の手をぬっと突き出した。掌の中には、一寸ほどの白い球がいくつも光っていた。

「何かの卵のようだが」

「海亀《うみがめ》の卵だ。浜がゴミでいっぱいだから、卵がかえっても海に戻れないんだ」

子供は鼻をすすり上げた。

「それで、波打ち際の砂浜まで移しているんだな」

「海亀はね、大きくなるのに、五年もかかるんだよ。だから、大事にしないとダメなんだ」

「親亀はおらぬのか」

「今はいない。卵を産むのは夜だ」

言い残すと、子供はそのまま浜辺に走っていった。

「弥助、なにゆえ、滝ノ浦と申すのだ」

「大雨が降ると、あの崖に結構大きな滝が落ちるんですよ」

弥助は、浜の後ろに控える密林に覆われた急峻《きゅうしゅん》な崖を指さした。

信之介たちは、一通り滝ノ浦を眺めると帰路に就いた。

前浜本村に戻ると、四、五歳の童子たちが、海亀の背中に乗って駆け比べをしている。いや、亀のこととて、のたりのたりと歩いているだけだが……。砂浜に作られた柵囲《さくがこ》いの中なので、亀は食用か愛玩《あいがん》用に飼育しているものだろう。

少し年かさの子供たちがはやしたてる中、三人の男児と二人の女児が、一本の綱が置かれた終点を目指している。どうやら、小さい子を亀の背に乗せて遊んでいるようだ。

「それいけ。みんな負けるな。おいおい、幸太の亀は、どっちへ向いているのだ？」

傍らに子供たちを励ます荘十郎の巨軀《きょく》があった。

「おお、一番は安吉《やすきち》か。お花《はな》の亀はどうした？　そうか、寝てしまったのか」

目を細めて、荘十郎はお花の禿頭《かむろあたま》をなでた。お花が乗る亀は、競走に飽きたのか道半ばで動かなくなっている。

「孫と遊んでいるのか、荘十郎」

「馬鹿を申すな、拙者は独り身だ。それにまだ、孫のできる年ではないわい」

荘十郎は、がははと高笑いした。

「館島の子供たちは、こうして幼子の頃から海亀と親しむのだな。だからあの子供たちも海亀の卵が心配だったのか」

「なんの話だ、信之介」

額に皺《しわ》を寄せて、荘十郎が聞きとがめた。

「いや、いま弥助と北島に行ってきたところよ。滝ノ浦で子供たちが、浜辺に移すと言って海亀の卵を何度も運んでおった。なんでも、あのままでは亀が海に帰れないそうだにな」

突然、荘十郎の顔色が変わった。

「なにっ！　いま北島に子供たちがいると申すのか」

「ああ、滝ノ浦に六人おった。しかし、荘十郎。いったい何ごとだ。そんなに血相を変えて」

「大根崎《おおねざき》の婆凪《ばばなぎ》がくるやもしれぬ」

「なんだそれは？」

「あの雲を見ろ」

荘十郎は大根崎の上に漂う雲を指さした。

「蝶々雲《ちょうちょうぐも》は、恐ろしい風が吹き出す兆しじゃ。滝ノ浦にいる子供たちは帰れなくなる。そればかりか、あの浜は狭いゆえ波にさらわれてしまうやも知れぬ」

「まことか！」

桟橋へと走り出す荘十郎の後を、信之介と弥助は追った。

二人の漁夫が、網の手入れをしていた。

棒杭には、狩野舟の倍くらいの網舟がもやってある。

「おいっ、すぐに舟を出すぞ」

荘十郎の剣幕にもかかわらず二人の漁夫は、尻込みしている。

「勘弁してくだせぇ、鵜飼さま。俺たちも急いで戻ってきたところですよ」

「婆凪はおっかねぇですよ」

「ええいっ、臆病者《おくびょうもの》めっ、お前らの力は借りん。舟を貸せいっ」

「うわっ」

荘十郎は二人を突き飛ばし、網舟に飛び乗ると、舫いを解き始めた。

「拙者も参るぞ」

信之介も網舟に飛び乗った。

つい先刻、話していた子供たちが生命の危機に見舞われている。

躊躇している場合ではなかった。

「俺も行きます」

弥助も泡を食って、乗り込もうとした。

「弥助、お前は残れ。お前まで乗ると、子供たちの座る場所がなくなる」

「へぇ……ご無事で」

弥助は肩をすくめて引き下がった。

荘十郎は、竿《さお》で岸を突くと、櫂を器用に使い始めた。

「拙者が子供の頃、前浜本村にカネサの婆という婆さんがおって、漁師より雲や凪に詳しかった。いま時分のことよ、雨降りが続いた後に陽が射してきた。この季節はどんな魚もよく獲れる。おまけに、いまのようなベタ凪じゃ。漁師たちは喜んで舟を出そうとしていた。したがカネサの婆は、あんな蝶々雲を見て、必ず荒れるから舟を出すなと申したそうな。漁師たちは聞かずに、十人ばかりで大根崎へと漕ぎ出した。一刻《いっとき》（二時間）もしないうちに大風が吹いて波は逆巻き、五艘の舟は隠れ根に叩きつけられて木っ端みじんよ」

「還《かえ》らぬ者が出たんだな」

「生き残ったのは、三人だったか。それ以来、誰言うとなく、蝶々雲が出ているときの偽の凪を、大根崎の婆凪と呼ぶようになった。が、弥助や子供たちが知らなくても無理はない」

「西風が吹き始めたな。荒れるまでどれほどか」

「うむ……半刻《はんとき》あるかないか……いかんっ、蝶々雲が消えたわ」

断続的に強い西風が、大根崎の方角から吹き付け始めた。

あっという間に空はかき曇り、大粒の雨が降り出した。波に落ちて音を立てていた雨は、すぐに真横に近い方向から二人を襲った。

「くそっ、向かい風のやつめ。舟が少しも前に進まぬわっ」

荘十郎は櫂を持つ腕に力こぶを作って叫んだ。

荒波と格闘しつつ、ようやく大根崎を越えた。北島の黒い島影が近づいて来る。

網舟は木の葉のように波にもてあそばれている。信之介は胃がひっくり返りそうになりながらも、懸命に耐えた。

「おお、浜が消えている」

大波は奥行きのない滝ノ浦の三分の二ほどを洗っていた。信之介は、視点をせわしなく動かした。

六人の子供たちは、浜の北端に突き出た岩場に固まっていた。岩場はまだ水に浸かっていなかったが、大波が次々に襲いかかっている。

「荘十郎、子供たちは北側の岩場ぞ」

「一、二、三……。おおしっ、皆が無事じゃあ」

風の音にも負けずに吠える荘十郎の雄叫びは、泣き声にも聞こえた。

巣で親を待つ雀の子のように、子供たちはぱくぱくと口を開けていた。叫び続けて、声が出なくなっているのかもしれない。

岩場はわずかな距離に近づいた。

「ううむ、舫いを取らねば、子供たちを助けられぬ」

荘十郎は、岩場に目をやりながら、大きく唸《うな》った。

たしかに、櫂の力だけで、舟をこの場所に留めておくことはできない。

「信之介、あの木に舫いを取れるかっ」

荘十郎は、岩場の背後の崖から突き出ている蛸《たこ》ノ木を指さした。

「やってみよう。岩に飛び移る」

「海に落ちるなよ。助からぬぞ」

「念には及ばぬ」

信之介は、波の周期を見極めようと、目を凝らした。

寄せる波が引く直前に、一瞬間だけ波が止まる。飛び移るためには、その一瞬をつかむしかない。

信之介の額に汗が噴き出した。

（よし、いまぞっ）

信之介は舟べりに右足を掛けた。全身の筋肉に力を込めて、岩場へ飛ぶ。ひっくり返りそうになりながらも、何とか両の足が地を踏んだ。

「ほれ、舫い綱じゃ」

荘十郎が舫い綱を投げてよこした。

綱を受け取った信之介は、すかさず崖によじ登り、蛸ノ木に結びつけた。

「もう大丈夫だぞ」

信之介は、一塊《ひとかたまり》になっている子供たちに声を掛けた。

ひーっという声にならぬ声とともに、子供たちは一斉に信之介に抱きついてきた。あの頭がデコボコの子もいた。涙で顔がぐしゃぐしゃだった。

「さ、ぐずぐずしていると大波に持っていかれて、一巻の終わりだ」

荘十郎が焦《じ》れ声を上げて急いた。

打って変わった優しい声で、荘十郎は、子供たちを舟に乗せた。

「一人ずつ、ゆっくりと舟に乗るのだ。さ、いい子だ。そうだ。よし、次はお前だ……」

六人を収容し終わると、舫い綱を刃物で断ち切り、網舟は岩場を離れた。

信之介は、波に流されぬように、子供たちを綱で自分の身体に結びつけた。

子供たちは誰も青い顔をして震えるばかりで、口をきく力が残っていないようだった。

信之介は懐《ふところ》にあった手ぬぐいを絞って、一人ずつ交替に首や胸元をこすって温めてやった。

浜辺を振り返ると、背後の断崖に、茶色く汚れた雨水が勢いよく落ちて滝となっていた。

滝ノ浦を出てからも網舟は波に大きく揺すられ続けた。舟底にガツンという衝撃音が響く。舟底がばらばらになってしまうのではないかという恐怖が走った。海面からあちらこちらに顔を出して、波が砕け散っている岩礁も不気味だった。

荘十郎はうんうんと唸りながら、櫂を使い続けた。

大根崎を離れると、波は急におとなしくなった。

追い風となった帰路では、荘十郎が唸り声を上げることもなく、ぐんぐん陸地が近づいて来た。

頭から大波を何度もかぶり、全身はぐっしょり潮水漬けだった。

(間に合ってよかった。今日、滝ノ浦に舟を向けたのは、神仏のご加護だろう)

阿蘭党には、素直な気持ちを持てるはずもない信之介だったが、子供たちに罪はない。

信之介の心は満ち足りていた。

「信之介よ。おのしのことが気に入ったわい」

櫂を使う荘十郎の笑い声が、風音に混ざって響いた。

前浜が見えてきた。浜辺の真ん中には大きな焚き火が焚かれ、たくさんの人影がまわりを囲んでいた。

子供たちの両親とおぼしき幾人《いくにん》かの領民と漁夫たちの他に、阿蘭党の武士の姿も見える。

弥助が本城に知らせに走ったのだろう。

網舟が桟橋に着くと、人々は我先にと桟橋に駆け寄ってきた。

「吾作《ごさく》ーっ」「お梅ーっ」「満吉《まんきち》っ」

子供の名を呼ぶ親の声が、風の音を遠のけた。

「案ずるな、子供たちは、皆、無事だ」

荘十郎の大声が響いた。

うわっという歓声が上がり、子供たちの親たちは、足をもつれさせながらわらわらと網舟に集まった。その場に泣き崩れる母親もいた。

信之介は、網舟から子供たちを一人ずつ下ろした。

「よかったよぉ。本当に」

「母ちゃーん」

かたく抱きしめる母親がいる。

「この、馬鹿たれがっ」

「父ちゃん、怖かったよぉ」

頭を小突く父親がいる。

子供たちも安心したのか、一斉に泣き声を上げ始めた。

「鵜飼さま、お武家さま、ありがとうごぜいやす」

「おかげで、せがれの奴、生き延びました」

「何とお礼を言っていいか。まぁ」

父親や母親たちが次々に礼を言いに来た。

「荘十郎、まずはこれを使え」

人波から現れた伊世が、乾いた晒《さらし》を二つ放《ほう》った。

「姫さま、お出迎え、恐悦至極でござる」

荘十郎は生真面目に頭を下げると、晒を襟元から胸元に突っ込んで、潮水で濡れた身体をぬぐい始めた。

信之介も荘十郎を真似て、まずは胸元を、続いて腹を拭いた。こびりついた塩分で気持ちが悪かった身体がずいぶんとマシになった。

「よくやったぞ、荘十郎。おかげで六つの生命が助かった」

伊世に称賛されて、荘十郎は親しげに信之介の肩をたたいた。

「いや、信之介がおらねば、助けられぬ話でござったわ。こやつが生命懸けで浜に渡らねば、子供たちを舟に乗せることは、とうてい、かなわなかったのでござるよ」

「ふん、人気取りか……」

伊世は鼻で笑って毒づいた。

生命懸けの救出劇だっただけに、さすがに腹が立った。

「なにを」と言い返したいところを、信之介はぐっとこらえた。全身がくたくただった。また剣でも抜かれてはたまらない。

「まぁ、いい。これは親たちに代わって、持って参った。身体が温まるぞ」

伊世は、両手で抱えるような大きなふくべを信之介に差し出した。

戸惑いつつ喉元に流し込んだら、熱い酒だった。五臓六腑《ごぞうろっぷ》にしみ通るうまさだった。冷えた身体にはありがたかった。

廻《まわ》し飲《の》みした荘十郎も、満足げに喉を鳴らした。

「こりゃあ、燗《かん》がついておりますな。かたじけない」

「燗酒でも呑まねば、風邪《かぜ》をひくではないか。さぁ、盛大に焚いておいたぞ。二人ともさっさと焚き火に当たれ」

「申すまでもなく濡れ鼠《ねずみ》でござる」

「雨の中でも、こんなに大きな焚き火ができるのか」

江戸育ちの信之介には、そうした知識があまりなかった。

「火出ノ木は油が多いでな。炎の側に濡れた薪《たきぎ》を置いて乾かしてから燃やせば、雨中でも、結構消えぬものよ」

燗酒と焚き火のおかげで、冷えた身体はずいぶんと温まってきた。

「おい、腰抜け」

伊世が棘《とげ》のある声で呼びかけてきた。

「なにか文句があるのか」

信之介は身構えた。

「いや……もう……荘十郎と立ち合う必要はないな」

視線をそらし、そっぽを向いて、伊世はつぶやいた。

「姫さま、拙者と信之介は、この通りの友垣じゃ」

荘十郎は、ふたたび信之介の肩を親しげに叩いた。

「ふんっ、でくの坊同士、仲よくしておれ」

言い捨てて、伊世は前傾の姿勢になると、雨をついて走り去った。

「拙者は、たしかにでくの坊かもしれぬ。父母を亡くした幼い頃から剣の腕を磨くのみに一意専心して参った。それがため、いくさ働きしかできぬ。刀槍《とうそう》を振るうは、我が生くる道なのじゃ」

「罪なき拙者の下役を斬ったのが、荘十郎の武道か」

信之介は、心にわだかまる思いを、真正面からぶつけた。

「おのしの下役を斬ったことと、滝ノ浦に残された子供たちのために船を漕いだことは、拙者にとっては同じ話じゃ。荘十郎の刀槍の技もこの両腕も、常に島の民を守るためにしかないのよ」

荘十郎の小さな目には真摯《しんし》な光が宿っていたが、信之介には受け入れられる言葉ではなかった。

「理屈は聞かぬ。拙者はおぬしのことを許してはおらぬぞ」

「許せとは申さぬわ……ところでの、信之介も腰抜けだのでくの坊だのと呼ばれたが、怒るまいぞ」

「あんな小娘の言葉を真に受けたりはせぬ」

「伊世姫さまは、阿蘭党部将一の強情っ張りじゃ。心の底では、おのしのことを認め始めているのよ。戦に出たことがないだけに、常日頃も、鎧《よろい》を着たくて仕方がないと見える」

「なるほど、心に鎧というわけか……」

滝ノ浦の苦闘を経て、荘十郎を見る目が、いくぶんか変わったことは事実だった。

雨は降り続いていたが、子供たちを救えた信之介の心の中は温かだった。

6

婆凪騒動から三日ほどして久し振りに晴れ間が出た。

信之介はなまった身体に活を入れるために、北山（三日月山）に登ってみることにした。

前浜集落の西外れから草いきれの山道を遮二無二登ってゆくと、北山の頂上付近に設けられた粗末な番所で二人の若い兵が単衣だけの軽装で見張りに着いていた。

兄島瀬戸側に回り込んだあたりから、鑿《のみ》で岩を穿《うが》つ甲高い音が響き続けている。

信之介は耳をそばだてた。

「あ、鏑木さま、そっちへ行っちゃいけません……」

背後で叫ぶ弥助を無視して、細い坂道を駆け下り、桃玉菜の林へと足を踏み入れた。

すぐに視界が拓けて眼下に大之浦を見下ろす崖上の広場に出た。

広場の中央では茶羽織姿の男が岩塊と向き合って石切り鑿を振るっていた。南風に揺れる銀白の総髪は備前守のものだった。

信之介は声を掛けられずに、しばし岩を刻む備前守の背中を眺め続けていた。それほどに備前守の背中には淋《さび》しさが漂っていた。

「そこもとか……」

振り返った備前守は表情を変えずに信之介を一瞥《いちべつ》した。

「先日は幼子《おさなご》どもをよく救ってくれた」

備前守はわずかな笑みを口許《くちもと》に浮かべた。

「荘十郎の手助けをしたまでのことでございます……」

答えを返しつつ、信之介は備前守が向き合っていた岩塊を覗き込んだ。

高さ三尺ほどの浅黄色《あさきいろ》の岩塊の表面を浅くさらって、胸元の瓔珞《ようらく》も精緻《せいち》な菩薩尊《ぼさつそん》が彫り込まれている。いくつもの頭上面から十一面観音と知れた。

「なにゆえに数ある菩薩尊の中から十一面観音像をお選びになりましたか」

「さしたる謂《いわ》れはない。まずは我らが手に掛けた船乗りたちを回向《えこう》するがため。いまひとつは……」

備前守は厳しい表情に戻って言葉を継いだ。

「十一面観音は修羅道《しゅらどう》におわし、修羅の苦しみに迷う者を救う慈悲深き菩薩とされる」

「修羅……でございますか」

戦いで死んだ者たちは修羅道に墜《お》ちて、死後も戦い続ける責め苦を負うと聞く。

「我らは人の道に外れて業の深い生き方をしている。戦いで斬り死にしても、海難で波に沈んでも、どの道、行き着く先は修羅道しかない。だが、武士とは元々そうしたものだ」

「力こそ義とのお考えですか。往古はともあれ、将軍家の治めるいまの世に成り立つ考えではありませぬ」

信之介はわずかに声を荒らげた。

「されど、この島の民が誰にも屈せず、従わず、大海に大手を振って生きてゆくためには、我らの取るべき道はほかにない……」

「お言葉を返すようですが、拙者は千歳丸の者たちの生命を奪った阿蘭党を許せませぬ」

語気がつい激しくなった。

備前守は眉を寄せてどこか悲しげな表情を見せ、しばし黙した。

「そこもとを生かして館島に連れて参るとは、兵庫も酷な真似をしたものだ。この備前、心中では日々詫《わ》びておる」

信之介は言葉に詰まった。

「千歳丸とともに沈めてやれば、鏑木どのは西方浄土に生まれ変わったやもしれぬ。されど、館島で生きてゆく日々は、そこもとにとって生き地獄に相違あるまい」

不思議な考え方だった。備前守は襲った船の乗り組みを船とともに沈めることで、引導を渡すと考えているようだ。

「兵庫の奴め。そこもとを阿蘭党の部将に推挙するなど、愚の骨頂だ。この島に生まれたものは海賊を生業とするに是非もない。されど無理矢理に生かして連れて参った鏑木どのを修羅道へ誘《いざな》うなど、罪に罪を重ねることにほかならぬ」

「それで拙者を客分に……」

備前守は無言で顎を引いた。

「わしが死した後には、兵庫の思慮の浅さが表れる日も来よう。その時には、あ奴を諫《いさ》めて下さらぬか」

「島のことも海や船のことも何ひとつ知らぬ拙者に、さような大任はつとまりませぬ」

「軍配者（軍師）になれというのではない。あ奴の朋輩《ほうばい》として諫めてやってほしい」

断崖を打つ波音に混ざって備前守の声音は穏やかに響いた。

「兵庫が拙者の言葉を聞き容れなどしますまい」

「いや、鏑木どのを措《お》いてほかにはない。この備前、まだ人を見る目は曇っておらぬわ」

備前守は静かに笑った。

「拙者を買いかぶられておられます」

信之介の言葉には応ぜず、備前守は石切り鑿で信之介の背中の方向を指し示した。

「風が湿った匂いに変わってきた。雨になるぞ。ほれ、弥助がやきもきしておるわ。さっさと帰られるがよい。雨が降ると、坂道がぬかるんで難儀する」

振り返ると、桃玉菜の木陰で弥助が所在なげに立っている。

「備前守さまはいかがなされます」

「わしはぬかるんだ道にも、この島の激しい驟雨《しゅうう》にも慣れておる」

それだけ言うと、備前守は背を向けた。すぐに岩を穿つ音が響き始めた。

信之介は一礼すると、弥助の待つ桃玉菜の林に戻った。

山を下る信之介の心中は複雑だった。備前守の信頼は嬉しくないわけではなかった。だが、千歳丸を沈めた阿蘭党頭領に素直に応えようという気持ちにはなれなかった。

第四章　夏越《なごし》の大祓《おおはらえ》に訪れしもの

1

〽うば玉の　夜の衣を返しつつ　更《ふ》け行くままに生田川《いくたがわ》

平ノリ拍子の上歌《あげうた》が御霊《ごりよう》神社の神域に響き渡る。

朗々とした地謡《じうたい》は間宮雄之進《まみやゆうのしん》ら若手の物頭がつとめていた。風神丸船長《ふうじんまるふなおさ》、寺西儀右衛門《てらにしぎえもん》の小鼓は冴《さ》えて清冽《せいれつ》に澄んでいる。

能管は、儀右衛門の愛娘《まなむすめ》、志乃《しの》が吹く。低い音からゆっくりと調子を上げてゆき、張り詰めたヒシギが鳴り響くと、境内は幽玄の世界に移ろっていった。

海亀《うみがめ》騒ぎがあってから半月ばかり後、水無月《みなづき》の晦日《みそか》を数えていた。

すでに暦も忘れかけていたが、この日は神道や陰陽道《おんようどう》では「夏越《なごし》（名越）の大祓《おおはらえ》」として切要《せつよう》の日とする。阿蘭党《あらんとう》の大祭とあり、梶原《かじわら》氏の祖先である鎌倉権五郎《かまくらごんごろう》景政《かげまさ》を祀《まつ》る御霊神社への奉納能《ほうのうのう》が、粛々と執り行われていた。

丸に四ツ石の幔幕《まんまく》が張り巡らされた桟敷《さじき》には、社殿の左手中央に備前守《びぜんのかみ》が背筋を伸ばして座り、長い白髪を木漏れ日に輝かせていた。

ずらりと並べられた将几《しょうぎ》には、家老の富永丹波《とみながたんば》以下、医師の武林丈庵《たけばやしじょうあん》に至るまでの上士、中士が勢揃《せいぞろ》いしていた。

式日とあって、部将たちは直垂《ひたたれ》を身につけ侍烏帽子《さむらいえぼし》を被《かぶ》って威儀を正している。公儀であれば四位侍従《しいじじゅう》以上の正装だが、阿蘭党の直垂は室町振りの短い袖《そで》に仕立ててあった。

（この場を見ると、阿蘭党には、立派に小大名の貫禄《かんろく》があるな）

客分である信之介《しんのすけ》は、備前守から五番目、儀右衛門の隣席に座る。兵庫《ひょうご》から借りた麻《あさ》裃《がみしも》姿であった。

社殿の右手、仮拵《かりごしら》えの桟敷には侍衆の家族が座っていた。着飾った娘たちの華やかな彩りが眼《め》を引いた。

足軽衆とその家族は浜側の白砂利の上に筵《むしろ》を敷いての観能を許されていた。領民たちが思い思いに筵を広げているところからは砂浜が始まっていた。

波音に混じって林の奥から「ジーッ……ヒョ」と響く不思議な鳴き声が聞こえてくる。秋が盛りの島蟬《しまぜみ》（オガサワラゼミ）で、葉月に入るとうるさいくらいだそうだが、ざわめきさえも聞こえぬ境内では、かえって静けさを際立たせていた。

演目は源平《げんぺい》の武将の戦物語を主題とする勝修羅物《かちしゅらもの》で、阿蘭党が遠祖と仰ぐ梶原源太景季《かじわらげんたかげすえ》の霊を主人公とする『箙《えびら》』だった。

青天井の能舞台で、シテ方をつとめるのは伊世《いよ》だった。

平太面《へいためん》を掛けた伊世の装束は、黒垂《くろたれ》の髪に梨打烏帽子《なしうちえぼし》を着け、紺地唐花文様《こんじからはなもんよう》の袷法被《あわせはっぴ》であった。

(若武者の装束を着けると、あの男勝りの伊世が、かえって嫋《たお》やかに見えるから不思議だ……)

炎天にこの重々しい装束ではさぞ辛《つら》かろうと思われる。だが、伊世は地謡に合わせて勝《かち》修羅扇《しゅらおうぎ》をゆるやかに振り、梅に心を寄せる風流の心を優雅に舞った。

地謡は夜が明けて景季の霊が姿を消さねばならぬ時を告げた。

志乃の能管がヒシギを吹き鳴らす。調子の高い笛音があたりの境内に響き渡って『箙』は終曲となった。

兵庫が舞台の中央に進み出て、口上を述べようとした、その刹那《せつな》である。

忽然《こつぜん》、背後の旭山《あさひやま》からびょうびょうと法螺貝《ほらがい》の音が鳴り始め、向浦《むかいうら》の入江にはね返った。

(甲三音《かんさんおん》……いったい、何が起きたのだ)

高音を立て続けに吹き鳴らす奏法《そうほう》は、急迫の事態を告げている。

「なにごとなるか」

た。


「旭山番所の陣貝《じんがい》ぞ」

侍衆が、一斉にざわめき立った。池に石を投じたが如《ごと》く境内の人々に怖《おそ》れの波が広がった。

法螺音の間から赤子の泣く声が聞こえる。

「静まれ、静まらぬか」

備前守が立ち上がると、境内は水を打ったように静まり返った。

「紛《まぎ》れもない。沖合に不詳の船が見ゆるとの陣貝だ。雷神《らいじん》、風神乗り込みの者は急げ！」

兵庫は侍衆へ向き直ると、将たる威厳に満ちた声で命じた。

（不詳の船だと？）

信之介は兵庫の言葉がとうてい信じられなかった。こんな絶海の孤島にやって来られる船が、果たしてあり得るものだろうか。

「伊世、お前は御屋形さまを護《まも》れ」

面を外し袷法被を脱ぎかけた伊世に、兵庫は厳しく決めつけた。

「しかし、兄上、雷神の弓組は、どうなるのじゃ」

「父上を誰が護るのだ。弓組は、小頭の下知で動くから大事ない」

兵庫は、小者が捧《ささ》げ持ってきた召替えの小袖に腕を通しながら命じた。

伊世は頰《ほお》を膨らませたが、黙ってぷいと踵《きびす》を返した。

「いざ、参るぞ！」

兵庫は右の手で拳《こぶし》を作って宙に突き出した。

「おうさぁ」

湧き上がる鬨《とき》の声の中で、鵜飼荘十郎《うかいそうじゆうろう》の濁《だみ》た大声が、ひときわ強く聞こえた。

侍衆も足軽も、砂利を踏みしめる音を響かせながら次々に境内を出て行く。

ジーッ……ヒョ……ジーッ……ヒョ……ジーッ
法螺貝の音が止《や》むと、島蟬の声が境内に戻ってきた。

備前守に従って、向浦の桟橋近くの浜に出たとたん、信之介は歩みを止めて息を吞《の》んだ。

「あれは……ふね……なのか」

八木島《やぎしま》と大根崎《おおねざき》の湾口に、巨大な黒い物体が存在していた。海の上に浮かんでいるからには船に違いない。だが……あまりにも大きすぎる。

長さは三十数間はあろう。舷側《げんそく》が高くそびえ立ち凄《すさ》まじいまでの量感を持っている。芝《しば》増上寺《ぞうじようじ》の三解脱門《さんげだつもん》を横に二つ並べたが如くである。神津島《こうづしま》の沖合で風神丸に出会ったときにも百人番所のようだと度肝を抜かれたが、黒い物体は風神丸よりも二回り以上も大きかった。

「あんなに大きな船が海に浮かぶとは……」

信之介は瞬時、危機を忘れて、巨船に見入った。

午後の陽射《ひざ》しにきらめく入江に、二艘《そう》の小舟に曳航《えいこう》された巨船はゆっくりと侵入してきた。巨船が向きを変えたために、船尾を除く全貌《ぜんぼう》が姿を現した。

舳先《へさき》から船尾へ向けて大きく湾曲した船体は鉄黒《てつぐろ》に塗られていた。弥帆柱が突き出た船首には、金泥《きんでい》で彩られた像が飾られている。風神丸の主帆柱よりも高い三本の帆柱には、十数枚の白綿帆がわずかに開かれ湾内に吹き渡る風に揺れていた。

黒船は大根崎近くに錨《いかり》を下ろした。

風神丸と雷神丸は入江の中ほどに位置を変えて散開していた。入港してきた船の両舷に向けて狙いを定め、いつでも砲撃できる態勢を整えている。

巨船の甲板には、何百人もの船乗りがひしめいて浜を眺めていた。遠目ではっきりとはわからないが、誰もが異国の民らしい。

舷縁上部には十門の砲門蓋《ほうもんがい》が不気味に光り、船体の中ほどに一列に並んだ砲門蓋は九門、最下層は八門。三層に装備された大筒は片舷に二十七門を数えた。

黒い巨船から大筒を撃ちかけてくる気配は見られなかった。

「御屋形さま……南蛮船でござるな」

家老の富永丹波が、しわがれた声で口火を切った。

「紛れもない。あるいは、エスパニアの船か」

「呂宋《ルソン》からでも参りましたかな」

丹波は西陽に眼を細めて入江を見つめている。

「かような大船を、今までにもご覧《ろう》じたことがござるのか」

信之介は驚きを隠しながら、つとめて平静な声で訊《き》いた。

「はは、こなたには珍しかろう。南海では、まま、ああした南蛮船を望見する。その折は、君子危うきに近寄らずを決め込むが」

気難し屋の丹波が信之介の顔を見て、思いの外に気楽な調子で答えた。

「敵船は、襲い掛かって参るのではござらぬか」

「うろたえおるな。見よ、舷側に並んだ砲門の蓋が閉じておろう」

丹波の言葉通り、砲門蓋は牡蠣《かき》の殻のように閉じられたままだった。浜へ砲火を浴びせるつもりでないのは確かだ。

「仮に砲門を開いたとて、あの場所から浜までは、いかなる大筒も当たらぬ」

丹波は、扇で顔に風を送りながら言葉を続けた。夕凪《ゆうなぎ》が始まったのか、浜沿いに生える浜桐《はまぎり》の葉のそよぎが止まっていた。

「喫水が深くて、あれより近づけぬのであろう。知らぬ入江に深入りすれば、伏せ岩や隠れ根に、してやられる」

備前守の言葉に、丹波も大きくうなずいて相槌《あいづち》を打った。

「小舟を下ろし、測り綱を出して入江の深浅を知り、大桟橋まで参るとしても半日掛かりの仕事ですな」

「したが、丹波。もし、呂宋のエスパニア人が館島を知ったとすれば、まがまがしき話よ」

備前守は険しい顔つきになった。

「確かに、あ奴らは、南方百里あたりの海を呂宋から濃毘数般《ノビスパン》（スペイン領アメリカ）まで、常に行き来しますゆえ」

南蛮人が、館島《やかたじま》からそう遠くない海域を航海しているとは、新たな驚きであった。

「仮にエスパニア船とあれば、一人たりとても生かして帰すわけにはゆかぬ。直ちに雷神を漕《こ》ぎ寄せ、外舵に大筒を撃ちかけるのが、最も難なき策であろう」

備前守は、この場での先制攻撃を考えていた。

自分たちの存在を知った者は生かして帰さない、それが阿蘭党の掟《おきて》であり、永く館島を護ってきたものなのだ。

「されど、あれほどの大船。むざと打ち壊すのは、なんとも惜しい……」

丹波は再び眼を細めて、入江の巨船を舐《な》め回すように見た。

「あの南蛮船を、無傷でわが阿蘭党のものと為《な》したいではございませぬか。乗り組みの者どもを歓待するそぶりを見せ、浜に上げて料理するが、労少なくして益多き策かと」

阿蘭党は海賊なのだ。丹波が、初めから相手を騙《だま》して殲滅《せんめつ》する考えを持っていたとしても、何の不思議もなかった。

（やはり、こ奴らは、物取り野盗の類《たぐ》いに過ぎぬ）

丹波の言葉は、信之介にとって唾棄《だき》すべきものに他ならなかった。

「さて、どうしたものか……」

備前守は、あごに手をやった。入江の巨船を無傷で物にすれば、阿蘭党には掛け替えのない宝となるだろう。海賊業は船を奪う計に始まると言っても過言ではない。

「風神から、儀右衛門を呼び戻して参れ。糧食《りようしよく》を求めて、どのみち遣い舟が参るであろう。南蛮の言葉を解する、あ奴がおらねば、不便するわ」

備前守は丹波の献策を容《い》れる気になったようである。

丹波が背後で護衛の任に就いていた弓足軽に命じた。

「喜兵衛《きへえ》、そのほうが儀右衛門を呼びに風神まで舟を漕げ」

「はっ、直ちに」

「法螺を鳴らすまで、決して討ちかからぬようにと、ご惣領《そうりよう》にお伝えせい。巨船を損ねては後でまずいからの」

「必ずお伝え申します」

弓足軽は、平伏すると足早に去った。

2

「儀右衛門。あれは、いずこの国の船だ」

備前守は扇で沖を指した。

「あれは……エスパニアの船でござる」

眉間《みけん》に深い縦皺《たてじわ》を寄せて沖を眺める儀右衛門は、ただならぬものの訪れを予感しているような表情を見せた。

備前守は眉《まゆ》一つ動かさずに問いを続けた。

「軍船か商い船か、そのほうなら判るであろう」

「軍船でござる。白地に紅い筋違紋《すじかいもん》の旗が檣頭《しょうとう》に掲げられており申す。あれはエスパニア王船手の旗印に相違ござらぬ」

儀右衛門の言葉が潮騒《しおさい》に消えようとしたとき、波しぶきを上げて南蛮船から一艘の伝馬船が下ろされた。

「遣い舟が参る。儀右衛門、そのほうの出番ぞ」

「心得ておりまする」

儀右衛門は食い入るように沖を見つめたまま、あごを引いた。

（エスパニアの軍船か……）

信之介の心にも不吉な予感が走った。

白く塗られた大きな伝馬船《てんません》は、一刻一刻と浜との距離を詰めてきた。

舳先近くには、紺地《こんじ》筒袖《つつそで》を身につけ、三角の布冠を被《かぶ》った長身の南蛮人と、白っぽい着物を着た小柄な男が立っていた。

背後には水主《かこ》のほかに、揃《そろ》いの銀鼠《ぎんねず》色の筒袖に身を固めた物頭と、兵卒らしき八人の姿を数えた。

「鏑木《かぶらぎ》どの、身どもと一緒に来て頂けまいか」

「拙者が参るのですか」

「なに、念のためでござる」

公儀でも重要な使者には二人で立つことが多い。相手との会話について、お互いに証人の役割を果たすためである。御家人出身の儀右衛門らしい慎重さとも言えた。

（しかし、この俺が阿蘭党の使者とは奇妙な話だな）

行きがかりとは言え、自分は、館島に連れてこられて一月余りのよそ者に過ぎない。

「鏑木どの、備前からもお頼み申す」

頭領から頼まれてまでして、敵に後ろを見せる惰弱は見せられない。

「拙者で役に立つかはわかりませぬが」

備前守は無言でうなずいてから、伊世に向いて命じた。

「伊世、そなたは儀右衛門と鏑木どのの警固に従《つ》いて参れ。鉄砲足軽を一小隊連れて行け」

「あいわかり申した」

伊世は、張り切った声で応じた。いつの間にか、ふだんの単衣《ひとえ》に着替えてきている。

「鉄砲隊には火縄を掛けさせよ。ただし撃つな。このような時に飛び道具を使うと、味方に必ずけが人が出る。鉄砲は脅しぞ。くれぐれも撃ってはならぬ」

「仰せのままに」

一礼すると、伊世は鉄砲足軽が居並ぶ場所へ走った。

「一同、心を引き締めて掛かるがよいぞ」

備前守は一層の厳しい顔つきになった。

(間近に南蛮人を見るよい機会だ)

信之介は武者震いしながら、近づく伝馬船へ目を凝らした。

前浜の中程には、板を組んだ粗末な栈橋が設《しつら》えられている。

信之介と儀右衛門は、栈橋が始まる浜に立って舳先に立つ二人が近づくのを待った。背後には伊世が率いる五人の鉄砲足軽が、南蛮人たちに向けて種子島《たねがしま》を構えていた。

藁縄《わらなわ》が燃える甘い匂いに、あたりの空気は張りつめている。

南蛮人の伝馬船が栈橋へ達着した。

　桟橋から浜へ先に下りたのは、三十代半ばと思《おぼ》しき白麻の単衣を着た男だった。破戒僧のような短髪に、口とあごには刈り込んだ髭《ひげ》を蓄えている。腰に二刀を帯びているからには、武人なのであろう。陽に灼《や》けた精悍《せいかん》な顔の中で、白い両眼が尋常でない光を放っている。

　続いて青筒袖《あおつつそで》を着た南蛮人も、阿蘭党の鉄砲足軽には意を払う様子もなく、浜へ降り立った。

　紺青色の筒袖全体に豪華な金の縁取りや飾りが輝く。短袴《たんこ》の膝下《ひざした》が白い股引《ももひき》姿であるのは、行動しやすい工夫なのだろうか。腰にはきらびやかな金鞘《きんざや》の長刀一振りを帯びている。(鉄砲の筒先が狙うところへ、恐れ気なく歩み寄るとは、二人とも、よほど勇敢な男と見える)

　二人は、信之介たちから二間(三・六メートル)ほどの位置に並んで立った。

　白麻と青筒袖の左右に、驚くほど大柄の兵員が警固の態勢に着いた。二人とも銀鼠のお仕着せ姿で、腕廻りは信之介の倍ほどもありそうだ。

　背後すぐの位置には、物頭らしき男に率いられて、同じ銀鼠のお仕着せを着込んだ六人の鉄砲隊が筒口を天に向けたままで整列した。散開しない限り、鉄砲を撃つことはできない態勢だった。

　ぜんぶで十一人。船から下りてきた連中に、とりあえず攻撃の意図は見られなかった。

「拙者らは、貴公たちに対して少しの害意もござらん。火縄を掛けた鉄砲隊は、願い下げにして頂きたい」

短髪の男は、いきなり口を開いた。よく通る声だった。

「そ、そこもとは、異人ではないのだな」

儀右衛門は、驚きの声を上げて、男を見た。

（我らと同じく、武士なのか）

信之介とて、まさか和語が出てくるとは思ってもいなかった。

遠目からは青筒袖の部将と比べて小柄と見えたが、五尺三寸（一六〇センチ）の信之介より上背はあった。

男からも、正使とおぼしき青筒袖からも、みじんの殺気も感じられなかった。

（ともあれ、この男の言葉に偽りはなさそうだな）

左右の屈強な二人も、鉄砲を手にした七人も、相変わらず人形のように整列している。

「鉄砲隊は、下がれ。筒先を天に向けて構えるのだ」

振り向いて命じた儀右衛門の下知で、阿蘭党の鉄砲足軽たちは、弾が届かない距離まで下がって攻撃態勢を解いた。

伊世は信之介の傍らで、鼻息も荒く、刀の柄《つか》に手を掛けて立っている。

「お初にお目に掛かる。拙者、久道主馬《ひさみちしゅめ》と申す。エスパニア国の通詞《つうじ》として、来島した次第」

男は歯切れのよい口調で名乗った。口元に笑みを浮かべた表情とは裏腹に、両眼は少しも笑ってはいなかった。

（やはりエスパニアの船か……しかし、この男はいったい、何者なのだ……）

主馬は姓名以外を名乗らなかった。エスパニアの軍船に乗ってきた武士……どこの家中なのか、あるいは浪人者か、信之介には主馬の正体は皆目見当がつかなかった。

儀右衛門は、ふだんとは違う武張った調子で会釈した。

「この島の頭領の使いとして参った寺西儀右衛門と申す。こちらに控えるは」

「鏑木信之介でござる」

信之介も頭を下げた。

「寺西どのに鏑木どのでござるな。こちらはレオン・サルミエントさま。エスパニア王国御船手の部将でいらっしゃる。公儀で例えれば、七、八千石取りの旗本といったご身分とお考え願えればよろしい」

「ムーチョ・グスト！（はじめまして！）」

レオンと呼ばれた南蛮人は、挨拶《あいさつ》らしきエスパニアの言葉を口にすると、愛想よく笑った。

信之介は三十前後の南蛮人の顔をまじまじと見た。

しい。

栗色の髪に灰色の大きな瞳《ひとみ》。怜悧《れいり》で品のある細面で、大身の旗本に当たる身分にふさわ

武人というより公家に似た雰囲気を持っていた。ただ、薄い唇のどこかに、酷薄な人柄が漂っているような気がした。

「アブロ・エスパニョール・ウン・ポコ（わたしはエスパニア語を少し話せます）」

儀右衛門の口から出た言葉に、主馬とレオンという部将は、顔を見合わせた。

「寺西どののエスパニアの言葉は、なかなかに達者でござるな」

主馬は如才ない笑顔を浮かべた。

「呂宋島のマニラで、エスパニアの商船長に習いました。されど、ここな鏑木はエスパニア語を解しませぬ。お手数だが、久道どのには逐次、通弁を願いとうござる」

「わかり申した。寺西どのはエスパニア語で話されよ。拙者が鏑木どのに和語でお伝え申そう」

主馬がエスパニアの言葉でなにやら告げると、レオンは玉の転がるような調子で話し始めた。信之介が初めて聞く南蛮語は、鳥のさえずりに似ていた。

——儀右衛門どのは、この島でいかなる御役にお就きの方か？

——拙者は、船人でござる……。

レオンは沈黙して、儀右衛門の顔を見つめた。

――エスパニアの軍船は、この島に何用あってお見えか？

儀右衛門は鋭い目つきで尋ね返した。

――その前に伺いたい。波戸（桟橋）に舫ってある二隻の軍船は、公儀御船手のものなのか？

――それは……。

儀右衛門が口ごもると、レオンは畳み掛けるような口調で問いを続けた。

――いかがなされたか？　もしも公儀や諸家中の軍船でないとすれば、わたしたちは海賊と考える。航海安寧の見地からも、我がエスパニアの国利からも、海賊を見逃すわけにはゆかない。

――見逃せない、ですと？

刺々《とげとげ》しい声で儀右衛門は聞き返した。

――遺憾ながら、二隻の軍船に対して、砲撃しなければならない。

――拙者たちは、海賊ではない！

儀右衛門は激しい口調で言い返した。

（雲行きが怪しくなってきたな。したが、主馬は身構えからして隙《すき》だらけだ。剣の腕はそれほどでもなさそうだ）

いざという時、どう動けば儀右衛門を守れるか、信之介は、誰にも気取られぬように主馬との間合いを計り始めた。

——もう一度伺う。貴殿たちの軍船は、公儀御船手のものなのか？

——我々の主君はこの島の太守である。

レオンは儀右衛門の瞳を射るような視線で見据えた。

——カピタン儀右衛門……。

——わたしは、カピタン（艦長）ではない。

レオンが何事かを主馬に告げると、主馬は訳語をやめて、自分の言葉を口にした。

「いや、貴公は、あれらの軍船の船頭に違いない。伺いたい話があるので、ご足労をお掛けするが、本艦までご同道いただきたい」

「お断りする。行かなければならない義理はない」

「拙者と一緒に来て頂きたい。話は本艦でゆっくり訊こう」

「いや、断るっ」

儀右衛門は嚙《か》み付きそうな顔で拒絶した。

（主馬に刀を突きつけて、その隙に儀右衛門を逃すほかないか……）

不測の事態に備え、信之介は、いつでも剣を抜ける構えをとった。

「寺西どの。エスパニア軍は、あれなるイシドロのほかに、フロラ、アギラの二艦を従えて参っているのだぞ。種子島しか持たぬこの島と違って、連装式のモスケトン（マスケット）銃や、新型の大筒を多数備える。話を聞かせて貰うだけだ。悪いことは言わぬ。拙者に同道されよ」
主馬は慇懃無礼《いんぎんぶれい》な調子で、儀右衛門を恫喝《どうかつ》した。

「我らを脅されるおつもりか。事と次第によっては、ただにはおかぬぞ」

儀右衛門も腹に据えかねたか、強い口調で言い放った。

「あんな貧弱な戦備えで、我々と戦うおつもりか。蟷螂《とうろう》の斧《おの》とは、まさにこのこと」

主馬は肩をそびやかしてうそぶいた。

「無礼者おっ」

寄せる波の音を破って、伊世の叫びが響いた。

「ほう、別式女《べっしきめ》（女武芸者）とは珍しい。図星を指されて腹を立てたか」

「鉄砲組、この無礼者を撃てっ」

伊世は怒りにまかせて下知を発した。

（やめろっ。敵の銃に反撃されるだけだ）

阿蘭党の鉄砲が一斉に火を噴いた。

発砲の瞬間を予期していたかのように、主馬は地に伏せた。

引き金を引く前に、気配を悟ったに違いない。

（主馬は思った以上に腕が立つ。さてはこちらの油断を誘うために、隠しておったのだ

な）

主馬ほどの武芸の達人を確実に仕留めたいのならば、射撃を分散して、あられ打ちにするしかない。

悔いても遅かった。

敵の鉄砲隊を率いる物頭の号令が響いた。

（まずいっ）

種子島より強い射撃音が立て続けに響いた。

「うおっ」「ぐっ」「うわわあっ」

阿蘭党の鉄砲足軽たちの悲鳴が次々に上がった。

砂に倒れ伏す者。血を吐き、胸をかきむしる者。

「五助《ごすけ》、寛兵衛《かんべえ》、惣吉《そうきち》ーっ」

肺腑《はいふ》を絞るような伊世の叫びだった。

硝煙が四方へ散り広がった砂浜は、うめき声に満ちていた。まともに立っている鉄砲足軽の姿は一人もなかった。

（だから言わぬことではないのだ）

伊世の浅慮《せんりょ》は、犠牲者を出したばかりか、味方の誰をも危地に追いやってしまった。

「当方のモスケトン銃は連装式だ。続けてもう一発ずつ撃てる。さて、今度は誰に筒口を向けようか」

主馬は、茫然《ぼうぜん》と立ち尽くす伊世に視線を向け、短い号令を発した。

敵の鉄砲隊は伊世へ六つの筒口を向けた。

信之介は伊世の前に駆け寄り、右手に剣を持ったまま両手を開いて、小柄な身体をかばった。

「よせっ、邪魔《じやま》立て無用ぞ」

伊世は信之介の背中から飛び出そうとした。

「動くではないっ」

信之介の大喝《だいかつ》に伊世の動きは止まった。

「女をかばうとは美しきことだ。では遠慮なく、鏑木どのを撃たせて貰《もら》おう」

「撃つなら、撃て」

（主馬の腕を見切れなかったからには、俺の負けだ……）

覚悟は決めたが、背中に流れ落ちる汗は止められなかった。

主馬の指示で物頭のエスパニア語の掛け声が響いた。

だが、銃声は聞こえなかった。

鉄砲隊のうちの二人が手早く銃を砂の上に置き、儀右衛門の元へ走った。

「わかった……。拙者を連れて参るがよい」

儀右衛門は従容として、左右から腕を摑《つか》んだ二人に身体を任せた。

主馬はさっと儀右衛門の背中へ走り、刀を儀右衛門の背中に突きつけた。レオンが何事かをエスパニア語で主馬に告げた。

「サルミエントさまは、寺西どのを丁重に扱うと仰せだ。心安らかに同道されよ」

「我々と争えば、エスパニア王国は、必ずや後悔するぞ」

両腕を兵士に摑まれたまま、儀右衛門は主馬を睨《にら》みつけた。

「話は本艦で伺う」

レオンを先頭に、儀右衛門を拉致した二人の兵は悠然と、桟橋へ去ってゆく。

桟橋に連れ去られる儀右衛門の後ろ姿を、信之介は見送るよりほかなかった。

信之介と伊世は四人の敵銃兵に取り囲まれた。いま動けば、自分ばかりか、伊世も敵兵の銃の餌食《えじき》にされる。歯嚙《はが》みしつつも、信之介は動くことができなかった。

物頭が号令を掛けた。

四人の銃兵は、さっと鉄砲を肩に掛けて踵《きびす》を返すと、一斉に桟橋へ走り始めた。

「わたしを見くびるなぁ」

伊世が叫んで、抜刀した。

物頭の左腕がごろんと浜に転がった。噴き出す鮮血が砂浜を汚した。

四人の銃兵は、傷ついた物頭を放り出していっさんに逃げ始めた。

「鉄砲組の仇討《かたきう》ちだっ」

伊世は血刀を振るい、物頭にとどめを刺そうと大上段に構えた。

五感が危地を告げた。信之介は桟橋に視線を移した。

桟橋に立ったレオンが、伊世に短筒の銃口を向けている。

「危ないっ。伏せろっ」

伊世は三間ほど先の砂浜に突っ伏した。

同時に、主馬が稲妻のように桟橋から突進してきた。

「未熟者めがっ」

すぐに立ち上がった伊世の背後に素早く廻った主馬は、手拳で側頭部を思い切り叩いた。

声も立てずに伊世は昏倒《こんとう》した。

主馬は伊世の首を右腕で抱え込むようにして立ち上がらせたが、伊世はもうろうとした状態のままだった。

「鏑木どの、このじゃじゃ馬は預からせて貰うぞ」

「渡すわけには参らん」

「断るなら、寺西どのが死ぬことになる」

主馬はあごをしゃくって、短筒を構えるレオンを指し示した。

「わかった……。明日にでももらい受けに行く」

行く。

「いつ帰すかは、当方の都合だ」

言い捨てて、主馬は伊世を抱え込んだまま桟橋に向かった。伊世は力なく引きずられて
片腕を失った物頭は、おびただしく血を流しながらも、自分の力で立ち上がった。流血の止まらない腕を押さえながら、懸命に主馬の後を追う。

十一人の敵兵たちは、わらわらと伝馬船に乗り込んだ。二人の人質はレオンと主馬に挟まれるようにして座らされた。

櫂《かい》が一斉に上がり、波を切り始めた。

するりと、桟橋から離れた伝馬船は、見る間に遠ざかってゆく。

「帰せーっ。浜へ戻せーっ」

伊世が意識を取り戻したのか、しきりに叫び声を上げている。

だが、今、伊世たちを救う手立てはなかった。

(こうとなれば、仕切り直しだ。敵船に、伊世と儀右衛門を取り戻しにゆくしかない)

人質をあきらめた信之介は、鉄砲足軽たちが倒れている場所に駆け寄った。

深手を負っている若い鉄砲足軽を抱き起こす。

ひゅーひゅーと苦しげにあえぐ足軽の顔からは、生命の火が消えようとしていた。茶色い畳鎧《たたみよろい》の右胸に焼け焦げた銃創が痛々しい。

「おいっ、気を確かに持てっ」

両手を瞬時、宙にもがくように動かしたかと思うと、足軽はすぐに動きを止めた。弥助《やすけ》より少し歳上《としうえ》に過ぎなかった。信之介の胸は痛んだ。

（ほかの者は助かるやもしれぬ）

うめき声を上げる残りの四人は、いくらかましな状態に思われた。

本陣からは、弓足軽たちが、算を乱して駆け寄せてきた。

沖へ目を遣ると、伊世と儀右衛門を虜《とりこ》にした伝馬船が、主馬がイシドロと呼んでいた本艦の舷側に達着しようとしていた。

浜には、何事もなかったかのように、島蟬の奇妙な鳴き声が響き渡っていた。

3

晦日の夜とて、虚空に月はなく、満天の星が輝いていた。

イシドロの舳先を目指す二艘《そう》の狩野舟《かのぶね》の最後尾に信之介は乗っていた。夜陰《やいん》に乗じるために、舟は黒く塗り潰してある。

斬《き》り込み隊長は兵庫。大事のつとめに就くのは、信之介の他に、風神丸按針《あんじん》の間宮雄之進と御徒士《おかち》組頭の渡辺藤三郎《わたなべとうさぶろう》の四人である。狩野舟の漕《こ》ぎ手として小者の弥助を伴っていた。

おのおの木藍《きあい》で濃く染め出した阿蘭党独自の忍び装束に身を包んでいる。

四人は阿蘭党の鍛冶師《かじし》が鍛えた尺五の短い刀を肩から背負っていた。腰には八寸（二四センチ強）の馬手差《めてざし》を差している。狭い船倉でも戦うためには、得物は短いほうがよい。

やがて、イシドロの雄大な舳先が迫ってきた。船体に付着した海藻や貝殻の腐敗した磯臭い匂いが、鼻を衝《つ》いた。船底近くに腐蝕《ふしょく》止めに貼られている無数の銅板の臭いが混ざる。

イシドロからはかすかに人声が聞こえるが、ほとんどの乗り組みは眠りに就いているようだった。

夕暮れ間近、後を追って大之浦《おおのうら》に入ってきた幾分か小ぶりな二隻の南蛮船は、イシドロの左右で静かに錨《いかり》を下ろしている。主馬がフロラ、アギラと呼んでいた軍船であろう。

イシドロの砲門蓋は、いつの間にかすべて開けられていた。敵船は、いつでも砲撃できる態勢を整えている。

砲門と砲門の間には等間隔に窓が穿《うが》たれ、船内からの灯《あか》りに橙《だいだい》色に光っていた。

兵庫が鉤竿《かぎざお》で錨綱を引き寄せ、鮮やかな手さばきで舫《もや》い綱を錨綱に結びつけた。

雄之進が胴ノ間から静かに立ち上がった。黒い投縄をたぐり寄せ、ゆっくりと敵船の湾曲した前甲板を見上げる。

「くそっ。異人の奴らめ。いまに見ておれよ」

言いしな、雄之進は右腕を大きく振りかぶった。

闇の中にひょうと鋭く空を切る音が響き、くるくると四方鈎が回りながら遣出《やりだし》に引っかかった。

忍び装束がするすると切り立った舷側《げんそく》をよじ登ってゆく。雄之進の身軽な姿は、忍びそのものだった。

雄之進は、前甲板の舷縁近くまで登ると、用心深く甲板を覗《のぞ》き込んだ。

「歩哨《ほしょう》が交替したら、すぐに乗り込んで、斃《たお》す。次の歩哨が現れるまでに、儀右衛門と伊世の囚《とら》われておる牢屋《ろうや》を探さねばならぬ。阿蘭党では半刻《はんとき》（一時間）で見張りの足軽が交替する決まりだ。南蛮船でも、半刻程度の猶予はあるはずだ」

兵庫の囁《ささや》きを破って、時を告げる澄んだ鐘の音が、船体の中程から響いた。

鐘の響きが残っているうちに雄之進は前甲板へ消えた。

（見張りをうまく始末できればよいが……）

しばらくして、雄之進の頭が舷縁から見えると、黒く塗られた巻縄梯子《まきなわばしご》が、ざざっと下ろされた。

「さぁ、信之介から参れ」

板子を揺らさぬように、兵庫の舟に乗り移り、巻縄梯子に取り付いた。信之介は、用心深く縄梯子を登って行った。

金泥で彩られた等身大の女人の木像が、ずらりと並んで船首を飾っている光景が異風だった。

信之介は、雄之進に両腕を摑《つか》まれて、前甲板に転がり込んだ。

「上首尾ですよ、鏑木さん。二人の見張りを始末しました」

雄之進が耳元で囁いた。

上の甲板から漏れる明かりを頼りに眼を凝らした。両舷の隅に銀鼠色《ぎんねずいろ》の筒袖を着た大男が二人、転がっている姿が見えた。両者とも呻《うめ》き声も上げていなかった。すでに絶命させられているのであろう。

南蛮船の甲板は風神、雷神よりもかなり幅があった。鮮やかな青色に塗られたすぐ後の板壁には、四枚の木扉が設けられていた。

木扉の左右には、茶筒を縦半分に切ったような形状の小屋が、両舷の壁から突き出していた。

「あれは、厠《かわや》のようです。見張り以外にも、用足しに出てくる敵がおるやもしれませぬ」

すぐに兵庫と藤三郎も縄梯子から登ってきた。

「舷側を壁伝いに艫《とも》まで進むのだ。信之介と雄之進は、左右両舷に分かれて上の列の窓を覗いて廻れ。下の列は左が俺で、右を藤三郎に任せる。艦内を秘《ひそ》かにうかがい、牢舎の位《し》置を見出《みいだ》すしか術《すべ》はない。艫まで行ったら、再びここに戻って来るのだ。よいか、皆、四半刻《はんとき》の半分（約一五分）を見当に戻れ」

舷側の壁には砲門や窓を補修する際に足がかりとするための、飾り縁がぐるりと廻《めぐ》らされていた。わずか三寸の出っ張りに過ぎないが、信之介は飾り縁を頼りに身体を壁に張り付かせて足を運んでいった。

三間ほど進むと、最初の窓が穿《うが》たれていた。二尺四方の方形で、人が充分に通れる大きさがあった。窓は風神、雷神と同じく跳ね上げ式になっており、波が荒い時などに閉じれば舷側の壁となる仕組みだった。

注意深く様子をうかがいながら、内部を覗き込むと、左右にずらりと大筒が並んでいた。雷神丸の自慢のものより砲身も長く、嵩《かさ》もあって、威圧感を覚える。

大筒の周りには、導火棹《どうかざお》や込め矢（弾薬を銃身の底に突き入れるのに使う細長い鉄の棒）が立てかけられ、玉薬の入っていると思しき頭陀袋《ずだぶくろ》が並べられていた。

次の窓から覗くと、船体中ほどに灯《とも》された明かりが届いて、かなり遠くまで見渡せた。三十畳くらいの広間に、一尺わずかの幅しか持たぬ網寝床《あみねどこ》が所狭しと吊《つ》られていた。

何十人という半裸の南蛮人が鼾《いびき》を掻《か》いて眠っていた。多くは黒髪だが、中には禿頭《とくとう》や白髪の老人も混じる。弥助と変わらぬ年頃の少年もいた。女らしき姿は見られなかった。

これほど数多くの南蛮人を初めて見る信之介には、現実味の乏しい光景に思えた。

砲門を乗り越え、窓を越え、信之介は舷側を中程まで進んだ。

このあたりは、手掛かりの綱が少なかった。背中に冷汗を流して、信之介は武者草鞋《わらじ》の爪を船壁に突き立て、慎重に船尾へと進んだ。

船体の中程には、太い主帆柱を中央にした、食堂と思しき部屋があった。食堂では、昼間の部将と同じような紺色の筒袖を着た男五人がギヤマンの酒杯を手に談笑している。

後帆柱から吊された広い縄梯子を渡って船体の後ろ三分の一あたりまで進むと、銀鼠筒袖の男たちが骨牌《かるた》遊びをしている部屋があった。食卓には酒杯の傍らに何枚もの金貨が積まれていた。

（南蛮人の武士は、博奕《ばくち》を打つのか）

壁には無数の鳥銃が掛けられていた。信之介は青い筒袖が水軍で、銀鼠色の筒袖は陸戦の武士であろうかと思った。

続いて、灯りの消えた窓があった。この窓も二尺四方の大きさがあったが、鋳鉄《ちゅうてつ》の黒い鉄格子が嵌《は》められている……。

（牢屋だ！）

信之介は鼓動を抑えつつ、そっと鉄格子の中へ眼を凝らした。

目が慣れると、壁を背にして座っている小柄な身体が見えた。長い髪を後ろで束ねている。

「伊世どの、拙者だ。鏑木信之介だ」

隣室の銀鼠筒袖に聞こえぬよう、小声で呼び掛けた。

小柄な影は、すぐに窓辺に近づいて来た。

「おお、腰抜けか」

明るい声でささやいた女は、伊世に間違いなかった。

(無事だったか……)

伊世は顔に打ち傷などはないようで、信之介は胸を撫《な》で下ろした。早く兵庫に知らせてやりたい。

「わざわざ助けに参ったのに、ご挨拶だな。大事ないか？」

「無事じゃ。変わった味だったが、夕餉《ゆうげ》もすべて平らげた」

「南蛮人は、御身を手荒に扱ってはおらぬか」

「手荒な真似などしたら、ただには置かぬわ」

囚われの身となっても、相変わらず伊世の鼻息は荒かった。

「それは重畳《ちょうじょう》だ。寺西どのは、無事か？」

「隣の牢舎《ろうしゃ》だ」

二人の居所が判《わか》った以上は、一刻も早く前甲板に立ち戻らなければならない。

「待っておれ。すぐに兵庫とともに助けに参る」

「兄上も一緒か」

兵庫の叱責《しっせき》を怖れるかのように首をすくめる伊世は、とても子供っぽく見えた。

「ああ、雄之進と藤三郎も来ておる。狩野で弥助も待っているぞ」

「みなに、造作を掛けてしまった……」

伊世の声が沈んだ。鼻っ柱の強いこの姫でも気がとがめるのだろう。

「敵に気取られぬように、なんとか寺西どのを起こしておけ」

「わかった。とにかく、おぬしたちを待つ」

「もし危うき事あれば、これを使え」

信之介は、馬手差を帯から引き抜くと、格子越しに伊世に手渡した。

「礼を申すぞ」

伊世の白い歯が、隣の窓から漏れ来るわずかな灯りに光った。

「礼は、牢屋から出てからでも遅くなかろう」

信之介は、前甲板に戻るために舳先を目指して壁伝いを始めた。

物見を終えた四人は、前甲板の手すりの下にうずくまるようにして集まった。

「そうか。二人とも無事だったか」

兵庫は今夜、初めて微《かす》かに笑みを浮かべた。

「だが、兵庫。鉄格子をどうするつもりだ。太さが親指ほどもある。金鋸《かねのこぎり》で切っていたら、朝になってしまうぞ」

「玉薬を用います」

雄之進は、拳大《こぶしだい》の革袋を懐から取り出し、顔の前で軽く振った。

「玉薬を使うからには、救い出す時には必ず敵に気づかれる。その時が勝負だ」

兵庫は言い残すと、前甲板の縁を越えて舷側に張り付いた。雄之進も後に続いた。

「雄之進、下に降りよう」

振り返った信之介の眼に、艦内へ続く青い壁の木扉が開く姿が映った。中からギヤマンのはまった六角提灯《ちょうちん》を手にした凄《すさ》まじい髭面《ひげづら》の青筒袖が出てきた。

(敵だ！)

男は、信之介たちに気づかずに、ふらついた足取りで左舷の半茶筒型の小屋に歩みを進めた。厠へ用足しに出てきたのだろう。

信之介は、左手で雄之進を牽制《けんせい》して、背中の尺五を秘かに抜いた。

大柄の男が手にした灯りの光が自分たちに届く前に、声を立てさせずに始末するしかない。

二間の距離を一瞬にして詰め、瞬時に心ノ臓を貫く自信はあった。

だが、信之介が斬りかかるより早く、雄之進が身体を起こして南蛮人に突進した。

「うっ」と呻いて、左肩から血を噴き出した髭男は、六角提灯を放り出した。

男は両手で虚空を摑《つか》んで、仰向けにひっくり返った。

提灯が、足下に置かれていた、飼い葉桶《おけ》に似た木箱に落ちた。

めた。

（まずい！）

木箱の藁《わら》に炎が燃え移った。炎はあっという間に大きくなり、前甲板を赤々と照らし始めた。

最上甲板から、数人の男がおめき騒ぐ声が聞こえた。

艦内で乾いた太鼓が聞こえた。

法華の団扇太鼓《うちわだいこ》に似た甲高い音だった。怒声や号令が飛び交い、算を乱して近づく大勢の足音が響いてきた。

兵庫と藤三郎が急ぎ足で前甲板に戻って来た。機を一にして、木扉から兵卒と水主たちが雪崩《なだれ》を打って押し寄せた。

十人を超える銀鼠筒袖の兵卒は、手に手に鳥銃を構えている。

水主たちが手にする六角提灯の灯りで、信之介たちの姿は闇から浮き上がってしまった。

ずらりと並ぶ筒先の先頭に立ったのは、昼間、伝馬船で上陸して来たレオンだった。

「海に飛び込めぇ」

兵庫の叫び声で、藤三郎が甲板の手すりを越えて闇に消えた。続いて兵庫が空に飛ぶ。

信之介も飛び込もうとした、その時である。

「おぬしらの好きにさせるかぁーっ」

武者草鞋《わらじ》の爪が板床を引っ掻く音が響いた。雄之進が、敵の懐へ向けて跳躍した。間髪を入れず馬手差をレオンの首元に突き付ける。
レオンは表情を凍らせ、身体を板のように強張《こわば》らせた。
「この者の生命が惜しくば、得物を捨てよっ」
雄之進の大声に、兵卒たちはひるんだ。
鳥銃が役に立たないのは、言うまでもない。
「ええい、わからぬのか。鳥銃を捨てろと申すのだ」
雄之進が重ねて怒鳴った。
意を解したレオンが、かすれた声音で命ずると、兵卒は銃を下ろした。
次の瞬間、上の甲板から黒い影がひらりと飛び降りた。
あっという間もなく、影は足刀蹴《そくとうげ》りで雄之進の頸部《けいぶ》に打撃を加えた。
雄之進は派手な音を立てて、背中から板床に倒れた。
「鏑木どの、この夜更けにずいぶんと無粋な訪《おとの》いだな」
主馬だった。
腰の刀を抜くと、主馬は、炯々《けいけい》とした眼光で信之介を見据えた。
静かな表情を崩さぬまま、全身から鋭い殺気をみなぎらせている。
地摺《じず》りの構えで、主馬は切っ先を板床ぎりぎりに落とした。
尺五の剣を八相に構えながら信之介は叫んだ。

「飛び込め、雄之進っ」

「嫌です。雄之進は、臆病者《おくびょうもの》にはなりとうない」

「これ以上、人質が増えてどうするのだ。さっさと行けっ」

信之介が怒鳴ると、体の右側を雄之進が風を切って駆け抜けて行った。

すぐに派手な水音が海面に響いた。

主馬の刀が風を起こした。

信之介は己が身を跳躍させ、あご先を狙った主馬の刃を辛《から》くも避けた。

（こ奴の太刀筋《たちすじ》が読めぬ……）

信之介の額に汗がにじんだ。

二間の間合いに戻ると、主馬はゆっくりと唇を開いた。

「もうよい。刀を納めろ。今ここで貴公を倒すのは、本意ではない」

よく響く落ち着いた声音だった。

「尋常に勝負致せっ」

「なかなかの腕だが、十丁の鉄砲が貴公の心ノ臓を狙っておる」

兵卒たちは鳥銃を構え直していた。

「鏑木どのの腕は、見せて貰った。心形刀流《しんぎょうとうりゅう》だな」

信之介は、耳が熱くなるのを覚えた。自分は主馬の太刀筋すらわからなかった。

「確かに、伊庭軍兵衛《いばぐんべえ》先生にお手ほどき頂いた。だが、拙者が討たれると決まったわけではないぞ」

「拙者の一声で、貴公は蜂《はち》の巣だ」

「卑怯《ひきょう》ではないか」

「別段に、卑怯とは思わぬ。これは、尋常の果たし合いではない。鼠賊《そぞく》をどう追い詰めようと、当方の勝手だ。それに……」

主馬はにやっと笑って、言葉を継いだ。

「貴公が参れば、あの姫がさぞかし、喜ぼうぞ」

「ふむ。では、会わせて貰《もら》おう」

この場で無駄に生命を捨てても意味はない。伊世の側にいてやろう。信之介は刀を鞘《さや》に納めた。

青筒袖の号令で、十人の兵卒が銃を地に置いて、両脇から飛びかかって来た。

(まぁ、いい。機を見て三人で逃げ出すまでだ)

後ろ手に縛られた信之介は、開かれた木扉から船内を覗き込んで、あっと声を上げた。

(こんなにも大勢の敵が控えていたのか……)

両舷に大筒を備えた一の間には、銀鼠筒袖が、ずらりと整列していた。鳥銃を肩に抱えて立っている兵卒は、四十人近い。

次の間には、老若の青筒袖が十人ほど立っていた。

背後には、百人を超す半裸身の屈強な男たちが、手に手に短刀や棍棒《こんぼう》を構えて居並んでいた。誰しも、「鼠賊」を討つために備えていたのだ。

船内に入ると、物のすえたような異臭の中から、焔硝《えんしよう》の燃えた臭いが浮き立ってきた。千駄ヶ谷《せんだや》番所の試射場と同じ臭いだった。この船が海に浮かんでから、戦いの度に燃え続けた玉薬の臭いだろう。数多《あまた》の人の血を吸った船に違いない。

（この南蛮船もまた、鬼船に違いない）

大鬼の顎《あぎと》から、伊世たちを連れて逃げ出す方途など、考えつきそうにもなかった。

4

連れて行かれた場所は、薄暗い牢舎ではなく、五人の男が談笑していた食堂だった。食堂はギヤマンのはまった幾多の角提灯で、明々と照らされていた。

信之介は木製の南蛮将几に座らされた。座る折に、兵卒が後ろ手の縛《いまし》めを解いた。むろん、刀は奪われてはいたが、意外の感に打たれた。

主馬とレオンとが食卓を挟んだ将几に腰を掛けた。鳥銃を手にした銀鼠筒袖が四隅の壁際に立つだけで、守りは手薄だった。

（無手で二人のどちらかを倒せるか……？）

思った刹那《せつな》、表情を変えぬまま、主馬の全身から強い殺気がにじみ出た。

（この男を相手に、さすがに無腰では無理か……）

主馬の殺気は、すっと消え去った。

「鏑木どのは、この島の住人と、どういう関係なのか」

「拙者は島民だ」

「馬鹿を言って貰っては困る。貴公の武家言葉は江戸訛《なま》りだ。島民の伊豆《いず》訛りの言葉とは、まるで違うではないか。少なくとも島に参って日が浅いのは間違いない」

信之介は返す言葉がなかった。一月以上ともに暮らしていながら、阿蘭党の武士言葉に伊豆訛りがあるとは気づかなかった。

「直参《じきさん》か、あるいは諸大名の代々江戸詰の家に生まれたか……。心形刀流の剣の腕は立つ……。そうか、公方から伊豆の島々に、本草探しでも命ぜられた探薬使か。植村《うえむら》左平次《へいじ》の如くに」

「違う。本草などに、関心はないぞ」

表情を動かしたつもりはなかったが、主馬はにやりと笑った。

「決まった。鏑木信之介は、直参の探薬使だ」

信之介は知らず視線を逸《そ》らしていた。正式には探薬使ではないが、江戸を出た理由はほぼ言い当てられた。

（いったい、主馬は何者なのか……）

諸国の訛りに通じ、植村左平次のことまで知っている。油断のできない男である。

「貴公を直参として、話を進めよう」

主馬はすでに、直参と確信している。隠しても無駄だろうが、信之介は答えを返さなかった。

「エスパニアについては、存じおるな」

「儀右衛門から、あらましは聞いておる。この船は、エスパニアの船と申しておったが」

「さよう。この世で一番強い王国、エスパニアの軍船だ。こちらのサルミエントさまは……」

主馬は、青筒袖の部将へ向き直った。

「エスパニア王直属のご家来衆で、大身の旗本に当たるご身分であることは話したが、さらに諸侯のご子息でもある」

レオンは、にこやかな笑みを浮かべて、右手を差し出した。

「お互いの右手を握り合うのは、南蛮の挨拶だ」

信之介は主馬の言葉を無視して、レオンの右手を握らずに黙ってあごを引いた。

レオンは一瞬、鼻白んだ。が、すぐに笑顔に戻り、信之介に真似《まね》て頭を下げた。

「ヨロシク、サムライ」

人を捕らえておきながら愛想がいいのが、エスパニアの国風か。

「エスパニアは騎乗の士に負けぬほど御船手の士が盛んな勢いを持つ国だ。御船手の頭には、諸侯を以て充てておる」

御船手筆頭を世襲している向井将監家《むかいしょうげんけ》は、千石級に過ぎなかった。エスパニアは、軍船の盛んな国なのだろう。

「この軍船は、サン・イシドロと申すが、小山の如《ごと》きには、貴公も驚いたろう」

「確かに大きい。この島の二隻の軍船が小さく見えるほどだ」

「エスパニア王国は、イシドロのような軍船を百隻も持つのだ」

「かような大船を百隻も……」

絶句した信之介に、主馬は静かにあごを引いた。

「それより、エスパニアは何故に、この島を攻めようとするのか」

信之介の詰問口調に、主馬は表情を緩めて答えた。

「この島は、阿蘭党と申す不羈自由《ふきじゆう》の海賊衆が治める島だそうな」

「儀右衛門が喋《しゃべ》ったのか」

「いやいや、寺西どのは口の硬いお人ぞ。自身が船長《ふなおさ》であることも一向に喋ろうとはしなかった。が、姫のことは大事と見ゆる」

「あの娘に危害を加えると脅したのだな」

「不本意だが、はるばる呂宋から、我らも物見遊山に参っているわけではない」

「この島を乗っ取るつもりか」

「我らは、阿蘭党を攻めようとは思ってはおらぬ」

「では、いったい、おぬしらの望みは何なのだ」

信之介は、主馬を強い視線で睨み付けながら問うた。

「阿蘭党には、エスパニア王国の麾下《きか》に入って貰う。我らに従うのだ」

声を改めた主馬は、射すくめるような眼で信之介を見据えた。

「エスパニアに屈せよと申すか」

大安宅《おおあたけ》よりも遥《はる》かに大きい風神丸、雷神丸は、江戸の人間にとっては想像すらできない。当世の武士とは違う実戦集団たる阿蘭党は、貴重な存在だった。何よりも日本近海の風と海域に詳しい船人たちである。味方に付けたいエスパニアの意向はよくわかった。

「もし、味方に参ずれば、この島の民を厚遇《こうぐう》する所存。島を統《す》べる頭領は諸侯として遇しよう」

「島の頭領が、そんな話に乗るとは思えぬが」

備前守の峻厳《しゅんげん》な容貌《ようぼう》が心に浮かんだ。

「貴公にはエスパニア王国の意向を、頭領に伝えてほしい。もし、阿蘭党が我らとともに戦うに否やを申すのであれば、軍船や鉄砲をことごとく我らに渡せ」

武装を解けなどと言う要求を、備前守が承知するはずはなかった。

「どちらも拒んだら」

「明日は島を攻める。容赦はせぬ。島の軍勢は全滅の憂き目を見るだろう」

主馬は恫喝《どうかつ》した後、静かな調子に戻って言葉を継いだ。

「朝のうちに、白旗を立てた船で、貴公と島の宿老格の者と二人でこの船に参れ。返事を聞かせて貰う。決して、弓足軽や鉄砲足軽を乗せて来るな。昼間のようにいきなり撃ち掛けられてはかなわん。戦陣の作法通り、返答の如何《いかん》に拘《かかわ》らず、使者には手は出さぬ。安んじて参れ。ただし、人質は別だ」

「人質に会わせてくれ」

信之介の叫びに、主馬は首を横に振った。

「貴公を使者に選んだからには、人質には会わせられぬ。二人はしばらく預からせて貰う。我らの要求を拒んだら、見せしめのために、初めに血祭りに上げる」

「そんな真似は許さん」

信之介の大喝に、レオンがビクッと身体を震わせた。四隅の銀鼠筒袖が鳥銃を構えたが、主馬は無言の手振りで制した。

「日輪が天頂に達するまでは待ってやろう。それまでに、頭領に意を決めさせせろ。それより、貴公も我らとともに起て」

「断る。拙者は直参だぞ」

何を馬鹿なことを言い出すのかと、信之介は主馬を睨みつけた。もはや、身分を隠しておくこともない。

「貴公の主人が何をしてくれた。南海に漂流した貴公は捨て置かれておるのだろう。迎えの船が参るわけはあるまい」

「戦場に出たのと同じ話ではないか。死して野に散っても本望だ」

「エスパニアに参ずれば、貴公をまずは一千石で取り立てよう」

目付格、旗本としては高禄ではある。主馬は気を惹《ひ》くような口調で続けた。

「さらに働きぶり次第によっては大名への道も開けるぞ」

(俺が、そんな餌《えさ》に飛びつくとでも、思っているのか)

見くびられたような気になって、信之介は語気荒く言い返した。

「人のことばかり聞くが、おぬしはいったい何者なのだ」

「エスパニア王に仕える者、と申したではないか」

「それだけではあるまい……いずこの家中か」

「あえて日ノ本にいたときの身分を申せば、浪人者よ」

故国を裏切り、エスパニアの隷下《れいか》、走狗《そうく》として働くだけの男なのか……。

いや、そうではあるまい。貫禄《かんろく》ある口の利きよう、剣技の冴《さ》えからしてただの浪人者などではない。何者かの下命で動いているに違いない。この男ならば、武士としての心が伝わらぬものでもないだろう。

主馬の両の瞳を見つめながら、信之介は静かに口を開いた。

「主馬、そこもとを一廉《ひとかど》の武士と見る。主馬が、何人《なんぴと》の命で働くかは知らぬ。だが、大義に従わばこそ、生命を賭《と》して呂宋に渡ったのではないか。決して利によって、困苦の道を歩んだのではなかろう。武士たる者は利によって生くるものではあるまい」

信之介は息を整えて、言葉を継いだ。

「拙者は武士として本分を裏切るような真似はできぬ。たとえ、この身が梟首《きょうしゅ》に掛けられ、白骨を山野にさらそうとも、主君に背くなど、武士としてあるまじき行いは断固せぬわ」

主馬は信之介の言葉を黙って聞いていたが、口元に曖昧《あいまい》な笑みを浮かべた。

「直参にしておくには、惜しい男だ……」

「これは、お言葉痛み入る」

信之介の皮肉には応ぜず、主馬は押し殺したような声で強いた。

「よいな、我らの意向を頭領に伝えるのだ」

拒めば殺されるやも知れぬ。だが、牢に放り込まれれば幸いだ。伊世たちを救う機会も得られる。信之介は賭《か》けた。

「拙者は使者などには立たぬぞ。殺したくば、この場で殺せ」

信之介は、渾身《こんしん》の力を込めて拒絶の言葉を叩《たた》き付けた。

主馬は将几から立ち上がり、レオンに何事か伝えた。

レオンが短く号令を掛けると、部屋の隅に立っていた兵卒が迫って来た。

「仕方がない。貴公の考えが変わるまで、人質と一緒にいて貰う」

主馬はゆっくり息を吐いた。

(賭けには勝った。さぁ、伊世と儀右衛門のところに参ろう)

銀鼠筒袖たちが、再び信之介の腕を後ろ手に縄で縛った。

背中に鳥銃を突き付けられたまま、信之介は半間幅の廊下を進んだ。

偵察の折に、銀鼠筒袖が骨牌で遊んでいた部屋の前を通りかかると、陽気な歌声が響いてきた。博奕は終わったらしい。

明るい部屋の前を通り過ぎる時に、開かれた扉を覗き込んでみた。六人の男たちは肩を組み、琵琶《びわ》に似た楽器に合わせて踊っていた。

通り掛かる虜囚の信之介には少しも関心を示さずに、脚を高々と上げては腰を振っている。

♪ラ・ボニータ・デ・ルソン・ティエネ・カトルセ・アニョス
雄叫《おたけ》びにも似た歓声が上がる。

♪ラ・ティア・デ・ハポン・ティエネ・トレインタ・イ・シンコ・アニョス

誰もが渋面《じゅうめん》を作って口をつぐんだ後、やけに戯《おど》けて大声を張り上げている。歌の意味など判るはずもないが、南蛮人の底抜けのはしゃぎぶりが、信之介の心に残った。

宴の部屋を抜けると、倉庫と牢屋らしき灯りのない樫《かし》の木の扉が続いていた。それぞれ人の顔の高さに小さな窓が穿たれ、黒い鉄格子がはめられていた。

（獣臭いな……）

耳を澄ますと、歌声とは反対の方向から微《かす》かに牛のような唸り声や、鶏のコッコッという鳴き声が聞こえた。

先頭に立っていた銀鼠筒袖が、右舷側最後尾の扉の鍵を音を立てて開けた。脅しつけるような声を立てて、大柄な一人が信之介の背を押した。

（牢屋から逃げ出すとしたら、あの窓から海へ飛び込むしかない）

廊下の奥に風通しの窓が開かれている光景を信之介は見逃さなかった。

牢屋に押し込まれると、廊下から漏れ来る灯りに、人影が浮かんだ。儀右衛門だった。

「寺西どの、大事ないか」

薄暗いのではっきりしないが、見たところ傷などは負っていないようだった。

「我ら二人を救わんとして捕らえられたか。相済まぬ」

捕らえられた時の直垂姿に身を包んだままの儀右衛門は、袴《はかま》の腰に両手を添えて、頭を下げた。

「気に懸けられるな。それより、この牢を出よう」

信之介は三畳ほどの殺風景な牢屋内を見廻《みまわ》した。藁以外には何一つ置かれていなかった。

「試してみたが、あの鉄格子はびくともせぬ」

儀右衛門は窓を指さして、力なく首を振った。

「まぁよい、機をうかがうまでだ。いずれにせよ、隣が寝静まるまでは動けぬ」

牢屋に押し込められてからも、隣室の歌声は響き続けていた。

「あれは何を歌っておるのだ」

♪呂宋娘の歳や十四、島一番の縹緻《きりよう》よし。舳先向けてる日ノ本女は、三十五過ぎの大年増。

儀右衛門は流れ来る節の真似をして、歌の詞を訳した。

「とまぁ、そんな歌でござるな」

「銀鼠筒袖たちは、あの歌が、よほど気に入っておるようだな。何度も繰り返しおるわ」

「ビリャンシーコと申す古い俗謡を替え歌にしたものでござろう。ああした歌は、呂宋でも、よくエスパニアの水主たちが酒場で歌っておったわ。我らで言えば、盆踊り歌のようなものよ」


さして関心のない儀右衛門の口ぶりであった。

「カトルセ・アニョスとは、いかなる意味なのか」

信之介は心に引っかかるものを感じて、重ねて問うた。

「齢《よわい》、十四……つまり、この船が出て来た呂宋の港で別れてきた女の歳だな」

「わかったぞ。だから、カトルセ・アニョスの節回しで楽しそうに笑い、その次の……トレ、トレ……」

転がるようなエスパニアの言葉を再現する舌を、信之介は持っていない。

「トレインタ・イ・シンコ・アニョスか？　これは、三十五歳なる意味だ。ハポンは日ノ本を指す」

「そうか、船が向かう日ノ本では年増女しか買えない……だから、この部分では情けなさそうな顔を作るわけか」

「同衾《どうきん》するなら、若い娘がよいのは、我らも南蛮人も変わらぬ人の情でござるよ。いや、年増女は情が濃くて、若い娘にないよさがあるものだが……したが、鏑木どのは、やけにあのビリャンシーコに拘《こだわ》っておるではないか」

信之介とて、こだわる理由ははっきりしなかった。ただ、何となく引っかかるものがあったに過ぎない。

「いや……別段の話ではないが……ところで、この船では獣を飼うのか？」

「南蛮船では、洋上で糧食が調達できぬ時のために、牛や鶏を飼う。もっとも、口に入るのは総大将や一部の部将だけだが」

「そうか、やはり家畜か。ところで、寝静まった時が勝負ぞ」

信之介は、掻き鳴らされ続ける琵琶に似た楽器と歓声に耳を傾けながらつぶやいた。

一刻もすると、さしもの宴も終わりを告げた。隣の部屋の酔っ払いたちが三々五々に引き上げる音が響き、牢屋を静寂が包んだ。

「次に、見張りが廻って来たら、事を起こす。拙者がよいと申すまで、寺西どのはこの場を動かれるな」

「まどろっこしい。これからは儀右衛門と呼んでくれ」

たしかに戦場で儀礼は要らぬ。

「そうだな。お互い、気安く呼び合おう」

しばらくして、廊下を歩く規則正しい足音が響いた。歩哨だ。

「されば、儀右衛門、見張りに告げてほしい。拙者が館島への使者に立つゆえ、主馬の所へ連れて行けとな」

信之介は、拳で扉を内側から叩き始めた。

大声を張り上げて、儀右衛門がエスパニアの言葉を叫んだ。

扉の格子窓から厳つい顔の男が顔を覗かせ、儀右衛門と数語の遣《や》り取《と》りの後、早足で去って行った。

程なく、三人の足音が近づいて来た。

扉が開くと、「出ろ」とでも言ったものか、叱咤《しった》するような短い叫び声が響いた。

大男の銀鼠筒袖が黒い鋳鉄の鍵束を持って立っていた。やや離れ、一間ほどの間合いで後ろの二人は鳥銃を構えている。

廊下へ足を踏み出したと同時に、信之介は床を蹴《け》って跳躍した。鳥銃を構えていた右の男のみぞおちに、頭突きを食らわす。

男は「うっ」と叫んで仰向けに倒れた。倒れる隙《すき》に、男が腰から吊《つ》っている短剣の柄を摑んで引き抜いた。

ここを先途と、男の腹を突き刺した。

「ぐおおおおっ」

凄まじい呻き声を上げながら、男は床を転げ廻った。

立て続けに、ほかの二人にも剣を振るった。

すぐに廊下には静寂が戻り、倒れた身体の周りに三つの血溜《ちだ》まりが広がった。

「ここだ、ここだ、信之介っ」

弾んだ伊世の声が廊下の向かい側に並ぶ牢屋から響いた。

「伊世どのっ」

血塗《ちまみ》れの鍵束を拾うと、信之介は伊世の囚われている左舷側の牢屋に走った。

「待ちかねたぞ」

鍵束から錠前に合う鍵を探して鍵穴にさすと、重い鉄扉はさび付いた音をきしませて開いた。

「今度こそ礼を言う」

伊世はひらりと牢から出てきた。

その時である。船首側から算を乱した大勢の足音が聞こえて来た。

「信之介っ、敵だっ」

儀右衛門が叫んだ。短剣を手にした大勢の銀鼠筒袖が、塊《かたまり》になって迫って来る。

「ここは拙者が支える。信之介は、姫さまをお護りして逃がれてくれ。さ、姫、その刀を拙者にお渡し下されっ」

儀右衛門は、手を差し出して叫んだ。

「いや、わたしが支える。二人とも疾《と》く逃げよっ」

伊世が馬手差を抜き放った。

「姫さまっ、いけませぬっ……うわっ」

馬手差をもぎ取ろうと摑みかかった儀右衛門を、伊世は突き飛ばした。

「儀右衛門がおらねば、風神丸はどうなるっ。信之介はわたしより、剣の腕が立つ。二人とも、阿蘭党の戦いになくてはならぬ。ここはわたしに任せてくれっ」

伊世は言い捨てて、踵《きびす》を返し兵士たちの群れに突進していった。

先頭に立った巨漢が伊世に襲いかかった。

「姫さまーっ」

次の瞬間、大きな音を立てて、巨体はひっくり返った。

伊世の馬手差が、血に濡れて光っていた。胸を突いたに違いなかった。

背後の銀鼠たちは、ひるんで後ずさりした。

「伊世っ、牢屋に立《た》て籠《こ》もれっ」

「承知っ」

伊世は、自分の収監されていた牢屋に戻ると、中から扉を閉めた。

「参るぞ。儀右衛門」

二人は、船尾に向かって一目散に駈《か》け出した。

（伊世を見直したな……）

いつ始まるかも知れぬ戦いのために、自らの身を捨て石とする……。伊世の新たな一面を見る思いだった。

「儀右衛門、あの突き当たりに窓がある。海へ飛び込むと見せて外壁に張り付き、身を隠そう」

「あい判った。後ほど、伊世さまをお助けに参らねばならぬからな」

「その通りよ。よいか、窓から出たら上へよじ登れ」

「うむっ、身どもが先に参る」

突き当たりには、鶏を数羽入れた鉄籠が据え付けられていた。鶏たちは時ならぬ闖入《ちんにゅう》者《しゃ》に、激しく鳴き声を上げて騒ぎ立てる。傍らの木柱には、一頭の黒毛の牡牛《おうし》が繋《つな》がれていた。

物頭らしき男が号令を掛け、先頭の三人の兵士が鳥銃を構えようと、立ち止まった。

「よし、牛よ行けっ」

信之介は牡牛を繋《つな》ぎ止めていた縄を切り、短剣で尻を突いた。

雄叫びを上げた牡牛は、船首へ向け角を振り立てて走り始めた。銀鼠筒袖たちは統率を失い、わらわらと逃げ始めた。

「儀右衛門、今のうちだ」

うなずくと儀右衛門の姿は窓から消えた。

信之介は、短剣をくわえて窓の外へ出ると右側の外壁に張り付いた。船体の後方、三分の一あたりの位置だった。

船体に打ち込んである拳大の釘頭《ていとう》を手掛かりに、信之介は遮二無二、外壁をよじ登っていった。

跳ね上げ窓の上部まで登ると、船首方向の縄梯子を吊っている太い綱に右手が触れた。

信之介は、懸命に手を伸ばして綱を摑んだ。両手両脚を綱に掛けてしがみつく姿勢をとり、何とか身体の安定を得た。

一間ほどの距離を隔てた船尾側の綱には、儀右衛門が同じような姿勢でぶら下がっていた。

目顔で無事を確認し合うと、二人は息を潜めて眼下の様子をうかがった。

廊下からは、エスパニア人の騒ぎ声が近づいてくる。

しばらくすると、脱出した窓の二つ前方の開口部から銀鼠筒袖が姿を現した。勘を頼りに的外れな射撃を繰り返している。

信之介たちの姿は、まだ、敵には捉《とら》えられていなかった。

だが、このままでは発見されるのも時間の問題である。さもなくば流れ弾の餌食《えじき》となろう。

信之介は、「艫矢倉《ともやぐら》へ逃れよう」との意を込め、顎《あご》で船尾方向を指し示した。

黙ってうなずいた儀右衛門は、両手で飾り縁を摑んで、船尾方向へ横這《よこば》いを始めた。

信之介も蟹《かに》の横這いよろしく、船尾方向へ身を移していった。

散発的な銃声が響いた。後頭部で銃弾が風を切って唸《うな》った。

全身が強張《こわば》り、額にどっと冷や汗が噴き出た。

信之介は左右の手で交互に飾り縁を放しては摑み、蟻《あり》の歩みで船尾へ進んだ。

進む先に、ぼんやりと灯《あか》りが広がってきた。

「艫矢倉ぞ。あの場所まで進めば、足掛かりは山とある。もう一息だ」

儀右衛門が振り返って、励ましの言葉を掛けた。

信之介は、両指に力を込めて、横這いを再開した。

ギヤマンが一面にはめられた大きな格子窓の角に、二人は足掛かりを得た。

艦尾楼右舷の側壁に辿《たど》り着いたのである。

視界いっぱいに、今まで見てきた部屋とは比べられぬ明るい空間が広がった。斜め下方に望む上甲板最後尾は、立派な簞笥《たんす》や卓子などの調度が並べられた豪華な居室となっていた。

二人の青筒袖が部屋の中央に立って、声高に話していた。

信之介は、敵から姿を見られぬように身を潜めながら、室内の様子をうかがった。

「総大将の居間でござろう」

儀右衛門が囁《ささや》いた。

「年老いたほうは、セルジと申す総大将だ……」

金飾りの多い筒袖を着た五十年輩の男が、激しい口調で詰め寄っていた。

「もう一人は、レオンだな……」

必死で弁明をしているように見える部将は、何度か顔を見たレオンに違いなかった。

「何を話しておるのだ」

信之介の問いに、儀右衛門は得意げな笑みを浮かべた。

「拙者が逐語に訳して進ぜよう」

――主馬が申す話は、どこまで信用できるのか。あ奴めは、軍船や兵を持つ館島のことなど、少しも話してはいなかったではないか。そもそも、日本の皇帝が呂宋島を攻めるとの警告に、間違いはないのだろうな。

儀右衛門は、言葉を訳しながら息を呑み込んだ。

（なんだと！　大樹さまが呂宋を攻めるだと！）

信之介と儀右衛門は無言で顔を見合わせた。

――館島のことを、把握できていなかったのは、確かに主馬の落ち度とは思います。が、日本の侍従の居間にあったと言うマニラの要塞《ようさい》と砲台の図面の写しは、すべて正しいものでした。また、徳川皇帝が、鉄砲の試射場を設け、新しい大砲を造ろうとしている話も裏が取れました。長年途絶えていた将卒の調練も繰り返しています。日本の軍勢が来たるべき戦いに備えている話に、嘘《うそ》はないでしょう。

（なんということだ！）

信之介は驚愕《きょうがく》せざるを得なかった。

口を尖《とが》らせて弁明を続けるレオンの言葉は、信之介が把握している幾つもの事実を指摘している。

「レオンは、侍従の居間に、呂宋の城を描いた図面があったと言いおるのか……確かに、侍従と申したのだな」

信之介は儀右衛門にささやいた。

「チャンベランとは、国王の側近でござるな。侍従と訳せば、当たらずと言えども遠からずだろう」

「あるいは、左近将監《さこんしょうげん》さまか……」

松平乗邑《まつだいらのりさと》は老中首座であった。官位は従四位下《じゅしいのげ》侍従《じじゅう》に進んでいる。吉宗《よしむね》の改革を積極的に旗振りし、元文二（一七三七）年には勝手掛老中《かってがかりろうじゅう》を兼ねていた。まさに吉宗の右腕と言えた。

再びセルジが傲岸《ごうがん》な調子で問うた。

――百年ほど前に、幕府が呂宋を攻めようとしていたことも、間違いないのか？

――はい、キリシタンを残酷に処刑した、悪名高きブンゴドノ（松倉豊後守重政《まつくらぶんごのかみしげまさ》）が長崎に軍船を集めた事実も裏が取れております。日本が禁教に転じた時代に、三代徳川皇帝がマニラを宣教師《バテレン》の根城と考えて滅ぼそうとしたのです。一方、いまの徳川皇帝は、キリシタンの問題ではなく、呂宋に集まる多くの財宝や商い物を狙っているのです。

（大猷院《だいゆういん》さまも、呂宋を攻めようとされておったのか）

家光に呂宋侵攻の野望があったとは。これまた、信之介にとっては寝耳に水の話だった。

――確かに、呂宋には、新大陸《インディアス》と清国から無尽蔵に財物が集まるからな。

――もし、徳川皇帝の呂宋攻略の謀みが真実でないとすれば、我々を日本へ引っ張ってゆこうとする彼の国の大公《だいこう》の意図も理解し難いではありませんか。

セルジは不承不承にうなずいた。

「今、レオンは大公と申したのか？」

「レオンが口にしておるのは、エスパニアの言葉で公爵《ドウケ》と申して、諸侯の最上の位を指す言葉でござるよ。大公とでも訳さば当たらずと言えども遠からずでござろう」

「大公とは何人《なんびと》を指すものなのか……」

やはり、主馬は何者かの下命で動いている男なのだ。いったい、主馬の主君は誰なのか……。

信之介は耳をそばだてた。

そのとき、部屋の扉を忙《せわ》しなく叩く音が響いた。

入室の許しを得て大股《おおまた》に入って来たのは、主馬だった。

主馬は何事かをレオンたちに告げるや否や、懐から数本の棒手裏剣を取り出した。

黒光りする手裏剣を右手に構え、信之介たちが潜む窓辺に歩み寄って来る。

「主馬に気づかれたぞ」

この不安定な姿勢で主馬の手裏剣を逃れる術《すべ》はない。

「やむを得ぬ。海へ飛び込む」

儀右衛門がうなずいて身を翻し、宙に飛んだ。

信之介も続いて両脚から海へ飛び込む。

上方で窓が開く音が響いた。

（まずいっ）

今、手裏剣を投げ付けられたら、頭頂部に命中する。

暗い海面が視界に広がった。

激しい水音が響き、信之介の全身を冷たい海水が包み込んだ。

信之介は深く水に潜り、懸命に敵船から離れた。

息が続かず耐えられなくなる直前で、海面から頭を出した。

主馬の棒手裏剣は飛んでこなかった。

数間先に儀右衛門の半白の頭が、船尾灯に照らされてぼんやり見えた。

「儀右衛門、とにかく船を離れよう」

「うむ、お互い、命数があったな」

振り返ると、サン・イシドロの船尾楼は、ギヤマンの窓という窓が明々と輝き、暗い海上に、まさに不夜城の壮観を見せていた。

5

「二人を仕留めたか」

レオン・サルミエント少佐の問いに、窓を閉めていた久道主馬は振り返って、小さくかぶりを振った。

「残念ながら、逃げおおせたようです」

「まぁ、仕方がない……しかし、彼らは勇敢だ。たった四人でこの船に忍び込んでくるのだからな。おまけに鏑木に、カピタン儀右衛門を奪われるとは」

「鏑木は、使者として解き放たれることを拒みました。自分も牢に入り、仲間を逃がすための詐略だったとは、考えておりませんでした。申し訳ありません」

「わたしとて同じだ。阿蘭党は勇敢な上に狡猾《こうかつ》だ。心して掛からねばならぬ相手には間違いない。あの姫を人質としている限り、明日の昼までには、必ず使者がやってくる。慎重に対応しなくてはなるまい」

「レオン、明朝一番で、徹底砲撃を加えるべきだろう」

片手にヘレス（シェリー酒）の酒杯を手にしたドン・セルジ提督が、横やりを入れてきた。

「我々は戦列艦の本艦と、フロラ、アギラのフラガータ艦二隻で艦隊を組んできているのだぞ。中国の武装戎克《ジャンク》なら、十隻は余裕で相手にできる。阿蘭党の小型艦二隻が太刀打ちできると思うのかね。本艦サン・イシドロの砲門は六十二門だ」

「閣下、お言葉ながら——」

扉を叩く音が聞こえ、続いて野太い声が響いた。

「先任衛兵伍長《ごちょう》です」

「入れ」とドン・セルジが入室を許した。

「失礼します、牢屋に立て籠もっていた人質を捕縛致しました」

先任衛兵伍長が、樽《たる》のような厳《いか》つい姿を戸口に現した。後ろには二人の海兵隊員が、後ろ手に縛った女剣士を両側から抱えている。

改めて見ると、美しい女である。小麦色の卵形の顔は目鼻立ちが整っていた。強い光を宿す瞳は高い知性と強い精神力を感じさせた。

どこかに気品が漂い、たとえば貴族の娘といっても恥ずかしくない雰囲気を持っていた。首領の娘か、そうでなくとも、高い位にあるこの島の権力者の娘であることは間違いないだろう。人質としての価値は低くはないはずだ。

レオンの視線に気づいたか、女は唇を引き結んだまま、恐ろしくきつい視線で睨み返してきた。

「ご苦労だった、伍長」

「捕縛の際、海兵隊の二人が、この女に刺されて重傷を負いました。現在、船医どのが処置しておられます」

「奴らが潜入したために、死亡者七名、負傷者十三名を数えたか」

「はい、少佐どの。負傷者のうち四名は重傷です」

「レオン、このセニョリータを、バルカーサ（小型艇）の吊柱から海上に吊したらどうだね？」

ドン・セルジが銀髪の鬘《かつら》の巻き髪を揺らしながら、女剣士の顔を覗き込んだ。

「島の異教徒《パガーノ》たちに対して、よい見せしめになるだろう」

ドン・セルジは、薄い唇を歪《ゆが》め、笑みを浮かべて、女剣士を葉巻の先で指し示した。

（始まったよ。相変わらず、ご趣味のよい男爵閣下だな）

レオンは不快感から出る舌打ちを抑えた。

ドン・セルジは、嗜虐的《しぎゃくてき》な男である。若い女の苦しみ悶《もだ》える姿に、興奮を覚えるのだろう。

「そんなことをすれば、いたずらに阿蘭党の敵愾心《てきがいしん》を煽《あお》り、戦闘に駆り立てるだけです」

異教徒と言えども、捕虜であり、うら若き女性である限り、その身を守る己《おの》が義務をレオンは強く感じていた。それは、女への温情ではなく、貴族としての誇りだった。

女剣士が吠《ほ》えるような叫び声を上げた。

「自分を斬れと、申しております」

主馬がたちどころに通訳した。

美しい顔に似合わない激しい性格の女であることは、間違いない。

「レオン、君はこんな危険な連中を、まだ、我々の麾下《きか》に置こうと考えているのかね」

「いま、阿蘭党を敵に回すことは得策ではありません」

「マニラからこの島までの航海は、四百五十レグワ（二五〇〇キロ）に過ぎない。マニラガレオンの中継地として、常日頃立ち寄っているアガナ島（グアム）と、ほぼ同じ距離だ。兵員は航海で少しも消耗しておらず、士気は高い。孤立無援のこの島を、明日の朝から総力を挙げて攻撃すれば、夕刻にはエスパーニャ領だ」

「この島を植民地にしたところで、おそらくは補給基地以上の価値はないでしょう」

「奴らを道案内にするという君の献策は聞いた。だが、しょせんは異教徒の猿どもではないか」

「阿蘭党はハポン近海の海域を知り抜いているはずです。主馬の話では、ハポンは複雑な海岸線を持ち、危険な海流に囲まれた国です。彼らの力を借りぬ手はないと存じます」

「ふん……まぁ、言うことを聞かねば、叩《たた》き潰《つぶ》すだけのことだ」

「仰せの通りです」

レオンは伍長に目顔で女捕虜を連れ帰るように命じた。

女は嚙《か》み付きそうな顔でレオンたちを睨みつけたまま、何事かを叫びながら、連行されていった。

「しかし、この島がグラフト島と、罰当たりのネーデルラント人が名付けた地名で海図に乗っているのは気に入らん」

目の前の卓子に広げられたエスパーニャ海軍の北太平洋海図には二世紀に渡る諸国の探検記録によって、二つの島嶼《とうしょ》群（小笠原諸島と火山列島）が明確に記されていた。

「我々がこの島に来た以上は、エスパーニャ語で呼びたいものだ。そう、たとえば、セルジ島と呼ぶのは、どうかね？」

「そうですね。まことに、よいお考えかと存じます」

レオンは、尊大傲慢《そんだいごうまん》なだけで軍人として無能なドン・セルジに、つばを吐きかけたい気持ちを少しも見せずに微笑んだ。

セルジ提督は、地中海に臨むカダケス村を領有する男爵である。しかも、国王フェリペ五世のご意見番であるアルベローニ枢機卿《すうききょう》の縁戚《えんせき》に当たっていた。マドリードに上申すれば、セルジ島の名称が認められる可能性は高かった。

エスパーニャ海軍は、上級士官のほとんどが貴族かその係累に連なる者で占められていた。エスパーニャではすべての官吏について、能力ではなく、門戸《もんこ》がその地位を決める。

セビージャ市長サルバティエラ伯爵の三男に過ぎないレオンの場合には、よほど大きな軍功を立てない限り、提督の地位に就けるのは、五十歳近くになってしまうだろう。

莫大《ばくだい》な報酬が期待できる提督は、一部の貴族には絶大な人気のある職業だった。だが、無能な提督のために、多くの軍艦が嵐や海賊の餌食となっていた。

「明日の朝一番で砲撃を開始して、何時間で二隻を沈めて上陸できるかについて、艦長と賭けをしたかったが、後の楽しみにとっておこう」

ドン・セルジは太った身体を揺すって笑った。

(お前のような無能な豚が、提督室にふんぞり返っているから、我が帝国海軍はブリテン人どもに負け続けたのだ)

西風が強くなってきたのか、提督室の窓が音を立てて揺れ始めた。

第五章　矢は放たれた

1

阿蘭城《あらんじょう》に戻った信之介《しんのすけ》と儀右衛門《ぎえもん》は、濡《ぬ》れた着物を着替えると、すぐに備前守《びぜんのかみ》のもとに伺候《しこう》した。

すでに、丑《うし》の下刻《げこく》（午前二時台）を廻《まわ》っていたが、備前守と兵庫《ひょうご》はすぐに姿を現した。

書院の板壁に貼り付いた守宮《やもり》が甲高い声で鳴いている。上座の備前守は、腕組みして瞑《めい》目《もく》したまま、口を引き結んでいた。

「要するに主馬《しゅめ》は、我ら阿蘭党にエスパニアの腰巾着《こしぎんちゃく》になれと申すのだな」

兵庫は鼻から大きく息を吐いた。

「拒めば、明日総攻めを懸けると息巻いておったわ」

「したが、あ奴らはいったい何のために呂宋《ルソン》くんだりからこの館島《やかたじま》まで軍船を率いて参ったのだ」

「呂宋から館島を通る船路の向かう先には、日ノ本しかありませぬ。レオンの言葉を信ずれば、将軍家に呂宋攻めの意図ありとの話でございます。あるいは、公儀に先んじて、江戸を攻めようとしておるのではござるまいか」

儀右衛門の言葉に、兵庫は目を剝《む》いた。

「信之介、儀右衛門の申す話は、まことか」

「確かとは申せぬが……」

信之介の脳裏に、イシドロの船尾に張り付いて聞いたレオンの言葉が、逐一蘇《よみがえ》った。

「十三年前になる。戊申《ぼしん》の年（一七二八）に、大樹さまは、相州鎌倉《そうしゅうかまくら》の海辺に鉄砲場を設けられた。新しい大筒や石火矢《いしびや》（大砲の一種）などの火砲を試射させるがためだ」

「そう言えば、おぬしら直参は、水練も速駆けも鍛錬させられておるそうだな」

吉宗《よしむね》は将軍位に就いてすぐ、浜御殿から二町（二一八メートル）に渡る海を禁漁区にし、幕臣に水泳の訓練をさせていた。また、速駆けの調練を何度も催し、著しく遅れた者は処罰されている。

「大樹さまは長く絶えていた鷹狩《たかが》りも復興された。万事に御神君さまを範とされて、武士が惰弱に落ちぬように、とのお志と拝察しておったのだが……」

言い淀《よど》む信之介の言葉を、儀右衛門が引き継いだ。

「似たような話は、拙者も紀州《きしゅう》のとある網元から聞き及んでおり申す。紀伊《きい》国主《こくしゅ》だった頃でござるが、将軍家は、二度に渡って、熊野《くまの》の鯨組《くじらぐみ》に大がかりな捕鯨《ほげい》を行わせ、湯崎《ゆざき》（白浜町）で観覧なさったそうな。これなど、どう見ても水軍の調練ではござるまいか。将軍位を襲った後も、紀州の船大工を呼び寄せ、江戸で使いもしない鯨船《くじらぶね》を建造させておるとの話でござる」

兵庫は、納得したようにうなずいた。

「なるほど、南海を渡るために、竜骨を持った大きな軍船を作らせるための備えやもしれぬな。公儀の力を傾ければ、造作もなかろう。三月もあれば大船団が作れよう」

「将軍家の企《くわだ》ての証《あか》しとして、主馬は呂宋の城塞《じょうさい》や砲台の図面をエスパニア人に進呈したようでござった。老中の左近将監《さこんしょうげん》の屋敷から写して参ったと申しておった」

「信之介。徳川殿が呂宋攻略の野望を持つのは、間違いないようだな」

兵庫の言葉を信之介は否定できなかった。

（上さまのご決断を我々が云々《うんぬん》すべきものではないが……。そんな戦が始まれば、天下は間違いなく疲弊しよう）

「五年前の話だが、大樹さまは、鉄砲方の井上左太夫《いのうえさだゆう》と鉄砲簞笥《てっぽうたんす》奉行《ぶぎょう》の屋代要人《やしろかなめ》に閉門をお言い付けあそばされた。これは車仕掛けの巨砲を造れと下命されながら、一向に進捗《しんちょく》しなかったがためだ。確かに、焔硝《えんしょう》を倍量に増産せよとの拙者への御下命も、同じ考えの元にある話と考えられようか……」

どんなにすぐれた大筒や石火矢を造っても、玉薬がなければ、ただの鉄の塊に過ぎない。

信之介には吉宗側近の御側御用取次《おそばごようとりつぎ》、加納近江守《かのうおうみのかみ》から度重なる督促があった。井上、屋代への処罰という前例があったればこそ、信之介は南海に焔硝を求める苦し紛れの策を上申せざるを得なかったのだ。

(俺の焔硝探しは、大樹さまの無茶な企てのためだったのか)

自分への下命の背後に、受け容《い》れられぬものがあることを、信之介は感じざるを得なかった。

「しかしな……。軍船三隻で江戸を攻めるは、あまりにも無謀な企てぞ。幾ら小山のようなエスパニアの軍船とは申せ、乗せておる軍兵はたかだか数百だろう。そんな勢力で、公儀が集める軍勢と戦うなどは唐人の寝言に過ぎまい」

兵庫は首をかしげた。

「後から次々に軍船を派して参るのではござるまいか」

「いや、儀右衛門、そうではあるまい。日ノ本を知らぬエスパニアが単独でご公儀と戦うと考えるのには無理がある。レオンは、主馬が諸侯の最上位なる『大公《だいこう》』の意図で動いておるとほのめかしておったではないか。おそらく、日ノ本には、ご公儀と対峙《たいじ》する勢力があるのではないか」

信之介の言葉に、兵庫は驚きの声を上げた。

「ほう、あのエスパニア人は、さような話を申しておったのか」

「世は泰平。旗本八万騎にもおぬしらのように実戦の経験を積んでいる者は一人もおらぬ。あの小山のような南蛮船が品川沖に入って来て大筒を撃ちかければ、江戸城下は大恐慌に陥る。そこへ『大公』の軍勢が攻め上る計略なのであろう」

時代は下るが、幕末に開国を迫ったペリー艦隊も四隻に過ぎず、外輪蒸気船二隻と残り二隻は帆船だった。しかも、サン・イシドロよりも小型の軍艦ばかりだった。それでも、当時の人々は「たった四杯で夜も眠れず」という状態になってしまった。

兵庫は大きく唸《うな》った。

「なるほどの。したが、『大公』とは何者を指すのだろうか。よほど力ある大名に違いあるまいが……」

「はて、我が国の諸侯のうちに、公儀に刃向かう力を持つ者があるとも思えませぬが……」

儀右衛門は立ち机に一枚の地図を広げた。

風神丸《ふうじんまる》で、雄之進《ゆうのしん》が墨を入れていたものと同じような版木で刷った図面だった。ただ、こちらはもっと広い範囲のものらしい。

「清国人《しんこくじん》から手に入れた南蛮人が使う海図でござるよ。元の図面はエゲレスのセネックスと申す仁《じん》が作ったそうな。たとえば、この辺りは、すべて清国でござるよ。その西が天竺《てんじく》儀右衛門は図面の左の方にある土地をぐるりと指さした。

「いずれも広大な領土だ」

信之介は驚きの声を上げた。

「これが、秋津島すなわち、日ノ本でござる」

儀右衛門は上方の細長い島々を指さした。隣に描かれた清国とは比べるまでもない、小さい領土だった。しかも地図の右端ぎりぎりに描かれている。

「思っておったより小さな島々だな」

信之介の落胆した口ぶりに、兵庫は笑って取りなした。

「初めて見た者が必ず口にする言葉だ。日ノ本がこんな狭いものかと、怒り出す者さえおるのだ」

「これが、エスパニアが南蛮に領有する呂宋島でござる」

儀右衛門は、地図の左下の大小無数の島々の真ん中を指さした。

「館島はどこなのだ」

信之介の喉《のど》は鳴った。

「ここだ。この島よ」

儀右衛門が指し示したのは、墨で書き入れられた芥子粒《けしつぶ》のような島々である。まわりに陸地がまったくない大海原のただ中だった。

「日ノ本より二百五十里（一〇〇〇キロ弱）は、やはり遠いな……縦横に何本も線が引いてあるが、これは……？」

信之介は落胆を隠して、別に湧いた興味に話題を転じた。

「縦線はロンジトゥッド（経度）、横線はラティトゥッド（緯度）、と申してな。信之介は、開幕の頃に、南蛮から盛んに招来された『世界図屏風《びょうぶ》』の類《たぐ》いは目にしてはおられぬか」

「不明にして存じ寄らぬ。天文方には、地球儀なるものがあるとは聞くが……」

聞きかじった話では、人の住むこの天下は円《まる》いという。

「さよう、我々の住まう世界は円い。が、これを平たい図面に表すためには、古来、様々な苦労があった。今から百七十年ほど前に、蘭人の学者たちが作った地図には、世界を等分した縦横の線が引かれておった」

「碁盤の目の如《ごと》きものか」

「そうだ。我らも南蛮の船人もこの線を頼りにする。磁石と、アストロラビオ（アストロラーべ）やオクタンテ（八分儀）という道具を用いて、お天道さまや北辰《ほくしん》（北極星）の角度を測る。今、船のいる場所を決めるのだ。我らもこの技がなくては、広い大海を渡ることはかなわぬ」

信之介は南蛮人の叡知《えいち》に驚いた。さらには、このような知恵を持つ儀右衛門に、あらた

かるのだな」

「地図にこの線があるから、右も左も海原しか見えなくとも、舳先《へさき》を向けるべき方向がわかるのだな」

「さようさ。いま船がいる場所も、数字で示す。館島なら、北二十七度、東百四十二度という具合だ」

たしかにすべての線に数字が付されていた。

「数の前の北とか東とか言うのはなんだ」

「北は、遥か南海、お天道さまが真上を通るエクアドル（赤道の意味）から北という意味だ。東はエゲレス王の住むロンドンという都邑《とゆう》に始まりの線を引いて、そこから数えるのでござる」

「なるほど……海図の上では、島や船の位置は数字で示すのだな。まるで、囲碁の石の動きを示す棋譜のようだな」

静まりかえった西念寺の庫裏《くり》で、住職とよく打った笊碁《ざるご》が思い起こされた。

（和尚はむやみに初手に天元などという奇手を打つのが好きだったな……十の十はこの地図であればどこだろうか）

信之介は地図へ目をやった。碁盤の真ん中、天元はこの地図上では天竺のようである。

だが、地図上では北三十、東八十五の線の交差する位置であった。縦線を示す数字は、二十五から始まって、百四十五で終わっていた。

「この地図には天元はないな。北十はあるが、東には十という数字がどこにもない」

「ははは、これはエゲレスやエスパニアの載っていない清国や天竺を中心とした地図だからの」

「ここに四十とあるが……」

信之介は、海図の日本列島付近に引かれた横線を指さした。

「北四十度の線だな。日ノ本の北辺、陸奥国《むつのくに》を通っておる」

頭の中で、何かが弾けかけた。

「館島は北二十七度と申したな。では、呂宋は、北の何度の線にあるのだ？」

儀右衛門は呂宋の位置を指さした。

「そうさな……十四から十五度となろうか」

信之介の頭の奥で稲妻が光った。

「儀右衛門っ、牢屋で聞いたあの歌を歌えるか」

摑《つか》みかからんばかりの信之介の勢いに、儀右衛門は幾分たじろぎ気味に答えた。

「ああ、エスパニア人たちが気に入っておったあの歌だな」

「そうだ、歌ってくれっ」

♪ラ・ボニータ・デ・ルソン・ティエネ・カトルセ・アニョス
♪ラ・ティア・デ・ハポン・ティエネ・トレインタ・イ・シンコ・アニョス

儀右衛門は朗々と、歌声を響かせた。

「いやいや、我らの言葉に直して歌ってくれ」

♪呂宋娘の歳や十四、島一番の縹緻《きりよう》よし。舳先向けてる日ノ本女は、三十五過ぎの大年増。

「……わかったぞ！　この歌の意味が！」

信之介の叫び声に、瞑目《めいもく》していた備前守も目を見開いた。

「儀右衛門、呂宋は十四度線の付近にあると申したな」

「さよう。ほぼ十四度線の真下だ。呂宋の中心である都邑の馬尼剌《マニラ》は十五度に近いが……」

「それ故、呂宋娘の歳は十四なのだ。この数字は、南蛮船が出て来た港を指すのだ」

儀右衛門は得たりとばかりにうなずいた。

「戯《ざ》れ歌には、エスパニア船が目指す土地が示されておるのよ」

「なるほど、一理ある。南蛮の軍船では、行き先を水主《かこ》たちにはっきり告げぬ時に、ロンジトゥッドやラティトゥッドで、目指す土地を曖昧《あいまい》に告げると聞く。たとえば、館島へ北進する時に、北二十七度線を目指せ、という具合にな。さもなくば、船路をどこまで進んだかわからぬ故、日々のつとめに気合いが入らぬがためだ」

儀右衛門の言葉は、信之介の考えを裏付けるものだった。

「従って……日ノ本女は三十五。この数字は軍船が向かう先を示しておるのだ。三十五度の線にあるのは……」

「ふむ……日ノ本の真ん中辺りを通っておるな」

儀右衛門の指が、海図上をせわしなく動いた。

「エスパニア船が目指しておるのはこの港よ」

信之介は、三十五度線直下、伊勢湾《いせわん》の真ん中を指さした。

「そうか名古屋《なごや》か！」

兵庫は先刻の信之介に負けぬほどの声で叫んだ。

「尾張徳川家《おわりとくがわけ》は、幕閣の中でも、謀反《むほん》の噂《うわさ》が絶えぬ御家ではあった。だが、昨年、七代領主が隠居せられてからは、そんな噂も絶えた……とはいえ、蟄居《ちっきょ》中の前中納言《さきのちゅうなごん》（徳川宗《むね》春《はる》）は、傑物として知られ、領民にも尊崇《そんすう》されている。それゆえ、もし、前中納言の再起を生命を賭《か》けて願う一派が名古屋にいるとすれば、危うい賭けに出ても少しもおかしくはない」

言葉を出してゆくうちに、尾張徳川家の下命で主馬が動いているとしか、信之介には考えられなくなってきた。

「たしかに、ご公儀に刃向かう力を持つは、三百諸侯のうちでも、尾張徳川家を措《お》いてほかにはない、身どももさように思う」

儀右衛門も得心がいったという風に、しきりにうなずいている。

「エスパニアに与《くみ》するは、尾張家中と考えて間違いなさそうだな。したが、要は、江戸徳川と尾張徳川の兄弟げんかのようなものではないか」

兵庫は顔をしかめて吐き捨てた。

「だからこそ、成就する見込みが高いのだ。尾張家がご公儀を倒したとしても、ほかの諸侯とは違い、世人は内輪の争いとみる。そもそも大樹さまも、紀伊徳川家からお入り遊ばされたわけだからな」

「尾張と決まったところで、さて、ご惣領《そうりよう》、我ら阿蘭党も、舳先を向ける方向を決めねばなりませぬな」

「ふんっ、エスパニアの腰巾着《こしぎんちゃく》になどなれるものか」

兵庫は一言のもとに決めつけた。

黙って話を聞いていた備前守が、すっくと立ち上がった。

「兵庫っ。番頭と物頭をすべて集めよ。諸将の心づもりを聞く」

備前守の下知は、深更の部屋に重々しく響いた。

半刻後《はんとき》、館の広間には、備前守を中心に、家老の富永丹波《とみながたんば》以下のすべての部将が居並んでいた。

信之介と儀右衛門は、船内での出来事から、エスパニアに与しているのが、尾張徳川家であると推察したことまでを交互に説明した。

「この城を敵に明け渡せないのは論ずるまでもない。彼らの手に付いて日ノ本を攻める尾張の企てに与するか、力を尽くして戦うか。答えは二つに一つだ。有り体に申さば、館島始まって以来の危難だ。方々の忌憚《きたん》なき考えを聞きたい」

兵庫の言葉に、部将たちは、沈痛な面持ちで黙するばかりであった。

（兵庫は戦う気一心だが、多くの領民の平安を考えれば、別の答えも出てこよう）

備前守は、背筋を伸ばし瞑目して黙している。

咳払《せきばら》いの後に、丹波が口火を切った。

「エスパニアが江戸を攻めるにせよ、本来、我らには少しも関わり合いなき話ではござらぬか。阿蘭党は、徳川家に少しの恩義もなければ、幕府に味方する義理もござらぬ」

「御家老は、エスパニアの手に付けと仰せでござるか」

御徒士《おかち》組頭の渡辺藤三郎《わたなべとうさぶろう》が、声を震わせて訊《き》いた。

「エスパニアの麾下《きか》などに入りたいわけがあるものか。ただ、彼奴《きゃつ》らと戦えば、我らには損が立つばかりじゃ。すでに鉄砲足軽五名が斃《たお》されたが、戦となればそんな話で済むものではない。前浜《まえはま》本村に砲火を浴びせられてはたまらぬ」

「そんなことになれば、民百姓の家も焼け、領民にも犠牲が出よう」

「そうさの……我らは島の民を守らねばならぬ」

「女子供を危地に追いやるわけにはゆかぬ」

衆議は不戦に傾きかけてきた。

(この軍議で、阿蘭党がエスパニアに従うと決すれば……)

そうなれば、信之介はこの館島でただ一人、反旗を翻す羽目になる。

(たとえ、陽《ひ》が西から昇ろうと、武士として主君に背く生き方を選ぶわけにはゆかぬ。もし、不戦と決したら、一人でエスパニア船に斬《き》り込むか。どうせ、千歳丸で捨て損ねた生命だが……されど……それでは無駄死にしかならぬ)

信之介は、武士として意味のある死を迎えたかった。

(では、いったいどうすればいいのか。阿蘭党に刃を向けても、これまた無駄か)

「ほかの者はどうか。皆、丹波と同じ考えなのか」

兵庫の声に信之介は我に返った。

風神丸砲術組頭の高橋将監《たかはししょうげん》が、眉間《まゆね》に深い皺《しわ》を寄せて将几《しょうぎ》から腰を上げた。

「おのおの方は、それでも誇りある阿蘭党の武士か」

将監の声は怒りに震えていた。

「我らが砲術は、南蛮船に何ら引けを取り申さん。敵船を砲火で叩《たた》き潰《つぶ》すのみっ」

「将監どのの言葉の通りじゃ。鵜飼荘十郎《うかいそうじゅうろう》、この身を楯《たて》にしても島を守り、島の民を守る。南蛮人づれの手先になどなれるかっ」

びりびりと板戸に響き続ける二人の大音声に、諸将はひるんだ。

将監と荘十郎の言葉は、信之介を勇気づけた。

「しかし、まずは、伊世姫《いよ》さまの御身を考えねば……」

間宮《まみや》雄之進は、憂い顔で言葉を途切れさせた。

「拙者とて、腸《はらわた》を引き千切られるが如《ごと》き思いは、方々と少しも変わらぬ」

片目を見開いた将監は、顔に血を上らせ、口惜《くや》しげに吐き捨てた。

「伊世がことより先に、我らが進むべき道を決めねばならぬ」

兵庫の声は苦しげだった。

(伊世を犠牲《にえ》にすることも、島の民に危機を招来することも、兵庫にとって耐えがたい苦しみに違いあるまい)

大広間を再び重苦しい沈黙が包んだ。

しばしの沈黙を破って、備前守が静かに口火を切った。

「我ら阿蘭党が、徳川右大臣家に何らの恩義もないのは、皆が承知の通りだ。我らは、幕府のために戦う義理などさらにない」

大広間は針が落ちても聞こえるほどに静まった。

備前守は諸将を見渡して、低い声音で続けた。

「されど、尾張の計略は筋が通っているようで、肝心の倒幕後に目が届いていない。エスパニアの力を借りて尾張幕府を開けば、必ずや、彼らは我が国に魔手《ましゅ》を伸ばしてこよう。エスパニア人の領土への野心は強い。何百年来、多くの国を征服して自分たちの領地とし、民を奴僕として扱ってきた。キリシタンのバテレン（宣教師）は、その尖兵《せんぺい》ゆえ追放されたのだ。日ノ本は、呂宋の如くエスパニア人の領土となってしまうだろう」

備前守の語調が段々と激しくなってきた。

「まして、館島は後詰《ごづ》めを持たぬ。一たびエスパニアの傘下に入れば、すぐに彼らは主人面を始めるに相違ない。その時になって戦おうとしても遅い。さりとて、南蛮人の威におびえ、奴僕《ぬぼく》の如く生きてゆくわけにはゆかぬ……されば」

備前守はギロリと眼《め》を見開いた。

「阿蘭党は、エスパニアと戦う」

海賊大将軍の貫禄《かんろく》十分。広間を震わせるほどの大音声だった。

「おうっ」

「いかにもっ」

「さればこそっ」

諸将は勇み立って、次々に賛意の声を上げた。臆《おく》する者は誰一人としていなかった。

（戦いに臨む阿蘭党は、少しも物取り野盗には見えぬ。戦国大名家そのものだな）

信之介と阿蘭党の立場は一致した。存分に腕を振るえる。だがしかし……。

「お……御屋形さま……雄之進は、姫さまのお生命が何よりの大事と……」

あえぐような雄之進の声に、諸将の熱気は静まった。

「伊世は捨て置く」

備前守は眉一つ動かさずに言い放った。一座に声にならぬどよめきが起こった。

「御屋形さま、お願いがございます」

兵庫の声が板壁に響いた。

「申してみよ」

「明朝、身どもを使者にお立て下さい」

「使者を派するまでもない。敵の虚を突いて大筒を撃ちかければすむ話だ」

「敵に我らの侮れぬ力を知らしめ、我らと戦うことの愚を教えるのです。こちらには兵糧《ひょうろう》も玉薬も存分にある。戦えば、損が立つのはエスパニアだ。伊世を解き放って、早々にこの島を立ち去れと、かように敵将《えんしょう》に伝えまする」

「敵は、館島の水や兵糧、焔硝を狙《ねら》っておるのだ。そう易々と立ち去るとは思えぬ」

「されど、一度も談判せずに、伊世を見殺しにするのは、千載《せんざい》に悔いを残しましょう」

「口が過ぎるぞ。兵庫っ」

雄之進が、将几から転げ落ちるようにして平伏した。

「どうか、拙者に切腹をお申し付け下さい」

のどを振り絞る叫び声が響いた。

「雄之進の力拙《つたな》きがために、姫さまをお救いできなかったのです。どうか……どうか……」

大広間にしゃくり上げる声が続いた。

藤三郎が静かな挙措《きょそ》で立ち上がり、雄之進の隣で頭を板床に擦《す》りつけた。

「御屋形さま、藤三郎も罪は同じでございます。どうか、ご処分を」

信之介も黙ってはいられなかった。

「拙者もおめおめと質に取られる始末で、何ら役に立ちませなんだ。責めを負うならば、拙者も同様でござる」

表情を変えずに、しばし考えた後に、備前守はゆっくりと口を開いた。

「そのほうらが、そこまで申すのであれば、兵庫を使者に立てることとする」

一座のそこかしこに安堵《あんど》の吐息が漏れた。

「ありがたき幸せ。兵庫、衷心《ちゅうしん》より御礼申し上げます」

「談判が成らず、話が決裂したら、直ちに決戦を挑む。陣法は……」

一座を見渡した備前守に、高橋将監が穏やかに口を開いた。

「敵船は火砲に秀でた大船なれば、晴嵐《せいらん》の陣こそ、ふさわしいかと」

将監の献策に、軍議の場は沸いた。

「おお、それは妙案」

「この星空なれば、明ければ曇りなく晴れよう」

「高砂《たかさご》（台湾）の澎湖《ほうこ》で、清の暴れ船と戦ったとき以来の陣法じゃな」

「腕が鳴るわ」

信之介に阿蘭党の陣法がわかるはずもなかったが、諸将の気持ちが一つになっていることは確かだった。

「よし、晴嵐の陣で参ろう。雷神、風神の順で攻め込む。全軍の采配《さいはい》は兵庫がとれ」

「はっ、かたじけなし」

兵庫はわずかに頰《ほお》を上気させて、深くあごを引いた。

「鏑木どのは、風神丸先手組に加わり、荘十郎の扶《たす》けとなってくれ」

客分の立場だからか、備前守は丁重に頼んだ。

「お役に立てれば」

斬《き》り込み部隊のほかでは役に立ちそうもない信之介としては、何ら異存はなかった。

「女たちと十五に満たぬ童子、還暦を越える老人は、東浦《ひがしうら》裏山の砦《とりで》に逃がしておけ。この城と併せて抑えの足軽を五十人残す。本城の後詰めは丹波に頼む」

「拙者は留守役でござるか」

丹波は、不服げに顔をしかめた。

「御老には、足下危うき淵《ふち》を渡らせまいとの、ありがたいお心配りではございませぬか」

決戦と決したからか、荘十郎の声音は弾んでいた。

「荘十郎、何を申すか。無礼じゃ」

真っ赤になって唾を飛ばす丹波に、備前守はいたわるように諭した。

「丹波、城番は宿老の大事のつとめぞ。何があってもこの城を守れ。外へ出るのではない。堅く言い置くぞ」

「はっ、丹波、喜んで城番をつとめまする」

「皆の者、持ち場に分かれて、戦支度を念入りにせよっ」

おうさっと威勢のよい返事で軍議はお開きとなった。

2

揺れるランパラの灯りの下で、レオンは机上に広げられた図面を眺めていた。

マニラのサンティアゴ要塞《ようさい》の三百分の一程度の鳥瞰図《ちょうかんず》だった。

レオンの目は図面の隅から隅を何度も行き来していた。

（実に見事なハポンの情報収集能力と言わざるを得ない。要塞の司令室から、兵舎、牢屋《ろうや》までもが、完全に正確に描かれている）

パッシグ川に面したサンティアゴ要塞は、マニラ防衛の要だった。

他のページには、砲台の詳細図や九隻の中型軍艦《フラガータ》が浮かぶ軍港の詳細図が記載されていた。

『濃毘数般《のびすぱん》領《りよう》 馬尼刺図《まにらず》』

昨年の聖誕祭《ナビダー》の直前に、主馬がマニラ総督府に持ち込んだものだった。ハポンの長崎に潜入していた調査官からも、一昨年報告があり、すでに手にしていた図面だった。マニラの軍事機密が、こんなにも無様に流出していたとは、驚くべき事実である。

（これだけの図面を作成するためには、何人もの人間をマニラの軍事施設に潜入させていなければならない……）

エスパーニャ人以外の者が潜入すれば目立たないわけがない。衛兵に直ちに射殺されるのがオチだろう。英蘭の間諜《かんちよう》も同じ運命を辿《たど》るはずである。

（恐ろしいほどに高い諜報能力を持ったハポンが、国交のあるネーデルラントと組めば、東アジアの我が領土は消え去る。こんな国を放《ほう》っておくことは、やはり得策とは言えない）

「お呼びでしょうか。少佐どの」

扉を叩《たた》く音が聞こえ、主馬が入って来た。

「主馬。君の見解には、大いなる誤りがあったのではないか。館島には小規模とは言え、れっきとした海軍が存在したわけだからな」

レオンは皮肉な口調で訊いた。

「だからこそ、我が尾張家の企図にご協力を頂きたいのです」

主馬は動じるどころか、意気揚々と答えを返した。

「続けたまえ」

「阿蘭党は古典的な海軍に過ぎません。旧式の小型軍艦が二隻あるに過ぎず、保有する大砲もわずかです。それでも、あれだけの気概を見せるのです」

「たしかに、いままで見てきた阿蘭党の戦士たちは、誰もが勇敢で好戦的だと言ってよい」

「ハポンの皇帝が、ネーデルラントの協力で近代的な海軍を整備してからでは、遅いのです。彼らがマニラ湾へ侵攻すれば、撃退するためには大きな犠牲を強いられます。今こそ我が主君が政権を樹立してエスパーニャ王国と友好関係を築くべき時なのです」

主馬は確信に満ちた口調で言い放った。

「果たして君たちの思惑通りに、尾張大公は皇帝を倒すことができるだろうか」

「偉大なるエスパーニャ王国のご支援を賜れば、鶏が鳴くより短い時間で、我らのもくろみは実現しましょう。我らは徳川吉宗を打倒するために長い年月、準備を重ねて参ったのです。世は吉宗皇帝の行き過ぎた倹約政策に疲弊しきっております。我らが主君と仰ぐ徳《とく》川《がわ》宗春《むねはる》公が名古屋の街を繁栄させた重商主義政策を希求する声が野に満ちていると言っても過言ではありません」

「だが、徳川宗春は失脚した」

　吉宗と対立した宗春は、政治に不適格で藩政に混乱をもたらしたという理由で一昨年、元文四（一七三九）年正月に尾張家当主の座を追われ、麹町《こうじまち》中屋敷に蟄居《ちつきょ》させられていた。

「昨冬、届きました名古屋からの諜報で確認しておりますが、宗春公を失脚に追いやった竹腰山城守《たけのこしやましろのかみ》は、病いに臥《ふ》せりがちで、現在、家中の実権は首席大臣の成瀬《なるせ》隼人正《はやとのしょう》さまが掌握《しょうあく》しております。家中の大半の者が、成瀬さまに従う誓いを立てております。本艦隊が伊勢湾に侵攻すれば、それをきっかけに、家中の成瀬派が挙兵する手《て》筈《はず》も間違いありません。我が大公は優れた能力を持つ人格者です。現当主である宗勝《むねかつ》さまは、宗春公に尊崇の念を抱いております。宗春公は宗勝さまの尾張大公の地位をそのままに置くとのご所存です。宗勝さまもまた、我らの計略に従うは必定でございます」

　主馬は何度も繰り返した話を、初めて話すかのように熱っぽく弁じ立てた。

「しかし、徳川宗春は江戸で皇帝の監視の下にあるのではないか」

「日本近海に近づいたら、この主馬が一足先に上陸致します。我が主君宗春公のお身柄は、我らが直ちに奪還し、尾張家の水軍である千賀《せんが》家の手勢が名古屋へお運び申す手筈となっております。ご安心を」

主馬は揺るぎない自信を、その鋭い面貌《めんぼう》に浮かべ続けていた。

（この男の忠誠心と、鋼《はがね》の意思、尾張徳川家の猛《たけ》き野心……ハポンは、燃える火壺《ひつぼ》のような国だな……。仮に反乱が失敗に終わっても、尾張の軍勢が江戸を騒がせさえすれば、徳川皇帝のマニラ侵攻は阻止できる。むろん、尾張の反乱は一つの賭けには違いない。しかし、わたしも賭けに出なければ、大きな運はつかめないのだ）

――ハポン政府がマニラ攻略を企図していることは火を見るより明らかです。敵艦隊がやってくる日を、座して待つべき時ではありません。

主馬が『濃毘数般領《のびすばんりよう》馬尼刺図《まにらず》』を持ち込んだとき、総督府付武官であるレオンは、第二十七代マニラ総督ガスパル・デ・ラ・トレを脅しに脅した。

小心な総督は、明日にもハポンの軍艦がマニラ湾に勢揃《せいぞろ》いして、大砲を総督府に向けるものと怯《おび》えた。

レオンの扇動《せんどう》は功を奏し、総督はサン・イシドロを旗艦とする小艦隊のハポンへの派遣を認めた。

ハポンはまた、修道士であれ、軍人であれ、エスパーニャ人にとっては、「悪魔の手先」とも思える国の名だった。

一世紀ほど前まで日本商人は盛んにマニラを訪れていた。十六世紀末から十七世紀初頭の数十年間に、マニラ湾に入港してきた日本商船は、五十隻を超えるはずだった。

やがて、日本本土では、宣教師への激しい迫害が始まった。異教徒の日本人たちは、エスパーニャ人宣教師を追放するだけでは足りず、残酷な方法で次々に処刑した。

あげくの果てに、日本政府は一六二四年に一方的にエスパーニャ帝国と国交を断絶した。マニラと日本の関係は、消滅した。

マドリードの海軍省は腐敗しきっていた。三隻が海賊に襲われて沈もうが、台風に飲み込まれようが、大騒ぎする者はいないはずだった。

（この異境の果てで、必ずや、自分の才を振るってみせよう。ハポンを混乱に陥れれば、その領土内に我が王国の植民地を形成する計略も夢ではない。そうなれば、わたしは植民地総督だ……いや、考えが先走り過ぎたか）

能力よりも、出自とボルボン王家への媚《こ》びへつらいだけが重んじられるマドリードの上流社会を唾棄《だき》したい気持ちで、レオンは東方への配置換を願ったものに他ならなかった。

「下がってよいぞ。休んで明朝に備えよ」

主馬は会釈すると、音も立てずに消えた。

3

大之浦は朝の光に銀沙《ぎんしゃ》のように輝いていた。

信之介は大桟橋に立って、九町（一キロ弱）先の波間に錨《いかり》を下すエスパニア船を見つめていた。

「石灯籠《いしどうろう》とか申すエスパニア船は、立《た》ち錨《いかり》まで錨綱を巻いたようだな。後ろの二隻も、同じだ」

イシドロを、茶羽織姿の備前守が扇で指した。

「立ち錨とは、いかなる巻き上げ方でございますか？」

「船が入江に泊まる時には、錨綱を海の底に蛇のように充分に長く繰り出して、風や波に船が流されぬようにする。立ち錨とは、錨が海の底に着いただけの状態を指す。つまり水の深さと錨綱の長さは、ほぼ同じとなる。船を止める力は弱くなるが……」

「巻き上げる時間が、短くて済むのですね」

「あれだけの大船ともなれば、錨綱を巻くには、乗り組み総員の力を要しよう。されど、立ち錨であれば、すぐに巻き上げは終わる。敵船は、すでに戦支度だな」

「我がほうの風神、雷神《らいじん》も桟橋に舫《もや》ってあるのみで、投錨《とうびょう》しておりませぬな」

すぐ後ろには風神丸、雷神丸が黒い船影を海に落として停泊していた。

「さよう、何時《なんどき》なりと、直ちに動ける……したが、そなたも、船がことに眼が向いて参ったな」

備前守は珍しく、口元をほころばせた。

風神、雷神は昨夜のうちに積める限りの玉薬を積み込み、すべての乗り組み軍勢が船内に身を潜めていた。備前守が命を下せば、直ちに入江へ漕《こ》ぎ出し敵船に襲いかかる手筈になっている。

「そろそろ参るぞ。信之介」

兵庫が、桟橋に舫った小早《こばや》の胴ノ間から声を掛けてきた。

小早は関船《せきぶね》を小さくした小型の軍船で、阿蘭党の場合、小艪《ころ》（一人で漕ぐ艪）二十挺立てで、長さは七間（一三メートル弱）ほどで十数人の兵卒が乗れる。半垣造りと呼ばれる足を隠すほどの垣立《かきだつ》を持つのみの装甲なので、敵の飛び道具から身を隠す場所は存在しない。だが、快速で小回りが利く点から、戦国期の水軍は小早を重用し、毛利水軍や村上水軍では海戦の主力であった。

小早の漕ぎ手には、速漕ぎの得意な二十人の手練《てだ》れを選んであった。

「兵庫、漕ぎ手の一人と代われ」

突然、備前守が厳かな調子で命じた。

「父上、なにゆえの仰せでございますか」

「敵将とわしが、直に話す」

「敵の陣中に御屋形さまをお渡しするわけには参りませぬ」

兵庫は憂慮を顔に上らせた。

「わしが行く。そのほうは漕ぎ手の振りをして小早に乗れ」

備前守の表情は少しも動かなかった。

兵庫は藍染めの単衣《ひとえ》に同じ藍の軽衫《かるさん》という地味な出立ちだった。この姿なら、褌《ふんどし》に袢纏《はんてん》という漕ぎ手たちに混ざっても、舵取《かじとり》（艇長）に見えなくもない。

「雄之進の鳥銃を持って参ったか」

「は、ここに、携えてござる」

兵庫は胴ノ間を指さした。主馬は無腰で来いとは言っていなかった。イシドロで腰の物を取られた信之介も、再び兵庫から借りた大小を手挟《たばさ》んでいた。

「万が一、御屋形さまに狼藉《ろうぜき》を働く者でもあれば、拙者がこの鳥銃で仕留めまする」

「用心に越したことはない」

だが、敵の甲板には、銀鼠筒袖の兵卒たちが、鉄砲足軽を斃《たお》した例の連装式銃を何十丁と構えているはずだ。一丁の鳥銃がたいして役に立つとは思えなかった。

「敵将は待ちかねておろう」

信之介と備前守が乗り込むと、二十挺《ちょう》の艪が勢いよく波を切り始めた。

「さぁ、参るぞ。皆の者、一意専心《いちいせんしん》に漕ぐのだ」

「おうさっ」

岩壁の如《ごと》きイシドロの舷側《げんそく》は、ぐんぐん近づいて来た。最上甲板には大勢の水主《かこ》や青筒袖《あおつつそで》、銀鼠《ぎんねず》筒袖が群がり立って、近づく小早を見下ろしていた。

南蛮人の顔が何とか判別できる距離まで近づくと、音を立てて縄梯子《なわばしご》が下ろされた。

「久道《ひさみち》主馬どのは、いずこぞぉ」

信之介の叫びに、主馬の引き締まった身体《からだ》が甲板の手すり近くに現れた。

「待っておったぞ。こちらへ上がって参れぇ」

信之介が先に立ち、縄梯子を登った。

備前守が手すりを越える時には二人の大柄の水主が手を貸した。儀礼のつもりなのか、あえて逆らわず素直に好意を受けた。

二間（三・六メートル）ほど離れてずらりと並ぶ青筒袖の中心にはセルジとその左右に主馬とレオンが立っていた。

主馬の右には伊世が手枷《てかせ》をはめられ、悄然《しょうぜん》と立っていた。

手枷は黒い鋳鉄で作られ、幅が一尺もあって錠が下ろされていた。その上、傍らに立つ青筒袖が長剣を突きつけていた。

背後には、肩に鳥銃を抱えた銀鼠筒袖が二十人近く居並んでいる。

「父上っ、申し訳ございませぬ」

備前守は黙したまま、硬い表情であごを引いた。

「頭領さまが自らお越しになりました」

信之介が引き合わせると、主馬は貴人に対する礼を取って恭しく頭を下げた。

「拙者は、久道主馬と申します」

「この島を統《す》べる梶原備前守にござる」

備前守は背筋を伸ばし、威厳ある態度で辞儀を述べた。

「こちらは、エスパーニャ王の御家来で、この軍勢を束ねる総大将の、ドン・セルジさま。セルジさまは諸侯に列せられていらっしゃる。我が国で言えば、諸大夫《ショダイブ》にあたり申す」

三角の布冠を被ったセルジは、にこやかに手を差し延べた。だが、備前守は静かに会釈を返しただけだった。

(なんと、エスパニアは、この目論見《もくろみ》に大名を派していたのか)

ほかの誰よりも華やかな青筒袖の両肩や袖口の金飾りが、陽光に輝いている。

「本船イシドロ丸の船長、マルティン・カンパージョさまにござる」

五十年輩の体格のよい青筒袖は、温厚な表情で会釈した。

「軍師のレオン・サルミエントさま。エスパーニャ諸侯のご子息でござる」

レオンは愛想よく微笑《ほほえ》んだ。

「初めに、虜囚《りよしゆう》を、こちらへお渡し願いたい」

「人質を放すは、備前守さまのご返答を頂いてからでござる」

「身どもが、あの者の代わりに、質となり申そう」

（備前どの……）

信之介は驚いて備前守の顔を見た。エスパニア船と戦うからには、人質を待つものは死でしかない。

「伊世は、お断りします。父上を危地に陥れてまで、助かりたいと思われては迷惑じゃ」

「黙れっ。出過ぎたことを申すな」

備前守は伊世を叱《しか》り飛ばすと、主馬へ向き直って穏やかに頭を下げた。

「まずは、虜囚の縛《いまし》めをお解き下され」

「されば……」

主馬がエスパニアの言葉を口にすると、銀鼠筒袖の熊のような大男が、鉄枷《てつかせ》の錠を外した。

音を立てて伊世の縛めは解かれた。

「伊世。さっさと小早に移れ」

備前守の気短な声にも、伊世はためらいの表情を見せたまま動かなかった。

「何を致しておる。わしの言葉が聞こえぬのか」

重ねての叱咤《しった》に、伊世は黙礼して縄梯子に向かった。

「質になるとの仰せゆえ、御差料《おさしりょう》をお預かりしたい。また、ご不自由を頂くが、よろしいか」

「約定なれば、ご随意になされよ」

備前守が蠟色艶消《ろいろつやけし》の脇差を鞘《さや》ごと渡すと、主馬は恭しく戴《いただ》いた後、傍らの若い青筒袖に渡した。

両腕を突き出した備前守に、熊男が手早く鉄枷をはめた。

堂々たる備前守の挙措《きよそ》に、信之介は何らの言葉を発せずにいた。

「それでは、ご返答をお聞かせ願おう。我らの麾下に入るか。あるいは、二隻の軍船と火砲をお渡しになるか、いずれでござるか」

「うむ……返答は、直に御大将どのに申し上げたい」

備前守はすり足で、ドン・セルジの前に歩み寄った。セルジはするすると近づく備前守の顔を不思議そうに見た。

（何をなさるおつもりか……？）

信之介は、脳裏にちかっと違和感を感じた。

同時に、主馬が抜刀していた。

信之介は鯉口《こいぐち》を切って、主馬の背後に迫った。

「これが我らの答えぞっ」

備前守は、鉄枷をはめられたままの両腕で、ドン・セルジの頬桁《ほおげた》を思い切り殴った。布冠が飛び、銀色のかつらがすっ飛んだ。

「うわわぁっ」

叫び声を上げて、セルジは昏倒《こんとう》した。

備前守はドン・セルジに馬乗りになり、力任せに禿頭《とくとう》に鉄枷を振り下ろした。

（馬鹿な……）

目の前の光景が信之介には信じられなかった。

主馬は、大上段に振りかぶって備前守を斬ろうと身構えた。

飛刀打ちの構えで、信之介は主馬を狙った。

「お覚悟召されいっ」

主馬の刀が光った。

信之介が投げ太刀しようとしたその刹那《せつな》、レオンが短い言葉を強く発した。

「なにいっ、斬るなと申すのかっ」

主馬が歯噛《はが》みをしながら、刀をだらりと下げた。

一度、二度、三度……。備前守の袖《そで》が翻り、ぼぐっ、ぼぐっと嫌な音が響いた。

「うぉっ、ぐふぉっ」

セルジは獣じみた声を上げながら血を吐き、全身を激しく引き攣《つ》らせた。頭蓋骨《ずがいこつ》が裂け、灰白色の脳髄《のうずい》が宙に散った。

備前守の白髭《しらひげ》から、セルジの返り血の雫《しずく》がぽとりと落ちて板床を汚した。

「阿蘭党は、エスパニアにも尾張にも与せぬ。断固として戦うのみ」

備前守は、立ち上がって大音声に言い放った。

我に返った船上の人々は、口々にわめき声を上げた。

銀鼠筒袖は一斉に鳥銃を構えた。甲板に殺気が張り詰めた。信之介は備前守を左から護《まも》る姿勢を取った。

レオンが声高に叫ぶと、鳥銃を構える兵卒たちの肩からすっと殺気が消えた。撃つなと命じたようである。

大将の生命を奪われた仇《かたき》をとるよりも、レオンは備前守の人質としての価値を選んだのだ。

隙《すき》に乗じて、備前守は甲板の端まで素早く立ち退《の》いた。

信之介も刀を手にしたまま走り、手すりを背にして主馬たちと向かい合った。

「備前守どの……血迷われたか」

頰をひくつかせながらも、主馬は冷静な声を出した。

「いささかも血迷ってなどはおらぬ」

備前守は落ち着き払って答えた。

「我らは何人《なんぴと》の下風にも立たぬ。この館島では、エスパニアの自儘《じまま》にはさせぬっ」

「島は焦土と化し、民はことごとく死に絶えるぞ」

主馬は低い声で恫喝《どうかつ》した。

「阿蘭党は、強者揃いだ。易々と攻め落とせると思うたら、了見違いも甚だしいわ」

やおら、備前守は草履を跳ね飛ばして信之介の脛《すね》を蹴《け》った。

「信之介っ。海へ飛び込め」

「拙者は最後まで御屋形さまをお守り申す」

「いかんぞ。戦には役に立たぬ老いぼれ一人、敵将と刺し違えの生命なら本望じゃ」

「拙者が御身になり代わり申す」

「許さぬっ。信之介は、伊世を嫁に迎えて兵庫を扶《たす》けよ。わしは、そなたの人品を見極めたぞ」

「備前どの……」

初めて、客分として信之介を迎えた備前守の真意を知って、信之介は言葉を失った。

「敵将を捕えよ。コヘロ！」

主馬とレオンの号令で、銀鼠筒袖が備前守の痩《や》せた身体の上に殺到した。主馬が信之介に切っ先を向けて立った。

「行け……阿蘭党を……頼んだぞ」

銀鼠筒袖の下敷きになってようやく出している備前守の声に操られるように、信之介は手すりを越えて宙へ飛んだ。

小早に泳ぎ着いた信之介は、敵船の甲板上を見上げた。

ぐるぐる巻きに縛り上げられた備前守は、手すりの側に立たされていた。背中にずらりと鳥銃の筒先を向けられ、首元には主馬が白刃を突きつけている。

「備前守どのを、生かすも殺すも、我ら次第ぞ。直ちに武備を解けっ」

主馬が大声を張り上げた。

今、右手で備前守の頸《くび》を引ききれば、すべては終わりである。

(どうするつもりだ。兵庫)

エスパニアの要求を呑《の》むしかないのか。

「兵庫っ。わしを撃てえいっ」

声を振り絞って備前守が叫んだ。

信之介は備前守の真意を知って、愕然《がくぜん》とした。

「御屋形さま……兵庫に、なんと、む、むごい仰せを……」

兵庫の声は喉の奥で掠《かす》れた。

「早く撃たぬかっ」

風に乗って備前守の怒声が響いてきた。

胴ノ間に置いてあった鳥銃を兵庫は摑《つか》んだ。

「兄上、なりませぬっ」

叫びを上げた伊世は背中から、兵庫にむしゃぶりついた。振り返った兵庫は、伊世の身体を両手で突き飛ばした。

不意を突かれた伊世は、もんどり打って海に落ち、一間ほど離れた波間に小さな水柱を上げた。

青い光を瞳に宿らせて兵庫は、備前守を見つめ続けていた。

一瞬瞑目し、再び目を見開いた兵庫の相貌《そうぼう》は、紺青鬼《こんじょうき》そのものだった。

「父上っ。兵庫は、仰せに従いまする」

兵庫は鳥銃を構え、狙いを定めると引き金に指を掛けた。

備前守は口元に静かな笑みを浮かべ、大きくうなずいた。

「わしの屍《かばね》を越えて行けーっ」

備前守の大喝が入江に響き、引き金は引かれた。

入江に長く尾を引いて、銃声が潮騒《しおさい》に消えた。

備前守の身体が、がくりと前に倒れた。

白髪が陽光に輝きながら、手すりを越え、イシドロの真下に水しぶきが上がった。

甲板上のエスパニア人たちのわめき騒ぐ声が響いた。

「父上ーっ」

濡れ鼠《ねずみ》の伊世が舷側から這《は》い上がってきた。

伊世の瞳はぴくぴくと震えていた。

「な、何を……」

傍らに立つ兵卒の腰から、伊世は小刀を引き抜いた。

「伊世は兄上を許さぬっ」

前傾した伊世は、兵庫に襲い掛かっていった。

(兄妹《きょうだい》で傷つけ合うつもりか)

素早く身をかわした兵庫は、鳥銃の台尻で伊世の腹を突いた。

伊世は腹を抱えて、くたくたと胴ノ間に座り込んだ。

「馬鹿者っ。父上のご遺志がお前にはわからぬのかっ」

「わからぬ、わからぬっ」

解けた髪を振り乱して伊世は金切り声を上げた。

「わからぬわーっ」

兵庫が伊世の頬を叩く乾いた音が響いた。

「父上は、我が身を捨てお前をお救いになられた。俺とお前とで力を合わせてこの島を守れとのご遺志だ。お前は、それがわからぬほどの愚か者なのかっ」

「嫌じゃ、嫌じゃ、嫌じゃーっ」

天を仰いで叫ぶ伊世の声が、入江に響いた。

両手の爪を立てて板床を引っ掻《か》きながら、伊世は自らの頭を舟板に打ち続けた。

(将たる者は、親子の情さえも殺さねばならぬとは)

信之介は、胸のつぶれる思いで兵庫たち兄妹の姿を見ていた。

水主たちも、茫然《ぼうぜん》と声を失って立ち尽くしていた。

「急ぎ戻るぞ」

兵庫が力強く命じた。

「されど、お、御屋形さまは、海の中に……」

震え声で水主の一人が水面を指さした。

備前守を引き上げていては、小早は蜂の巣になるに違いなかった。

「今は見るな。皆の者、櫂《かい》を上げよっ」

水主たちは、わさわさと櫂を上げた。

「力一杯、漕げ。御屋形さまの死を、無駄にしてはならぬ」

小早は浜を目指して、一散に波を切り始めた。

「嘉吉《かきち》、法螺《ほら》を吹けいっ。いつでも戦にかかれるように、潮待ちの音《ね》だ」

「はっ、潮待ちの音を吹きまするっ」

船尾に座っていた一人の兵が立ち上がり、法螺貝を構えた。

複雑な音韻で調子を尻上がりに、法螺の音が響き渡った。

風神、雷神の泊まる大桟橋では、舫い柱に走る水主たちの姿が見えた。

腹の底に響く砲鳴が轟《とどろ》いた。小早の右舷に水しぶきが上がった。続いて左舷にも。

イシドロが、舳先近くの大砲を撃ち始めたのだ。

「恐ろしく矢頃（射程距離）のある大筒でございますな」

法螺を手にした兵がつぶやいた。

「そうそう当たるものではない。南蛮人とて、玉薬は無駄にしたくあるまい」

兵庫は背後を振り返りもせずに嘯《うそぶ》いた。

水しぶきは五発目で止まった。

大桟橋はぐんぐん近づいて来た。

舳先を北へ向けて縦列に停泊した風神丸、雷神丸の甲板上では、部将や足軽が整然と並んで粛々と小早の達着を待っていた。

イシドロは、錨を巻き上げ始めた。三本の帆柱に大勢の水主たちが取り付いた。

「四半刻《しはんとき》（三〇分）もすれば、入江は修羅《しゅら》の海となろう」

兵庫がつぶやいた。戦陣の火蓋《ひぶた》は切られようとしていた。

第六章　修羅の海に戦う

1

「御屋形さまは御卒去《ごそっきょ》なされた。拙者がこの手で、お撃ち申し上げたのだ」

風神丸《ふうじんまる》の艫矢倉《ともやぐら》に立った兵庫《ひょうご》は、悲痛な、しかし朗々とした声を響かせていた。

「わしの屍《かばね》を越えて行け。それが、最期のお言葉だった」

兵庫が言葉を切ると、舷側《げんそく》に当たる波の音が響いた。鎧《よろい》の袖《そで》に立てた魚鱗札《ぎょりんざね》が、陽光を受けて金色に輝いた。

「よいな、皆の者、この戦《いくさ》は、御屋形さまの弔い合戦ぞ！」

うおーっと、言葉にならぬ雄叫《おたけ》びが入江に響いた。

「御屋形さまの御霊《みたま》が、入江の底から我らをお護《まも》り下さっている。恐るるものは何もないわ」

荘十郎《そうじゅうろう》は、黒鉄《くろがね》南蛮胴の背を反らして傲然《ごうぜん》と言い放った。

兵庫は右の拳《こぶし》を晴れ上がった空へ突き出した。

「えいおう、えいおう」

「えいえい、おうーっ」

風神丸、雷神丸《らいじんまる》、二十艘《そう》の小早に居並ぶ将卒が上げる鬨《とき》の声が一つになって入江に響き渡った。

艫綱《ともづな》が解かれ、雷神丸、風神丸の順で、さざ波輝く入江に滑り出した。

背後には、鉄砲や弓を手にした紅い畳鎧《たたみよろい》の足軽が満載された二十艘の小早が続いた。

風神丸の左舷の後方に続く小早の先頭には、弓足軽を率いた伊世《いよ》が立っていた。後ろに束ねた長い髪が舳《へ》先《さき》で潮風に揺れている。

白地の水干の上に、入江の色を映したような水縹色絲威《みずはなだいろいとおどし》の胴丸を身に着けている。腰に赤革包みの太刀を佩《は》き、小脇には紅漆塗りの六尺あまりの長刀《なぎなた》を掻《か》い込んでいた。

唇をかたく引き結び、前方をしっかりと見据えている。

(伊世は落ち着いたようだな)

兵庫の苦渋の選択をようやく伊世も受け容《い》れたのだろう。

「フロラと申す敵船に、疾風《はやて》の如《ごと》く迫るぞっ。漕《こ》ぎ方、渾身《こんしん》の力を込めいっ」

兵庫の傍らに立つ儀《ぎ》右衛門《えもん》が号令を発した。

「えい。そっ。えいっ。そっ」

櫓《ろ》のきしむ音に合わせるように風神丸はぐんぐんと速力を上げて、南の湾口へと向かっている。

信之介《しんのすけ》は白木綿の単衣に藍染《あいぞ》めの軽衫袴《かるさんばかま》という身軽な出で立ちだった。革の鉢巻きと真田紐《さなだひも》の襷《たすき》だけが、戦支度である。

「信之介、ご惣領《そうりょう》の采配《さいはい》振《ぶ》りを見ておれ」

兜《かぶと》の眉庇《まびさし》の下から、荘十郎が抑えた声を出した。

艫矢倉の兵庫は、右手にした白采配をさっと左へ振った。

「見よ。雁行陣《がんこうじん》だ」

振り返ると、船尾に風神丸から続く縦列の陣形が、左斜めに開いた。

続いて、兵庫は采配を緩やかに左回りに振った。

「まずは午《うま》（南）へ向かうのよ」

入江の東側に位置する旭山麓の大桟橋から出た風神丸は、舳先を南西の大根崎へ向けた。

「敵の背後に回るのだな」

「ははは っ、信之介。確かにそうだが、敵はいつまでもあのままの態勢ではおらぬ。我らが南寄りに針路を取れば、東から背後をとられるのを怖れて、砲門を近づく我らに向けるために、舳先を反対側の北に向けるはずだ。今の針路は、誘い水よ」

「反対に南に舳先を向けるかもしれぬではないか」

「いや、風は坤《ひつじさる》（南西）から吹いている。必ずや、敵は風上に立とうとする」

向浜沖で帆を揚げたサン・イシドロは、荘十郎の言葉通り、西から北西方向へ舳先を向け始めていた。後ろに続く小ぶりの二隻も揃《そろ》って右へ転舵《てんだ》している。

「我らは今、艪の力だけで風に逆らって湾口の方角へ進んでいる。入江の中は風が複雑に渦巻く。おまけに狭く、隠れ根も多い。帆走では細かく方角を変えるのが難しい」

確かに、後ろに続く小早も含め、阿蘭党の軍船は一隻も帆を張っていなかった。

「信之介。これを、おぬしに進ぜよう」

荘十郎は唐突に、藍鮫《あいざめ》の石目鞘《いしめざや》をぬっと突き出した。

「荘十郎の差料を貰《もろ》うては悪い……」

「あの折、おぬしの刀を折ってしまったからな。拙者はいつもの野太刀で戦うから案ずるな」

荘十郎は、腰に佩《は》いた革巻き鞘の長太刀をぽんと叩いた。

信之介は石目鞘を抜いてみた。鍛えの板目肌《いためはだ》が涼しい。どう見ても館島の野鍛冶《のかじ》の手になるものとは思えなかった。

「素晴らしい丁字刃文《ちょうじはもん》が出ているな」

「粟田口国安《あわたぐちくにやす》だ。摺《す》り上げてあるゆえ、二尺五寸（七五・八センチ）しかない。短いか」

鎌倉期《かまくらき》の名刀である。信之介は胸が熱くなった。

「いや、拙者は荘十郎のように長太刀を振り回すのは得意ではない。ありがたく頂こう」

「喜んで貰えて何よりだ。さぁ、そろそろだぞ」

兵庫は采配を右へ大きく振った。風神丸は乾《いぬい》(北西)へ針路を変えた。

「後ろの二隻に風神、雷神がそれぞれ接舷して斬り込むのだ。乗り込んでしまえば、残ったイシドロも味方の船に大筒は向けられぬ。小早は左舷側から飛び道具で援護する」

「我らが敵の船尾に迫る前に、あ奴らは大筒を撃ってこよう」

風神丸は敵船との距離を刻一刻と詰めていた。三隻の舷側にずらりと並ぶ砲門が、自分たちを狙い始めている。

「舳先の向きを変えている最中は狙《ねら》いが定まらぬから、弾の無駄よ。南蛮人らは、船の位置が定まったら、すぐに撃ちかけてくる。それゆえ、我らはこんなに急いで漕いでいるのよ。時の勝負だ」

兵庫の采配が右巻きに輪を描いた。風神丸は右回りに弧を描いてぐるりと舳先を真北へ向けた。ちょうど釣り針のかたちに進路を変えてきたわけである。

「よしっ。いい按配《あんばい》だ。まるきり敵の背についたぞ」

兵庫が采配を上下に軽く振った。

風神丸は、舳先をわずかに西に向けた。速力がぐんと上がった。舷側の波しぶきが派手に散っている。

「このあたりからは、入江に潮流が激しく流れ込んでいる。潮の流れに乗れば、我らはあっという間に敵の背後に迫ってゆける」

左舷の前方に、南西からの海風を受け、帆を一杯に孕《はら》ませて白波を切っている三隻の船尾が近づいて来た。

「なぜ、『晴嵐の陣』と呼ぶのだ?」

「嵐《あらし》にも似た針路を取るからな。また、我らが攻めかかり、敵の単縦陣《たんじゅうじん》が崩れたら、先頭のイシドロは子《ね》から艮《うしとら》（北東）へ舵を切る。館島《やかたじま》の陽射《ひざ》しは、この通り強靱《きょうじん》だ」

荘十郎は振り返って中天高い太陽を見上げると、眼を細めた。

「お天道さまを背にして戦えば、敵は陽射しに目がくらみ、火砲の半分近くは狙いが狂う。晴れた日ならではの陣法よ。さ、斬り込みに備えて、前へ参ろう」

緒戦は地の利を知り尽くした阿蘭《あらんとう》党に分があるだろう。だがエスパニア軍は、大砲の数でも兵員の数でも比べられぬ偉容を誇っている。敵の隊列が崩れた時こそ、雌雄を決する戦いとなろう。

「おい、あとわずかで、敵は真北へ向くぞ」

信之介は敵船を指さして荘十郎に声を掛けた。

白く塗られたフロラの船尾が、見る見る迫ってきた。

格子窓のギヤマンが陽光にまばゆく輝く。

六間（一一メートル弱）幅ほどの最上甲板には左右両舷近くと真ん中に三基の大行灯《あんどん》が並んでいる。大行灯の間には数十人の銀鼠筒袖《ぎんねずつつそで》が、迫る風神に向かって鳥銃を構えていた。

喫水近くで、二門の大砲が黒光りして牙《きば》を剝《む》いている。

「どれほど当たるかは、運次第だ。だが、舳先が破却されてもすぐに沈むわけではない」

荘十郎の言葉が終わらぬうちに、フロラの船尾最上部に橙《だいだい》色の火花がちかっと光った。

耳をつんざく轟音《ごうおん》が響き、信之介はすっ飛びそうな衝撃を前方から喰《く》らった。

大量の朱色の木片が、舳先近くで舞った。

主帆柱左舷側の横桟《よこざん》が、四半分ほどめちゃめちゃに吹っ飛んだ。

「さぁ、こちらもお見舞いしてやるわ」

砲術組頭の高橋将監《たかはししょうげん》が、見える右目を見開き、塩辛声で叫んだ。

「大筒は、敵の艫矢倉の上部真ん中を狙うぞ。よしっ、撃てっ」

風神丸の船首砲が轟音を立てて火を噴いた。

遠く敵船尾で、数人の銀鼠筒袖が艫矢倉から撥《は》ね飛ばされた。

味方の大筒は断続的に砲撃を続ける。だが、敵艦に効果的な打撃を与えるには至らない。

敵の船尾で、舵の左右にちかっと火花が散った。

「伏せろーっ。敵弾だっ」

信之介は叫んで、身を板床に低くした。

鼓膜が破れそうな破砕音とともに、飛び散る血の臭いがあたりの空気を汚した。

信之介の目に飛び込んだのは、壊れた木偶人形《でく》のように転がる数多《あまた》の手足や、高欄に引っかかって白眼《しろめ》を剝いた、血まみれの首だった。

息のある者は、救護の足軽が走り出て後方へ抱え運んでいった。

「うむっ、大筒をやられたっ」

将監の口惜《くちお》しげな声が響いた。

風神丸の船首に設《しつら》えられた青銅の大筒は、砲身がはっきりと歪《ゆが》んで、使い物になりそうになかった。

またも敵砲が火を噴いた。

舳先の高欄は無残に打ち砕かれた。板床には肉片が散り、木片と身体の一部が積み重なった。

流れる血の海に、小走りの足軽が手籠《てかご》から滑り止めの砂を撒《ま》き続ける。

「くそっ、何ゆえあれほど立て続けに撃てるのだ」

奥歯が音を立てるほどに将監は歯嚙《はが》みした。

「見やれ、仇《かたき》は小早が討ってくれるわ」

荘十郎が指さす左舷を見ると、伊世が指揮する八艘の小早群が、フロラの黒い舵板《かじいた》近くに迫りつつあった。

先陣の舳先に立つ伊世は、長刀を足軽に持たせ、薄紅の扇面に金箔《きんぱく》を散らした扇を手にしていた。

潮風に髪をなびかせて伊世が扇をさっと振ると、二艘の小早が群れから抜け出た。

二艘は恐ろしい勢いで、巨大な黒い舵近くに迫った。小早はフロラの両舷に散開し左右の砲門を狙う。

両者の隔たりはわずかに三間ほどである。これではあまりに近すぎて、どんなに俯角《ふかく》を下げたとしても敵の巨砲は反撃できない。

後甲板上では、泡を食った銀鼠筒袖が、迫り来る小早に向かって鳥銃を構えた。

「鉄砲組、小早を護るぞ。後甲板の鉄砲隊を撃てっ」

弾込めを終えた五丁の大鉄砲が一斉に火を噴いた。

甲板上に銀鼠筒袖の肢体が舞い飛んだ。三人ばかりが海に吹き飛ばされた。

左右の砲門を横切る小早の胴ノ間で、それぞれ四人、あわせて八人の足軽が立ち上がった。

足軽たちは、砲門の窓へ五寸ほどの径を持つ黒い玉を次々に放り込んだ。

小早が右舷へ抜ける暇《いとま》もないうちに、爆音が上がった。

フロラの砲門窓から勢いよく炎が噴き出した。

「あれは焙烙玉《ほうろくだま》だ。大鉄砲で撃つ焙烙火矢を大きくして、導火線を付けたものだ。首尾よく、大砲廻《まわ》りの玉薬に引火してくれたわ」

「さすがは伊世どのだな」

「これで、しばらく敵の大筒は使えぬぞ」

伊世が扇を上下に振ると、小早群は船足を落とした。風神丸の後方に下がって道を譲る。

「大火矢筒《おおびやづつ》組、今度こそ主帆を焼くっ。棒火矢《ぼうびや》だ」

がらがらと車の音を立てて二門の青銅製の小型大砲が引き出されて来た。

「五十目玉火矢筒《ごじゆうめだまひやづつ》よ。あれなる棒火矢を飛ばす」

荘十郎が指さす棒火矢は一寸半ほどの径で、長さが二尺余りあって棕櫚《しゆろ》が巻いてある。頭には石突、尾には三枚の薄い鉄板の羽が付いている。

「あんなに大きな棒火矢が、宙を飛ぶのか……」

「ふふふ。棒火矢に巻き付けた棕櫚には、たっぷりと鯨油《くじらあぶら》と焔硝《えんしよう》を染み込ませてあるでな」

鉄砲玉薬奉行の役にありながら、信之介は、種子島（火縄銃）以外の実射を見た経験がなかった。阿蘭党の駆使するさまざまな火砲には、目を見張るばかりであった。

「仰角《ぎようかく》あげえ。もうちょい上げいっ。よしっ止めっ。亥吉《いきち》、あと一分、左だ。……よし、撃てえいっ」

将監の号令と同時に、鉄砲とは比べられぬ爆発音と白煙が信之介を包んだ。

ひゅるひゅると羽が風を切り、二本の棒火矢は敵の後帆《うしろほ》へ襲いかかった。

棒火矢は、後帆の最下帆桁《ほげた》と副帆桁の間に見事に突き刺さった。

後帆の最下段に炎が上がった。

火焔《かえん》は白い綿帆《めんぷ》の下から上へあっという間に広がり、不動明王の光背《こうはい》の如くあかあかと燃えている。

「やったぞ！　者ども」

将監は傲然と背を反らした。油煙で真っ黒な顔となった数十人の砲術組は、うぉーっと快哉《かいさい》を叫んだ。

フロラの後甲板では、水主たちや銀鼠筒袖が忙《せわ》しなく動き始めた。

しばらくするとめりめりっと音を立てて、後帆は帆柱ごと右舷の海へ崩れ倒れた。

何十丈という水柱が上がり、主帆が丸見えとなって、敵船の船足が急に落ちた。敵兵は火を消す作業を諦め、後帆柱を引き倒したのに違いない。

前方からも盛んに大砲を撃つ音が響いてくる。雷神丸が真ん中の敵船アギラに攻めかかっているのだ。

敵船が迫ってきた。フロラの後甲板では、銀色に輝く揃《そろ》いの兜《かぶと》を被った銀鼠筒袖が、ずらりと並んで鳥銃をこちらに向けていた。

「将監、敵の船足が落ちたぞ。そろそろ、俺にもお鉢を廻せえ」

将監は右目を剝いて、にやっと笑った。

「そう焦《じ》れるな、荘十郎よ。まずは、わしらが露払いじゃ」

矢玉よけに風神丸、雷神丸の舳先はずらりと桑《くわ》の楯板《たていた》で囲まれていた。目の高さに三尺四方の窓が開けられた鉄砲楯だった。

「鉄砲一番組、楯板まで進めっ」

十二人の鉄砲足軽が、黒漆塗りの陣笠を光らせて楯の後ろに居並んだ。

敵の甲板では甲高い号令とともに、何十丁という鳥銃が一斉に火を噴いた。弾丸は鉄砲楯に次々に当たったが、並んだ楯はびくともしなかった。

「敵の鉄砲大将は、まだまだだのう」

荘十郎が快げに鼻息を吐いた。

「狙いは確かだが、間合いが遠すぎて楯を撃ち抜く力が出んのだ。戦場では兵の心は浮き立ち、真の矢頃より倍も近く見えるものだ」

幾多の戦場を知る荘十郎の言葉には重みがあった。

「見よ、我が鉄砲隊も早く撃ちたくてうずうずしているが、将監どのは存分に引きつけてから撃たせるはずだ」

信之介が苛立《いらだ》つほど、敵が近づくまで将監は号令を発しなかった。

敵の鉄砲隊は、弾込めを終えて鳥銃を構え直した。

「よしっ、撃てえいっ」

轟音が響いて焔硝《えんしよう》が燃え、敵船の最上甲板で三人ばかりの水主の身体がすっ飛んだ。

煙の帳《とばり》が消えると、左の大行灯に一人、高欄に二人と、三人の銀鼠筒袖が、くの字なりに倒れていた。

2

「さぁ、いよいよだ。舳先をぶつけて敵船に乗り込むぞ。信之介、海に放り出されぬよう身構えろ」

艫矢倉の太鼓が、激流を思わせる乱れ打ちに変わった。

「おっしゃあ、熊手《くまで》組、楯板まで進めっ」

黒髭《くろひげ》を震わせた荘十郎の号令に、長い鉄熊手を持った十人ほどの足軽が、ざざっと足音を立てて舳先の楯板まで進んだ。

敵船はずんと近づく。三層目のギヤマン窓の向こうで、背の高い青筒袖が恐怖に目を見開いて硬直している。

櫓拍子《ろびようし》をとる太鼓が、一層激しく打ち鳴らされた。

足下から、がつーん、と大きな衝撃が信之介の全身に響いた。

接舷《せつげん》したのだ。

舳先がフロラの格子窓に突き刺さり、ギヤマンが粉雪のように砕け散って、きらきらと光った。

「鉄砲組の者ども、先手組の手土産に焙烙玉を喰らわせろ」

「えいさっ、えいさっ」

鉄砲組の足軽たちが、掛け声を上げながら焙烙玉を放り続けた。

フロラの後甲板のあちらこちらに火の手が上がった。

甲板は逃げ惑う敵兵の姿でごった返した。燃える藁束《わらたば》や板材が海に投げ捨てられている。

「熊手を突き出せぇい」

熊手に力が込められると、敵船の舷縁はたやすく引き寄せられ一間あまりの距離に近づいた。

「楯板を渡せっ」

鉄砲組の手で楯板が次々に前に倒され、両船の懸け橋となった。

「先手組、参るぞぉ。ここが地獄の入口だぁ。者ども、荘十郎に続けえいっ」

武者草鞋《わらじ》で楯板を踏み鳴らす音とともに、荘十郎の岩のような背中が、敵船の飾り高欄を越えた。

信之介も粟田口国安を抜いて、後に従った。背後からどたどたと槍《やり》足軽が続く。

(俺の戦いは、いよいよだ)

信之介は全身に壮気をみなぎらせて高欄を飛び越えた。

フロラの煤《すす》けた上甲板に降り立つと、あちらこちらに敵兵の死体が転がっている。

三間ほど離れて銀鼠筒袖が一列に並び、十数丁の鳥銃の筒口がこちらを狙っている。

鉄砲隊の背後には、青筒袖に率いられた何十人もの半裸身の兵が手に手に半槍《はんやり》を構えて控えている。敵兵は誰もが引き締まった表情で押し黙っていた。

味方の足軽は姿勢を低く保ち、槍ぶすまを作って荘十郎の下知を待っている。

「やつがれは、阿蘭党の御先手をつとめる鵜飼《うかい》荘十郎なり。無理無体なエスパニア国より阿蘭の島を護るがために推参いたした。いざ、尋常に勝負いたせえっ」

名乗り終えるや否や、荘十郎は大槍をぶんっと振り回した。

敵は恐怖心からか、鉄砲大将の号令を待たずに鳥銃をばらばらと撃ちかけてきた。

一発が信之介の左頬を掠《かす》めた。荘十郎の黒鉄南蛮胴には一発が命中し、ぴきっと音を立てた。

だが、散発的な攻撃は効を奏しなかった。

「ぐはははっ。こ奴らの如く怖《お》じ気《け》づいたら、生命はないぞ。我が阿蘭党の槍筋の恐ろしさを見せてやれいっ。それーっ」

荘十郎は石突で床を突いた。これを合図に、ひるんだ敵の鉄砲兵の胸を狙って足軽たちは揃って船槍を繰り出した。

敵の鉄砲大将が号令を掛けた。

が、時すでに遅かった。兵たちが引き金を引く暇《いとま》はなかった。隙間《すきま》なく繰り出された十数本の船槍で胸や腿《もも》を突かれ、鉄砲隊は次々と倒れた。噴き出る血潮で板床が染まった。銃兵の死体を乗り越えて、半裸身のエスパニア槍兵《そうへい》が二十人ばかり進み出た。いずれも不屈の面構えの男たちである。敵兵が放つただならぬ壮気に、味方の足軽も浮き足立った。

敵の槍大将が、短く号令を掛けた。兵士たちが横一列に並んで槍を構えた。

「槍を構えい」

荘十郎の下知で、足軽たちは槍ぶすまを作り直した。

両者は三間ばかりの間合いを取って向かい合い、一触即発の空気が張り詰めた。

「信之介には後詰めを頼む」

荘十郎は敵を見据えたまま、背中越しに怒鳴った。

信之介は、自在に剣を振るうために、一間半ばかり下がって太刀を八相に構えた。

「ムエラン・ロ・ハポネス！（死ね、日本人ども）」

大将が長剣を振り立てて叫んだ。

敵兵は一斉に槍を繰り出してきた。

「よっしゃあ、かかれぇ」

味方の穂先も、敵の急所を目掛けて突き出された。

「やあっ」「うおっ」

気合いか悲鳴か判然としない敵味方の叫びと、槍身同士がぶつかる音が、そこかしこに響いた。

激しい混戦となった。敵も味方も対手の槍を払いのけようと、必死で穂先を繰り出し合った。

敵兵は勇敢だったが、槍筋の勢いでは味方が立ち勝っていた。阿蘭党は徐々に敵を倒し、舳先の方向へ追いやり始めていた。

（阿蘭の兵は強い。日頃から漁《すなどり》や船漕ぎで鍛えているためだな。まるで、話に聞く上杉《うえすぎ》不識庵《ふしきあん》の兵のようだ）

農耕で鍛えた上杉兵は、織田軍と戦うときには、一人で五人を相手にできたと伝わる。

「カブロン！（この野郎っ！）」

白い薄衣の筒袖を羽織った三人の男が、手に手に長剣を振りかざして飛び出してきた。

三人はさっと散開して、信之介を半円形に取り囲んだ。

おのおの右手の剣を前に突き出す同じ構えをとった。

三本の長剣は、どれも尋常ならぬ殺気を放っている。

（この三人、どの男も腕が立つ）

信之介には、踏み出すきっかけがつかめなかった。

そのとき、背後から小柄な影が栗鼠《りす》のように飛び出してきた。

「信之介っ、加勢じゃ」

伊世だった。

挑発した真ん中の男に、伊世は上段から斬りかかってゆく。

勝負は一瞬で決まった。

敵の三人は折り重なるようにして倒れた。

(女とは思えぬ剣さばきだ。しかし、伊世に助けられるとはな)

信之介は、実戦での伊世の剣筋の鋭さをあらためて知る思いだった。

「小早の采配はどうした?」

「焙烙玉も矢も尽きたので、采配は小頭に任せたのよ」

「敵にも強い男が多い。気を引き締めて掛からんと怪我《けが》をするぞ」

「おぬしに言われるまでもないわ」

二人は次の敵を目指して床板を滑った。

「えいっえいっ、やあっ」

背後から、掛け声も勇ましく、渡辺藤三郎《わたなべとうざぶろう》の率いる徒士組《かちぐみ》の武士団が抜刀して乗り込んで来た。それぞれに趣向を凝らした当世具足《とうせいぐそく》を身につけた十数名の集団は、見るからに頼もしかった。

下の甲板から、敵の銀鼠筒袖や半裸の兵士が、なだれを打って攻め寄せてきた。

信之介は次から次に襲いかかる敵に、血刀を振るい続けた。

先手組を狙う鉄砲隊を横合いから串刺《くしざ》しにしたり、短銃をぶっ放す青筒袖を飛刀打ちで仕留めたり、倒した敵はすでに数え切れない。

伊世のそばでも荘十郎のまわりでも、血煙が上がり続けた。

飛び散る血しぶきや腸《はらわた》で、板床が滑る。血潮と人いきれで甲板はむっとする臭いに充《み》ち満《み》ちていた。

「下へ斬り込むぞぉ。褌《ふんどし》を締め直せ」

「徒士一番組は、わたしに続けえっ」

荘十郎と伊世の掛け声で先手組と徒士一番組が次々に階下へ降りていった。

「よしっ、二番組の者ども、生命の限り戦おうぞ」

信之介は、渡辺藤三郎率いる徒士二番組とともに戦い続けた。

阿蘭兵は遮二無二《しゃにむに》ぐいぐい押し進んだ。とうとう甲板上の敵兵はほとんどが傷つき倒れた。下の層でも勝ち戦なのか、昇降口から登ってくる敵兵の姿は、一人とて見えない。

舵輪《だりん》を握る者がいなくなったために、海流に弄ばれたフロラは、大きく西へ舳先を向けて迷走し始めた。

「この船は阿蘭党が貰《もら》ったぞっ」

若々しい声に振り返ると、雄之進が二人の舵取《かじとり》を従えて、颯爽《さつそう》と乗り込んできた。

「よしっ、舳先を左に向けるぞ。取舵っ」

阿蘭党の舵取が舵輪を握ると、左舷に戦列真ん中の、鳶色《とびいろ》のアギラと戦う雷神丸の雄姿が見え始めた。

風神丸と同じように、雷神丸はアギラの船尾に接舷して楯板が渡されていた。両船は二本の太い綱で結ばれている。

煙を上げて燃え盛る甲板上では、敵味方が入り乱れて混戦中である。フロラに続いて、阿蘭党の舵取がアギラの舵輪を握るのも、間もなくだろう。

風を捕まえ、ようやく転舵してきたイシドロが雄大な舳先で波を掻き分け、左舷側からアギラに近づいている。

イシドロの舳先付近には、山盛りの銀鼠筒袖が鳥銃の筒先をアギラの甲板上に向けていた。

鉄砲足軽を率いた将監が近づいて来た。

「ははは、あれだけの鉄砲が、何の役にも立たぬのだからな」

次の瞬間、信じられぬ光景が信之介の視界に飛び込んできた。

イシドロの舷側に三列に並んだ三十門近い大砲が、アギラに向けて一斉に火を噴いたのである。

「ば、馬鹿な。あれでは、味方もろとも木っ端微塵《みじん》ではないか」

信之介は、自分の声が怒りに震えるのを防げなかった。

味方の将兵の生命もお構いなしの徹底的な砲撃であった。

甲板上では、阿蘭兵もエスパニア兵も次々に宙に舞った。

砲弾が直撃した兵士たちは、粉々に砕かれて四肢がばらばらにすっ飛んだ。海へ放り出される紅畳鎧の足軽たちや、青と銀鼠の筒袖の姿が、信之介の目に焼き付いた。

「エスパニア人は、鬼じゃ」

将監は放心したように、うそ寒い声を出した。

イシドロの大砲は立て続けに砲弾を放ち、轟音とともにアギラの主帆柱が倒れた。

両船の舷側は粉々に打ち砕かれて、木片が舞う。

雷神丸の主帆柱が、大きな波音を立てて海へ沈んだ。

アギラと雷神は砲煙の幔幕《まんまく》に包まれてしまった。

煙幕が風に流されてゆくと、満身創痍《まんしんそうい》の二つの軍船が、ようやく海に浮いていると言った頼りなげな姿を現した。

3

風神丸から悲鳴にも似た甲高い調子の法螺貝《ほらがい》の音が鳴った。

左右両舷で雷神丸を護っていた八艘の小早が、迫るイシドロとは反対の右舷側の海遠くへ逃げ出した。

再びイシドロの砲が一斉に容赦なく轟《とどろ》いた。

アギラの喫水線付近から水平方向に炎が噴き出し、船倉が大爆発を起こした。

「船中の行灯が倒れて、船倉の玉薬に引火したに相違ない」

将監は片眼を皿のように見開いて声を震わせた。

一瞬、あたりの空気が不吉に静まった。

次の瞬間、鼓膜に痛みを覚える轟音が上がり、アギラは船体全体が炎の塊と化した。

あっという間に雷神丸に飛び火した。火焔は舐《な》めるように帆を伝わり艫矢倉へと燃え移った。左義長《さぎちょう》の火祭りにも似た業火《ごうか》は、めらめらと天を焦がす。

再び耳をつんざく爆発音が空気を震わせ、浅草寺《せんそうじ》の五重塔ほどの高さで水柱が上がった。

アギラの舳先から三分の二は跡形もなく吹っ飛んだ。残った船尾部分は、雷神丸の舳先を繋いだまま、海の中に引きずり込まれるように沈み始めた。

火達磨《ひだるま》の両船は高く波しぶきを上げながら、見る見る海中に姿を消していった。

大きな水の輪が広がり、横波を喰らったフロラも、激しく揺れた。

波が静まると、水面には炎を上げて燃え続ける木片が波に弄《もてあそ》ばれているだけだった。敵も味方も、およそ人の姿は見られなかった。

「か、仇《かたき》を討ってやるぞ」

立ち上がった将監の右目は、どす黒い怒りに燃えていた。

舵を東に切ったイシドロは、大砲を撃ちかけて来なかった。今この状況で砲撃すれば、フロラをも失う羽目になる。

そのとき後方の風神丸から、法螺貝の音と高い調子の鉦《かね》を乱打する音が聞こえてきた。

「くそっ、退《ひ》き鉦《がね》かっ」

将監は奥歯をぎしぎし言わせると、手にしていた軍扇をへし折ってしまった。

荘十郎が、下の層から慌ただしく階段を上がって、出口に巨体を現した。

「なにゆえの退き鉦じゃ」

荘十郎は、将監に嚙《か》み付くように叫んだ。

「雷神が沈められた。敵船と道連れだ。おそらく、誰も生き残ってはおらぬ……」

「なんだとう」

荘十郎の濁声《だみごえ》が裏返った。

「荘十郎、藤三郎、ここは鉄砲組が殿軍《しんがり》をつとめる。先手組と徒士組は、風神に戻れ」

気を取り直した将監は毅然《きぜん》とした口調で言った。

「うかうかしておれば、風神も雷神と同じざまになる。あ奴ら、雷神ともども自分らの軍船に大筒を撃ち掛けおったのだ」

「味方の軍兵に大筒を撃ったと申すのか」

荘十郎は眼を剝《む》いて絶句した。

「南蛮人は人ではない。仲間を皆殺しにしくさったわ。雷神乗り組みは、采女《うねめ》を始め誰もが海の底ぞ。ご惣領とて悔しくないはずがあろうか」

将監は頰《ほお》を引き攣《つ》らせた。

退き鉦と法螺の音は、いよいよ激しく帰陣を促している。

「よぉし、仕切り直しじゃあ。先手組、風神へ戻るぞぉ」

明るい声と裏腹に、荘十郎の唇は、大きく歪《ゆが》んでいた。

「徒士組も続け。虜《とりこ》にした南蛮人は、捨て置けぇぇい」

藤三郎の大声が響いた。

二人の部将の号令に、ばたばたと足音を立てて引き上げる武士と足軽たちが船尾へ列を成した。

誰もが血潮に染まっていた。傷つき足を引きずる者も、同輩に肩を預ける者も少なくなかった。

伊世が階下から徒士一番組を引き連れて姿を現した。

「どういうことじゃ、勝ち戦に退き鉦とは、兄上のお気は、確かなのかっ」

伊世は、目を血走らせて、信之介の元に駆け寄ってきた。

「雷神が乗り組みごと沈められた。敵は味方の船もろとも大砲を撃ち掛けたのだ。このままでは、風神が危ない」

「そ……んな……」

伊世の顔から血の気が引いた。

そのまま後ろに倒れそうになった伊世を将監が抱きかかえた。

「さっ、伊世姫さま、信之介も早く退かれよ」

「わたしは、鉄砲組とともに殿軍《しんがり》をつとめるぞ」

将監の腕の中で、伊世は首を横に振った。

「戦は始まったばかりじゃ、姫さまや信之介のような使い手には、これから本勝負をして貰《もら》わねばならぬ」

凄《すさ》まじく引き攣った将監の顔に浮かぶ澄んだ笑顔には、有無を言わさぬ力があった。

「将監どのに頼もう。鉄砲足軽たちとて、拙者たちが下知するのでは、頼りなかろう」

「わ、わかった……」

「鉄砲一番組、おぬしらの生命は将監が預かったぞ。さぁ、撃て、撃てえいっ」

将監の叫びと続く筒音に後ろ髪を引かれつつも、信之介は伊世とともに風神丸へと楯板を渡った。

迫るイシドロの銀鼠筒袖隊に一斉射撃を喰らわせると、鉄砲組は次々に風神丸に帰還して来た。最後尾には、将兵の撤退を見守る将監が立っていた。

「よっしゃ、将監。皆が戻れたわ。おのしも早う」

荘十郎が差し招くと、将監は大股に楯板を渡り始めた。

「ぐあっ」

次の瞬間、将監は被弾した。胸を掻きむしると、厳《いか》つい身体はもんどり打って海へ落ちた。

小さな水柱が上がり、紺絲威《こんいとおどし》は波に呑《の》み込まれていった。

「馬鹿者おっ、ここまで戻っておりながらっ」

荘十郎が地団駄を踏んだ。

「将監ーっ」

伊世の血を吐くような叫び声が波間に響いた。

信之介は、やりきれぬ思いで水面《みなも》に生まれた小さな波の輪を見た。

「綱を切って楯板を戻せっ」

藤三郎の号令で、フロラと離れた風神丸は、ゆらゆらと漂泊した。

帆に風を受けたイシドロの舳先は、十間近くまで迫ってきた。

艫矢倉で太鼓が打ち鳴らされ、風神丸は大急ぎで反転し始めた。舷側で艪の作る波が逆巻いた。

「さ、伊世どの、参るぞ」

信之介は放心したまま突っ立っている伊世の背中を叩いた。

「父上に次いで将監までが目の前で……」

伊世はうわごとのように呟《つぶや》いて、将監の沈んだ海を見つめている。

「荘十郎、伊世どのを頼む」

「ああ、姫さまと舳先は身どもが守る。おのしは、ご惣領さまのお側に行ってくれい」

傷ついてそこここにうずくまる兵卒の身体を避《よ》けながら、信之介は船尾へ急いだ。

「急ぎ、帆を上げろっ」

主帆柱まで来ると、艫矢倉で儀右衛門が叱咤《しった》する声が響いた。

前後の帆に大きく風を孕《はら》んだ風神丸は、波を蹴《け》立《た》てて西の湾口を目指し勢いよく帆走し始めた。イシドロはフロラを従えて後を追って来た。

両者の距離は五町（五四五メートル）ほどに離れた。

風を切る音が信之介の耳を捉《とら》えた。

艫矢倉では、兵庫が迫り来るイシドロを睨《にら》みつけていた。

「兵庫っ、大事ないか」

駆け上がった信之介が声を掛けると、兵庫は険しい目付きで振り返った。

「雷神は無念だった……。だが、彼らの冥福のためにも、我らは戦い抜き、館島と島の民を護らねばならぬ」

「俺も戦うぞ」

信之介の心の中では、エスパニアはもはや理屈を超えた怨敵《おんてき》と化していた。公儀がどうの、阿蘭党がどうのといった感情は消えていた。

「頼む。もはや、我らの将卒の半分は斃《たお》された」

兵庫は唇を嚙んだ。

「鬼の如き、エスパニアの将に一矢を報いてやりたいぞ」

「いや、敵将もたいした男だ」

「味方の軍兵に大筒を撃ちかける男がか？」

信之介は驚いて兵庫の顔を見た。

「我らにとって最も恐ろしいのは、イシドロとか申す大船の舷側に並んだ大筒だった。イシドロの砲門を封ずるために、フロラとアギラを船尾から襲って斬り込んだのだ。敵の船に乗り込んでしまえば、イシドロは味方に砲を向けるわけにゆかぬ。そう読んでいた。が、俺は甘かった」

「拙者も、まさか、敵が味方もろとも砲撃をして参るとは思わなかった」

エスパニア人の冷酷さを知ったいま、彼らの麾下《きか》に付くことがどんな意味を持つかを信之介は思い知らされた。

「もし、敵将がアギラなる軍船を諦めなかったら、今頃は、我らは三隻とも奪っておったろう。この戦いで、間違いなくエスパニア人を討ち払えるはずだった。まさか、敵将が、李《すもも》を諦め桃を得るという兵法三十六計の十一計を採るとは思わなんだ」

「孫子なれば、智者《ちしゃ》の慮、必ず利害を雑《まじ》う（賢い者は損失と利益を常に秤《はかり》にかけて行動する）……というわけか……」

将の心構えは、どこまでも非情でなければならぬのだろうか。兵庫もいざとなれば、李を諦める決断を下すのか……。

「ところで、いま、舳先を何処《どこ》へ向けておるのだ」

「北島《きたじま》ノ瀬戸《せと》へ向かう。瀬戸は流れが急だ。夕凪《ゆうなぎ》前の今の刻限だとことさらに激しくなる。流れに不慣れなエスパニア船は必ず難儀する。我らは敵船を引き離し、東回りに南へ下る。東浦の船隠しに風神を隠すのよ」

「逃げ出すつもりか」

「逃げ切るしか手がない。あ奴らは水軍の習いで、いまも逃げる風神を追っておる。時を稼ぎ、日暮れを待つのだ。あと半刻《はんとき》（一時間）ほどで薄暗くなる」

左手の水平線上にようやく傾き始めた西陽に、兵庫は眼を向けた。

「北島ノ瀬戸までは二里（約八キロ）、四半刻《しはんとき》（三〇分）以上は掛かる。仮にエスパニア船が瀬戸で引き返したとしても、大之浦に戻れば、日は暮れかかる。敵船は大根崎より内海には入って来られぬ。敵の大筒の確実な矢頃《やごろ》は五町あまりだ。少なくとも今日のところは館島の人家へ大筒は撃ち込めぬ」

エスパニア船が村々へ向かって砲撃を開始したら、目も当てられぬ仕儀となろう。島民は東浦の砦《とりで》に避難しているが、館島の中心地は壊滅状態になる。風神丸はおとりの役目に就かねばならない。

「決戦を持ち越すのだ。明日こそ、敵を……」

イシドロの舳先が光った。

信之介は兵庫を突き飛ばした。唸る砲弾は艫矢倉の太鼓に命中した。三尺の大太鼓は、跡形を留めず消し飛んだ。

「ここは危ない。兵庫、下の甲板へ降りよう」

「そうだな。今からは船を操る技こそが戦いだ。儀右衛門が持ち場へ参ろう」

二人は主帆の前に急いだ。

進む先の沖合に目を凝らす儀右衛門の立ち姿があった。

「船首を子《ね》七分酉《とり》三分へっ。よしっ、戻せ」

儀右衛門が細かく転舵を指揮する声が響いた。舵輪に取り付くのは雄之進だった。

大柄の水主《かこ》が介添えとばかりに、反対側で力を貸していた。

「儀右衛門、このままの船足で北島ノ瀬戸へ乗り入れても、大事ないか」

舳先が波を切る度に、船体は大きく縦揺れしていた。

「なんとか保《も》ちましょう。いや、保たせねばならぬ。風神をむざむざと敵の矢玉の餌食《えじき》にはさせませぬ」

常にない儀右衛門の強い口調だった。

「横に並ばれ、ずらりと並ぶ大筒を撃ち込まれたら、それこそ往生だからな」

「いや、風神の船足は速うござる。追いつかれるような無様は見せませぬわ。むしろ、外舵を破壊されるほうが懸念じゃ」

「して、儀右衛門の策は」

兵庫は、儀右衛門の顔を覗《のぞ》き込むようにして訊いた。

「ひよどり越えで参る」

「そうか、儀右衛門の十八番だな」

どんな戦術なのかと、問おうとしたら、儀右衛門はにっと笑った。

「風神に手練《てだ》れの遊女の如く小まめに腰を振らせるのじゃ。必ずや敵の大筒の狙いは狂う。なに、外舵にさえ当てられなければ、艫矢倉など半分は吹っ飛んでも構わぬわ」

生まれてこの方、青楼《せいろう》などと縁のなかった信之介は、あまりにも場にそぐわぬ喩《たと》えに開いた口がふさがらなかった。

「船足を落とさずに、さような舵取りができるか」

兵庫は眉根に皺《しわ》を寄せて訊《き》いた。

「館島周りの海は儀右衛門の独擅場《どくせんじょう》でござるよ……舳先は子八分酉二分じゃっ、戻せっ」

風神丸は、それからしばらくの間小さく舳先を蛇行させながら、北へ北へと針路を採り続けた。

ひよどり越えの操舵が始まって、信之介の身体は左右に大きく振られた。主帆柱につかまっていないと立っているのが困難だった

砲声が轟いた。大きな衝撃が船尾から風神丸を襲った。振り向くと、木枯らしに弄ばれる木の葉の如く大量の木片が艫矢倉で舞っていた。イシドロは五町の距離を保って真後ろで牙を剥いている。

「舵に当たってくれるな。風神よ、もっと威勢よく腰ぃ振れぇ。面舵《おもかじ》二分」

背後から再び大砲を撃ち出す音が響いた。今度の衝撃はさらに大きく、艫矢倉は右舷側で角が欠け落ちていた。

「面舵いっぱぁい」

舳先がぐるりと東に回ると、左手に灰色の崖が続く北島の南岸が見えてきた。

「あとわずかで北島ノ瀬戸の入口だ。儀右衛門、抜かるな」

「お任せあれ。取舵一分」

館島と北島との間に横たわる、長さ半里、幅七町余りしかない細長い海峡が北島ノ瀬戸

である。大之浦とは山を隔てており、館島の真北に位置する。

「まさに龍門《りゆうもん》地獄だのう」

荘十郎が近づいて来て、行く先の逆巻く波に目を遣《や》りながら嘯《うそぶ》いた。龍門は黄河の中程の急な流れを指す言葉で、激流を無事に遡行した鯉《こい》は龍になると信じられていた。

「敵にとっての地獄なら、よいのですが」

雄之進の心細げな声が聞こえた。

「雄之進、舵取のおのしがそんな気弱を申して何とする」

荘十郎に噛み付かれた雄之進は、舵に取り付いたまま首をすくめた。

「伊世どのはどうされた？」

「うむ……怪我した者どもの面倒を見ていなさる。怪我人はできる限り、舳先に運んだわ」

この状況では、舳先が一番安全な場所と言ってよい。

敵は連続的に砲撃を続けてきた。今までとは違う嫌な衝撃が、風神丸を襲った。

「いかん。後ろ帆をやられたっ」

兵庫の張りつめた声が響いた。最後尾の三角帆柱の根元に砲弾が当たった。

三角帆はあっという間にめりめりっと音を立てて海に倒れた。

あおりを食って、五、六人の足軽が甲板から急流に吹っ飛ばされた。だが、助ける手立てはなかった。

船足が急に落ちた。敵の大将の狙いは少しでも両船の距離を詰めることにあるのだ。

左舷側、船体三分の一ほどの位置に、三町ばかり離れてイシドロの船首が迫っていた。

「まずいっ。伏せろーっ」

荘十郎の言葉が終わらぬうちに、敵の右舷前半分の砲門が一斉に火を噴いた。

信之介も板床に伏せた。破砕音と悲鳴が間近に響く。

風に乗って襲いかかってきた朦々《もうもう》たる砲煙が甲板を包んだ。

甲板のあちらこちらで呻《うめ》き声が聞こえた。首や手足を失い人の形を留めない畳鎧もごろごろ転がっていた。

左舷側の高欄は、船体中央部ではどこにも残っていなかった。それどころか、左舷の甲板上の構造物は主帆まわり幅五間ほどに渡ってごっそり失われていた。

風神丸が沈まないのは運がよかったとしか言いようのない、惨憺《さんたん》たる有様になっていた。

が、舵輪は無事だった。

雄之進《ゆうのしん》一人が舵輪に取り付いて、すっくと立っていた。その姿は神将像《じんしょうぞう》のように神々しく見えた。

胸に不吉な予感が走った。

次の瞬間、雄之進の身体は音もなく崩れ、板床にうずくまるようにして倒れた。

「おい、雄之進っ」

兵庫が雄之進を抱え起こした。

雄之進の左胸には、親指ほどの太さの鉄杭《てっくい》が小柄のように突き刺さっていた。

兵庫の腕の中で、雄之進はかっと血を吐くと、動きを止めた。

「気を確かに持てっ」

「しっかりせえいっ」

儀右衛門も荘十郎も雄之進に駆け寄って、肩を揺すった。

首筋で脈を取った兵庫が、口惜しげに首を振った。

儀右衛門が代わって舵に取り付き、手早く取舵に切って風神の姿勢を立て直した。

風神丸は海峡の南側に流されていた。右手には館島沿岸の珊瑚礁《さんごしょう》が波間に顔を出している。舵を握る者がいなければ、この場で座礁していたに相違ない。

「くっ……」

荘十郎は喉を震わせ、見開かれたままの雄之進の瞳《ひとみ》を静かに閉じた。小柄だが筋の隆々《りゅうりゅう》とした身体を抱え上げた荘十郎は、黙って雄之進を舵輪から離れた場所に寝かせた。

「ゆ、雄之進……」

伊世が茫然と立っていた。

「雄之進は、風神丸の舵を守って死んだ。船人の鑑《かがみ》だった」

兵庫はわずかに声を震わせながらも、静かに告げた。

「いやじゃーっ」

金切り声が空に突き抜けた。

髪を振り乱した伊世は雄之進の身体を抱き起こし、激しく揺り動かした。伊世の涙が宙に散った。

「戦のさなかだ。落ち着かれいっ」

信之介に諫《いさ》められると、伊世は身体の動きを止めた。

「これが……これが戦か。戦とは、こんなに空しく、悲しいものなのか」

雄之進を抱えたまま伊世は唇を嚙んだ。

「そうだ……伊世。これが戦だ」

続けて合掌する兵庫の沈んだ声が響いた。

「雄之進の死を無駄にはできん。身どもは骨となっても、風神を東浦まで連れて参る」

舵輪に取り付いたままの儀右衛門は、きっと唇を結んだ。

「見やれっ。敵船が離れて行くわ」

荘十郎の指さす先を見ると、イシドロとフロラは、瀬戸の入口付近で船足をぐんと落とした。珊瑚礁も所々に顔を覗かせ、急流が波しぶきを立てて逆巻く海峡に乗り入れる勇気はないようだ。

敵船は五町、六町と距離を遠ざけてゆく。砲撃の危険は去りつつあった。

「やったぞ！　敵船は尻尾《しっぽ》を巻いて逃げ出したわ」

荘十郎の言葉通り、二隻は舳先を西へ戻した。

「この刻限であれば、大根崎から内海へは、間違いなく敵船は入って来ぬ。村々は救える」

雄之進の犠牲の下、計略は図に当たった。兵庫の声も安堵《あんど》の響きを帯びていた。

「北島ノ瀬戸に乗り入れまする……」

儀右衛門の厳しい声が響いた。

北島ノ瀬戸は、信之介の想像以上に険阻《けんそ》な海峡であった。

舳先が大きく振られ始めると同時に、船底が持ち上げられ、どんと落とされる。

自分の身体が海に放り出されるのではないかと思うほど、甲板が左右に傾く。左舷が欠損しているだけに、左に大きく傾斜すれば、風神丸はそのまま復元せずに転覆する不安が襲ってきた。

半里（二キロ弱）続く瀬戸の半分まで進んだ頃には、信之介は胃の腑《ふ》の中身をすべて吐き出す羽目に陥った。

「信之介、あと少しの辛抱だ。間もなく瀬戸を抜けるぞ」

兵庫が信之介の背中を軽く叩いた。顔を上げると、舳先の向こうに黄金色に染まって、銀色の輝きを見せる広い海が広がっていた。

4

（あの小型艦を操る儀右衛門の操船技術は、実に素晴らしい。外舵を破壊できなかったのは、わたしの計算外だった）

レオンはサン・イシドロの最上後甲板に立って、逃げ行く敵艦の破砕された船尾が小さくなって行くのを眺めていた。

マルティン・カンパージョ大佐が、吊り剣の音を立てて歩み寄ってきた。

「レオン、わしは軍人として、最悪の選択をしてしまった」

大佐は口髭《くちひげ》を震わせた。大いなる憂いが、誠実で勇敢なこの軍人を襲っていた。

ドン・セルジ提督が非業の死を遂げたことにより、カンパージョ大佐は、サン・イシドロの艦長をつとめながら、提督代行者として小艦隊の指揮を執っていた。

「あなたの決断は、艦隊を救ったのです。もし、アギラを砲撃しなければ、フロラともども敵に奪われていた。敵は砲術に巧みです。両艦の火砲を駆使されれば、本艦も撃沈されていたでしょう」

「だが、部下たちを皆殺しにした罪は消えぬ。戻れば軍法会議だ。マドリーの海軍省に召還されるだろう」

「いや、あなたは軍法会議に掛けられる恐れはない」

「なぜだ。三百人の将兵をこの手で殺したんだぞ」

血を吐くような叫びを発する大佐に、レオンは慇懃《いんぎん》に微笑《ほほえ》んだ。

「わたしの父は、王室だけではなく、軍の上層部にも多くの友人がいます。ご心配される必要はありません」

「レオン……最初から父上のお力を当て込んで、あんな非道な作戦を献策したのかね」

レオンは軽く首を横に振った。

「大佐、繰り返しになりますが、アギラを犠牲にしなければ、我が艦隊が全滅する怖れもあったのです。わたしの提案した作戦は、正当なものでした。実行したあなたも、軍人として賞賛されこそすれ、非難される点は何もないはずです」

大佐は、レオンの瞳をじっと見つめた。

「君は……冷酷な男だな」

「ありがとうございます。軍人であるわたしへの最高の讃辞《さんじ》と受け取ります」

レオンはカンパージョ大佐に丁寧な挙手の礼をした。

大佐は、一種言いようのない微妙な表情で答礼を返し、そのまま昇降口のほうへ踵《きびす》を返した。

（軍人に必要な資質は、常に冷静であることですよ、大佐どの）

立ち去る大佐の大柄な背中に、レオンは心の中で呼びかけた。

「おい、君、海図室にいる久道主馬《ひさみちしゅめ》を呼んできてくれ」

レオンは護衛の任に就いていた海兵隊員の一人に声を掛けた。

程なく主馬が、引き締まった体軀《たいく》を最上後甲板に運んで来た。

「江戸湾には、すでにあの連中のように高い戦闘能力を持つ、吉宗《よしむね》皇帝の精鋭艦隊が浮かんでいるのではないのかね？」

「いいえ、断じてさような事態はあり得ませぬ」

主馬は強い口調で言葉を継いだ。

「戦い振りでわかりましたが、阿蘭党は一世紀ほど前のハポン海軍の生き残りです。徳川《とくがわ》氏が政権を握って後、その頃の海軍はすべて解体させられました」

「だが、現にこの島には精鋭たちが牙を剝いていたではないか。君の情報が不正確だったことは事実だ」

「たしかに、阿蘭党の存在を諜知《ちょうち》できなかったことは、尾張《おわり》徳川家の落ち度です。彼らは徳川政権から逃げ出して、この孤島で、人知れず独立国家を築いたものと思われます」

「ハポンには、ほかにも一世紀前の海軍の生き残りがいるのではないのか」

「現在のハポンに、他にこのような海軍が存在するはずはありません。伊豆《いず》、紀伊《きい》、瀬戸《せと》内《うち》、土佐《とさ》、西九州と、かつて諸侯の海軍が存在していた地域は、徳川氏の監視が行き届いています」

主馬が本気で信じていることは、瞳の色に出ていた。阿蘭党は、彼にとっても予想外の存在だったのだろう。

「わかった。君の見解を信じよう」

「ありがとうございます。今日の戦いで、マニラに迫る危険がご理解頂けたと思います。一千年に渡って戦ってきた戦士であるサムライは、かくの如く強いのです。サムライを絶対にマニラに上陸させてはなりません」

「確かに強い戦士ばかりだ。フロラの白兵戦では将兵の半分近くがやられたんだからな」

フロラには腕自慢の剣士が何人も乗り組んでいたが、すっかりハポン兵の餌食となってしまった。

「海峡を逃げていった敵艦は、大破させた。すでに戦闘能力は失われているはずだ。イシドロは無傷だし、フロラも充分に戦う力は残っている。残存している敵勢力は、小舟だけだ。掃討するのに二時間は掛からぬだろう」

「すでに阿蘭党には、まともな軍艦は存在しませんからな」

「残っているのは、バルカーサに毛の生えた小舟ばかりだ。あんなものは戦力とはいえぬ。だが、すでに二日を無駄にした。明朝、島を占領し、島民を徴発してフロラの修理を急ごう。水、食糧、火薬、阿蘭党から手に入れなければならぬものは少なくないからな」

「占領後の阿蘭党との交渉には、わたくしが参ります」

「わたしも行く。なかなか油断のできない連中だからな」

レオンの背後の岩礁で水鳥がけたたましく騒ぐ声が聞こえた。

5

東浦に辿《たど》り着いた時には、陽は脊梁《せきりょう》の山並みの向こうに隠れ、青い薄暮が海上を包んでいた。

風神丸は、東浦南端に突き出た海蝕崖《かいしょくがい》と白砂の浜に囲まれた細長い入江に舳先を乗り入れた。

兵庫の下命で風神丸の損傷具合を調べる作業が始まった。艫矢倉の中から龕灯《がんどう》で船尾を子細に眺めていた儀右衛門は、沈鬱《ちんうつ》な面持ちで兵庫を振り返った。

「骨組みのあちらこちらに亀裂が入っており申す。無理をすれば、外船尾が四散する怖れもござろう」

「補修には、どれほどの時を要するのだ」

「後帆は別として、船尾の修理だけで、船匠たちの総力を挙げても二日は掛かりますな」

「そうか……明日は、小早で戦うしかないか」

兵庫は眉《まゆ》を曇らせた。

「されど、皆で力を尽くせば、今宵一夜で何とかなりましょう。いや、身どもが何としても帆を上げさせます」

「頼むぞ、儀右衛門。風神の持てる力を蘇《よみがえ》らせてくれ。伊世、小早は無事だな？」

「小早は散れとの兄上の命ゆえ、早々に小頭に命じて逃れさせた。小早十六艘は八瀬川《やつせがわ》河口の紅樹林（マングローブ）に隠してあり申す。すべて無事じゃ」

「そうか、川尻浦《ちょうじょう》に廻したか。あそこならば、敵には見つかることはないな。すべての小早が守れて、重畳だ」

浜の背後の崖に一筋付けられた山道を、一列の人波が下りてきた。

物見台から風神丸の入港を確かめたのだろう。小早組の足軽と、東浦砦に隠れている小者や女衆だった。

足腰の強い者を選んで、背には米俵や藁包《わらづつ》みを背負わせている。風神丸乗り組みの者たちの兵糧だろう。

進み出てきたのは、儀右衛門の娘の志乃《しの》であった。儀右衛門の顔を見ると、一瞬激しい喜びを浮かべたが、負け戦と悟ったのかすぐに硬い表情に戻って口を開いた。

「若さま、東浦は皆、無事でございます」

「大儀であった……雷神は沈んだぞ。乗り組みの者は皆、船もろとも海に散った」

「まことでございますか……」

志乃は絶句したまま、儀右衛門の顔を見た。

「風神乗り組みの者の中では、雄之進が死んだ。将監始め鉄砲組と、先手組の多くの者が討ち死にした。雄之進は舵を守ったまま、砲弾が飛ばした鉄杭を胸に受けたのだ。船人として立派な死に様だった」

儀右衛門の言葉に、志乃は目を伏せて微《かす》かにうなずいた。

「よいか、女たちと小者は炊き出しじゃ。風神丸乗り組みの者たち、腰兵糧は明日に備えて開くでないぞ」

伊世の下知で、浜に火を焚《た》く支度が始まった。あちらこちらで即席の石竈《いしかまど》が築かれ、粗《そ》朶《だ》が集められた。

煙の向こうから飛び出して来た小柄な影が、信之介の腰のあたりにむしゃぶりついた。

驚いて身を離すと、弥助《やすけ》が顔をくしゃくしゃにして立っていた。

「鏑木さまぁ、ようご無事で」

「弥助、変わりはないか」

「へぇ……裏山の砦で煮炊きしたり、年寄りの世話をしてましたから。だけど、まぁ、ほんとによかった」

弥助はしばし黙って涙を流していたが、はっと顔を上げた。

「そうだ、鏑木さまに蝙蝠《こうもり》鍋を作って差し上げよう。あっちの崖の下に生えてる桃玉菜《ももたまな》に巣掛かりしておりやすんで」

「いやいや、鍋には及ばぬ。皆の炊き出しの手伝いをしておれ」

弥助たちはぺこりと頭を下げて立ち去った。

やがて、将兵に炊きたての握り飯と干し魚の潮汁《うしおじる》が配られた。

喉から胃の腑《ふ》へ流し込んだ潮汁と飯はどんな佳肴《かこう》にも勝った。信之介は熱い食物が、こんなにも美味《うま》いものだと初めて知った気がした。腹に食べ物が入ると、力が蘇ってきた。

飯が済むと、儀右衛門の差配で足軽たちは手に手に槌《つち》や鋸《のこぎり》を持ち、風神丸の修理に取りかかった。威勢のよい槌音が浜辺に響き始めた。


山稜《さんりょう》に漂う夜気は、湿った森の匂いと昼間の火照りを残していた。

風神の修理を宰領している儀右衛門を除く、生き残った部将たちは、大之浦の見下ろせる傘山まで進んでいた。数人の足軽が付き従っている。

狩野舟で夜襲を掛けて敵の外舵を壊す計略のための敵情視察の物見だった。信之介たちは夜光茸《やこうたけ》が点々と鮮やかな黄緑色に光る細道を歩いて分水嶺《ぶんすいれい》に出た。

しかし、計略は空《むな》しかった。

「敵は夜守の法を心得てござる……」

大之浦を見下ろした瞬間、御徒士組頭の渡辺藤三郎が苦しげに呻《うめ》いた。

イシドロもフロラも艦全体にあかあかと火を焚き、火灯りで隣に立つ兵庫の顔が見えるほどだった。甲板上には鳥銃を手にした大勢の兵卒が居並んで警固に当たっていた。

「いかに目立たぬ狩野舟と言えども、あれに近づけば、飛んで火に入る夏の虫だわ」

荘十郎の声も冴えなかった。

「夜襲は諦めるしかない……。明日は未明から風神を押し出し、小早と合流して一気に敵を叩くぞ」

兵庫の決断の声に、誰しもが身を引き締めてあごを引いた。

「伊世、今宵のうちに、小早を扇之浦《おうぎのうら》へ廻しておけ。川尻浦から扇之浦は一里少しだ。あそこなら兵糧にも、寝泊まりする場所にも事欠くまい」

明日の小早の乗り組みは、間違いなく厳しい戦いを強いられる。兵庫は兵卒たちを休ませたいのだ。

「いや……その任は荘十郎に頼もう」

伊世は、表情を動かさずにさらりとかわした。

「拙者が？　そりゃ構いませぬが、伊世姫さまは？」

「東浦の砦に残って女子供を守る」

先陣を切って戦いたいと言い出しそうな伊世の意外な言葉に、信之介は少なからず驚かされた。

兵庫はしばし伊世の顔を見つめていたが、やがて深く頷《うなず》いた。

「よいだろう。小早の下知は荘十郎に任せよう」

「おうさっ。よくぞ拙者に見得の場をお与え下さったわ」

荘十郎は勇みたった。

「伊世、そのほうが東浦の砦で剣を抜く羽目にならぬように、我らは全身全霊を懸けて大之浦で戦う」

砦の中では戦いに出られぬ女子供と老人が八百人、縋《すが》るような思いで兵庫たちの勝利を信じている。敵兵が東浦の砦を襲う時が訪れれば、それは阿蘭党の終焉《しゅうえん》を意味するのだ。

子供や老人は皆殺しにされ、女たちはどんな辱《はずかし》めを受けるかわかったものではない。

伊世が城将として残れば、皆の心は一つに纏《まと》まり、砦の中に混乱が生ずる恐れはなかろう。

後詰めとして、か弱き者たちを守ろうとする志に、信之介は伊世をあらためて見直す思いだった。

風に乗って東浦の砦から、赤子の泣く声が聞こえてきた。

（明日の夜も赤子は泣けるのだろうか、母親は赤子を抱けるのだろうか……）

信之介の心を暗澹たる思いがふさいだ。

六コースのビウエラ（リュートに似た弦楽器）は、レオンの指先で、エスパーニャらしい明るく溌剌《はつらつ》とした旋律を弾き出していた。叙情性に満ちた終曲を優雅に奏で、ビウエラは歌い納めた。

「カルデロン・デ・ラ・バルカの『上なき魔法《エル・マジョル・エンカント》、愛《アモル》』から、第二楽章のアリアをお聴きいただきました」

提督室のベルベット張りの椅子《いす》に腰掛けた十五人の士官から盛大な拍手が起こった。

提督代理となってこの部屋に入ったカンパージョ大佐を始め、副長の大尉、戦闘では砲術を指揮する中尉たち。航海長、掌帆長《しょうはんちょう》、船医、信号士官や主計長、船匠長などの実務担当士官。世界で最も古い歴史を誇る海兵隊を指揮する中尉と、二人の副隊長。

旗艦サン・イシドロの乗り組み士官は、誰もが頬を朱に染めて上機嫌である。

ドン・セルジ提督だけは、船倉近くにいた。いや、床に置かれた寝台に寝かされていた。五十二名の准士官、下士官、兵士の亡骸《なきがら》はマニラ麻の袋に入れ、すでに水葬に付した。だが、湾内で水葬にすれば、暑さのために目も当てられない状態で浜に漂着する恐れがあった。カンパージョ大佐は、男爵閣下の遺骸《いがい》に対して、荒っぽい扱いはできないと考えたのである。

「まったく君は、音楽家としての天分にも恵まれとるな」

カンパージョ大佐は、酒気を吐きながら、親しげにレオンの肩を叩いた。

「ありがとうございます。明日の午後には甲板で演奏会《コンシェルト》を開いて、この島の連中も招待することにしましょう」

レオンの軽口に一座は沸いた。

エスパーニャ海軍にとって、阿蘭党との戦いはすでに終わっていた。明日は、島を占領して新鮮な水と食糧が手に入る。士官たちの心が浮き立つのも、無理はなかった。

涼やかな風が、開け放たれた船尾窓から入ってきた。

金泥の葡萄《ぶどう》で装飾された空色のエスピネータ（小型のチェンバロ）を前にしたレオンは、Eの和音から軽やかなリズムを弾き始めた。

「セビジャーナスだ！」

海兵隊副隊長の少尉が喜びの声を上げた。少尉はセビージャの商家の次男だった。

♪ビバ・セビージャ！（セビージャ万歳）

♪ビバ・セビージャ！

♪ジャバン・ラ・セビジャーナ（セビージャの女たちは）

♪エン・ラ・マンテイージャ（レースのショール「マンテイージャ」をまとって）

居合わせた士官のうちの、五人が歌い始めた。誰もがアンダルシアの出身者だった。

「わたしのふるさと、輝けるセビージャに」

レオンは、故郷アンダルシアへの思いを込めて酒杯を高く掲げた。

「サルー」

士官たちは陽気に叫んで酒杯を重ねた。

サン・イシドロ提督室の夜は賑《にぎ》やかに更けていった。

第七章　生きるために船出す

1

〽いさりたく火もかげろふや　あらしも波も須磨《すま》のうら　野にも山にも漕《こ》ぎ寄する
兵船はさながら　天の鳥船もかくやらん

寅《とら》の下刻《げこく》（午前四時過ぎ）の東浦に、雅《みやび》やかな謡《うたい》が響いていた。

日暮れ過ぎから、足軽や小者たちが総出で槌《つち》を振るい鋸《のこぎり》を引いた。深更《しんこう》までの不休の労苦の甲斐《かい》あって、風神丸《ふうじんまる》は船尾のみならず、後帆も修繕が終わっていた。

篝火《かがりび》の焚《た》かれた風神丸の甲板で、『箙《えびら》』を舞うのは兵庫《ひょうご》だった。

実戦で身に着けている鎧《よろい》を身にまとって直面《ひためん》で舞っている。背後の海蝕崖《かいしょくがい》にキレのよい舞姿が黒々と映えている。

儀右衛門《ぎえもん》が小鼓、能管を娘の志乃《しの》がつとめていた。御霊神社大祭でよい喉《のど》を聞かせていた間宮雄之進《まみやゆうのしん》は、すでにこの世にない。

信之介《しんのすけ》は、エスパニア船が沖に現れてから後、ずいぶんと長い時が経《た》っているような錯覚に陥っていた。

仮の舞台は、大きな青磁の香炉に贅沢《ぜいたく》に焚かれた沈香《じんこう》で咽《む》せ返るほどだった。

〽しらじらと夜も明くれば　これまでなりや旅人よ　いとま申して花は根に　鳥は古巣に帰る夢の　鳥は古巣に帰るなり　よくよく弔ひてたび給へ
藤三郎《とうさぶろう》らが謡い納めると、兵庫は烏帽子《えぼし》を静かに脱いだ。兜擦《かぶとず》れを防ぐために綺麗《きれい》に月代《さかやき》を剃《そ》っていた。初めて見る、兵庫の武士らしい姿だった。

「志乃、兜を」

黒漆塗りの櫃《ひつ》から志乃が捧げた栄螺形兜《さざえなりかぶと》を、兵庫は目深に被《かぶ》った。やおら腰の鎧通《よろいどお》しを抜くと、白い忍緒《しのびのお》の端を切って捨てた。

「わ、若さま……」

志乃は青ざめ、頰《ほお》を引きつらせた。忍緒を切るのは、二度と再び兜を脱がぬ決意、すなわち生きて戻らぬ覚悟を意味する。

「よいか、皆の生命を、館島とこの島の民のために捨ててくれい」

朗々たる兵庫の声が東浦に響き渡った。

「皆の者、己れを虚《むな》しゅうして、御屋形《おやかた》さまに生命をお預けするのだ」

重々しい声音で儀右衛門が長者の威厳を見せた。

「我が生命は、もとより御屋形さまに捧《ささ》げしものでござる」

「おお、そうじゃ、身どもの生命も端《はな》から御屋形さまに捧げており申す」

「心外でござる。誰が生命惜しみなど致しましょうや」

武士も足軽たちも、酔えるが如《ごと》く口々に忠誠を誓った。武士たちの声は、東浦の断崖にうわんと反響した。

阿蘭党の新しい頭領が生まれた瞬間だった。

砦《とりで》から運び下ろされて艫矢倉《ともやぐら》に据えられた火焔太鼓《かえんだいこ》が低く鳴り始めた。

舳先《へさき》で水面を照らす船行灯の鯨油《くじらあぶら》が燃える臭いが、艫矢倉に立つ信之介のところまで風に乗って流れ来た。

浜に残った者たちの祈りを乗せて、風神丸は十六艘《そう》の小早を従え青黒くうねる払暁《ふつぎょう》の海へ漕《こ》ぎ出してゆく。

（死ぬための船出ではない。戦うための船出なのだ）

信之介は、彼方《かなた》の沖空に冷たい光を放つ北斗の星に語りかけた。

左舷《さげん》側に傾斜させた風神丸の帆は、左向かいの風を巧みに捕まえて大きく孕《はら》み、館島を北回りに快走していた。

舳先の向こうには、北島ノ瀬戸の暗い龍門が見え始めた。

（いい風だ……）

左舷斜めから頬に当たる風は、館島に咲く甘い花の香りを運んでいた。

沖の空と海面の境が次第に明らかになってきた。左右の断崖も蒼《あお》く輪郭を浮かび上がらせている。

「糠星《ぬかぼし》が見えなくなった。海と空が区別できるようになったな」

「我らは境明け（航海薄明）と呼ぶ。このくらいに明けぬと、隠れ根が危なくて瀬戸には乗り入れられぬ」

瀬戸の水面は、湖かと見紛うばかりに静まり返っていた。

「不思議だ……あの激しく逆巻いていた瀬戸がこんなに凪《な》いでいる」

「暁の瀬戸凪《せとなぎ》だ。北島ノ瀬戸は引き潮には最も激しい流れを作る。だが、潮止まり（満潮）の時には、かように静まって我らを迎える」

兵庫は、明けゆく海を愛《いと》おしむようにゆっくりと見つめた。

「海は、生き物だな。まるでこれから我らが嵐の戦いへ向かうと、知っておるかのようだ」

信之介の言葉に、兵庫は無言で口元に静かな笑みを浮かべた。

主帆柱前では、儀右衛門が葛布《くずふ》の帷子《かたびら》をまとっただけの身軽な姿で、舵輪《だりん》に取り付いていた。

風神丸は東の追い風を受けて大根崎《おおねざき》を大きく回り込んでいった。湾口近くで舳先が南東へ向いた。横方向の風に変わったが、儀右衛門の巧みな操船で岬の沖合を波を蹴立《けた》てて進んだ。

舳先の彼方では脊梁山《せきりよう》の端がわずかに薄紅《うすくれない》に染まり始めたが、山に隠れた大之浦の水面は今なお暗く沈んでいた。

（小早の姿が見えぬ……）

信之介が懸念に思ったその時である。

湾内から砲声が轟《とどろ》いてきた。

「しまった。荘十郎《そうじゆうろう》の奴め、早まったまねを」

兵庫が指さす彼方を見遣《みや》ると、イシドロとフロラの船首から、赤い砲火が噴き出している。

光り輝く両船の舳先周りを、灯火を落とした十六艘の小早の黒い影が半円型に取り囲み、刻々と距離を詰めていた。

薄蒼《うすあお》い東雲《しののめ》の光に包まれて、イシドロは舳先を南へ向けていた。右舷側に一町（一〇九メートル）ほど離れて、舳先を西へ向けたフロラが停泊している。両船は、風上の前浜へ船尾を向けてちょうどカネ（冂）の字形に陣形を組んでいた。

「昨夜、山の上から見たときには、二隻とも舳先を西へ向けて並んでいた。暗い海で、いつあんな陣形を組んだものか。しかし、敵も考えたな……」

「いかなる戦術をとっているのだ？」

「イシドロは動かぬ構えだ。あの場で迫ってくる我らを迎え撃つこと以外には考えていないはずだ。風上をとっているフロラがイシドロを守る陣形だ」

「なるほど。両船ともすべての帆を緩めて、風を抜いている。あの並び方では、どちらから襲っても、筒口《つつぐち》は我らを狙《ねら》っているな」

「たとえ、前浜側に回り込んでも死角なく砲門が狙っている……我らが心づもりしておった緑旋風《りょくせんぷう》の陣は、敵を八方から次々に襲うもので、車懸《くるまが》かりの陣法に似る。敵は昨日の戦いで傷ついた風神が動けぬと断じていたはずだ。そこで、風神の出陣に驚く敵を振り回し、その隙《すき》に小早を八方から攻めかけさせるつもりだった」

「だが、たとえ風神が攻めかけても、敵は動かぬというわけか」

「昨日の戦いでエスパニア人らは、狭い湾内で風を捕まえるのに苦労した。舵《かじ》を切り続けた隙を、我らに狙われ苦境に陥った。すっかり懲《こ》りたのだろう。しかし、まさかイシドロが初めから風上をとろうとしないとは、思いもよらなかった」

「敵船が動かぬと見て、荘十郎は緑旋風の陣の不利を悟ったのだな」

「そうだ。荘十郎は風神を救うつもりで、俺の下知を待たずして戦術を変えたのだ。あ奴を扇之浦にやったのが間違いだった」

兵庫は忌々しげに舌打ちした。

「荘十郎はいかなる戦術を考えているのだ？」

「焙烙火矢《ほうろくびや》を使って、動けるフロラの外舵を壊す腹づもりだ。舵が壊れれば、戦いの中盤から風神がどんな針路からかかっても、敵船は動けぬ」

「しかし、舵を壊すためには大根崎側に大回りに回り込まねばならぬだろう」

「おぬしの言うとおりだ。荘十郎は敵船内に火事を起こして、その隙に乗じ、大根崎側からフロラの船尾に襲いかかるつもりだ。だが、小早の貧弱な火器では無理な計略だ」

敵船の砲声はいよいよ激しくなってきた。小早の左右で数丈の水柱が次々に上がっている。撃たれれば、小早自体が四散する。

「見よ、兵庫。荘十郎がフロラに突き進んでいるぞ」

黒鉄南蛮胴を身に着けた大兵の後ろ姿が、黒く塗った小早の胴ノ間に仁王立ちになっている。

荘十郎は小早を急《せ》き立てるように漕がせ、フロラの船首真下へ突き進んでいた。左右二段に四門並んだ船首砲は、仰角を遠距離に合わせているはずである。荘十郎は、船首の真下には撃てないという大型砲の盲点を衝《つ》いている。

だが、船首甲板に鈴なりの銀鼠筒袖から、雨あられの如《ごと》く銃弾が降り注いでいた。

左舷一番の漕ぎ手が銃弾を食らって、がくんと倒れた。続けて右舷二番が櫂《かい》を放り出して、胸を掻《か》きむしっている。

荘十郎は肩で風を切って、一貫目物打大鉄砲を構えた。かなりの仰角に狙いを定めてフロラの舳先を目がけ、引き金を引いた。

煙が風に流されたが、フロラに目立った損傷は見えなかった。

「荘十郎を助けるぞ。大鉄砲組、全員、前へ出よっ」

兵庫が下知すると、六人の鉄砲足軽が一斉に構えた。

「フロラの舳先を目がけて撃つぞ。よし、撃てっ」

白煙が噴き出し、黒い砲弾が暁の空に飛び去った。

勢いよく飛び出した砲弾だったが、弧を描いて舳先から五間（九メートル）あたりの波間に小さな水柱を上げたに過ぎなかった。

「むむっ。外したか」

兵庫が悔しげに唇をゆがめた。

（将監《しょうげん》が生きておれば……）

悔いても詮《せん》ない。昨日の戦いで、荘十郎が「戦場では真の矢頃《やごろ》より倍も近く見える」と言っていた。総大将が砲術の実際に長《た》けていないのは恥ではないが、兵庫の号令は早すぎた。

その間にも荘十郎はフロラの艫先へと迫る。

立て続けに三度、荘十郎が大鉄砲を打ち終えた直後だった。フロラの右舷下の砲門から炎が噴き出した。

一瞬の後、真上の砲門も炎を吹き、船首左舷側に爆発が起こった。黒い煙が上がり、木片が木の葉のように舞った。艫先の中程に二間四方くらいの大穴が、ぽっかりと口を開けた。

「荘十郎の奴め、やりおったぞ！」

次の瞬間、荘十郎は両手で右の胸板を押さえた。

信之介の心《しん》ノ臓《ぞう》は何者かに摑《つか》まれたように、どくんと収縮した。

巨体は立ち姿のまま、ゆっくりと右後ろへ傾き、背中から仰向けに海の中へ落ちていった。

派手な水しぶきとともに荘十郎は視界から消えた。煽《あお》りを食って、小早は右回りにひっくり返り、足軽たちは海に放り出された。

「そ、荘十郎」

――よくぞ拙者に見得の場をお与え下さったわ。

暗い山稜《さんりょう》での言葉が、まざまざと蘇《よみがえ》った。

覚悟していたとはいえ、信之介は荘十郎の死を信じたくはなかった。

兵庫は不動の如《ごと》く顔中の筋を引きつらせて、奥歯をきしらせた。

荘十郎を失った小早は、舳先を向ける先に迷っていた。十六艘はわずかに染まり始めた水面を、鼓豆虫《みずすまし》のように右往左往している。

兵庫は小早群に向けて、采配《さいはい》をささっと振った。

小早は舳先を返し、岸辺に向けて散開し始めた。逃げる小早をイシドロの船首砲が狙い撃ちにする。水柱が上がり続け、二艘がひっくり返った。

「フロラの右舷砲手は小早から風神に向けて狙いを定めるのに大わらわでしょう。が、そろそろ来ますぞ」

儀右衛門の言葉が終わらぬうちに、フロラの舷側から砲煙が、つつじの花のように炸裂《さくれつ》した。

「伏せろっ」

兵庫の声が耳をつんざく轟音にかき消された。

風神丸の前部には容赦なく砲弾が浴びせられ続けた。舳先付近に次々に木片が飛び散る。

襲いかかる砲煙に信之介の目はかすんだ。

砲煙が去った後、信之介の視界が捉《とら》えたのは船材の間に倒れる兵庫の姿だった。

「兵庫、しっかりしろっ」

抱え起こして揺すったが、兵庫は喪心して全身から力が抜けている。頬をはたいても、少しの手応《てごた》えもない。

「御屋形さまっ」

藤三郎と足軽たちが兵庫に駆け寄ってきた。

「藤三郎、兵庫を頼む」

「信之介っ。あれを見よっ」

背後から儀右衛門の張り詰めた叫び声が響いた。

イシドロの帆綱が引かれている。イシドロは立ち錨《いかり》を海底に落としたまま、ゆっくりと船首を大きく右へ向けている。

「このままでは、小早が根こそぎやられるぞ」

イシドロの右舷の砲門が、半円形の小早群へ向けられた。

二列にずらりと並んだ十数門の砲門は次々に火を吐いた。小早は瀕死《ひんし》の鰯《いわし》のように立て続けに引っくり返ってゆく。

朦々《もうもう》たる砲煙が去ると、形を成して浮かんでいる小早は八艘に過ぎなかった。

海に放り出された足軽たちに向けて、イシドロの甲板から一斉射撃が浴びせられた。

青黒い海面から仄白《ほのじろ》く突き出た数十本の腕が、宙を摑《つか》んでもがく。幽鬼のような白い腕は、次々に水中へ消えていった。

「無残な……なんと、無残な……」

儀右衛門の声が暗く沈んだ。

大砲の筒口が掃除され、砲弾が詰め替えられたら、残った小早も海上から消え去るだろう。

「小早を見殺しにはできぬ……」

身体の中に熱い血がたぎった。理不尽に攻め入り、館島を蹂躙《じゅうりん》するエスパニア人や久道《ひさみち》主馬《しゅめ》のほしいままにさせたくはなかった。信之介の心は、最後まで戦いたいと切に願っていた。

「このまま両船の間に突っ込む」

信之介は声に力を込めて言い放った。

「何ということを仰せでござるか！」

藤三郎の声が裏返った。

「敵船の砲撃を受ければ、我が風神の積んでいる玉薬が炸裂して、敵船に大きな打撃を与えられる」

「風神を沈め、乗り組みの士卒と水主《かこ》を皆殺しにするおつもりかっ」

藤三郎は、信之介の肩をぐいと摑んだ。

信之介は、藤三郎の手を振り払って大音声に叫んだ。

「すべての帆を目一杯に張れえいっ」

水主たちが機敏にろくろを巻いて帆綱を張り、前後の高帆も網代帆《あじろほ》もこれ以上ないくらいに膨らんだ。

風神丸は恐ろしい速度で波を切り始めた。

「儀右衛門、フロラの舳先に舵を取れ」

「信之介、正気《しょうき》でさよう申すか」

いさめる儀右衛門には目もくれず、信之介は再び声を張り上げた。

「水主も兵卒も、よく聞け。できるだけ身軽になって、船尾から海へ飛び込めっ。刀や槍《やり》は放り出せ。兜や具足は脱ぎ捨てるのだ。よいな。直ちに海へ飛び込み、浜を目指して泳ぎ切れえっ」

並んだ水主と将卒は、言葉もなく茫然《ぼうぜん》と立ち尽くしていた。

「拙者の言葉が聞こえぬのか。直ちに船尾から海へ飛び込めっ」

信之介は粟田口国安を抜き、振り上げながら叫んだ。

甲板上の人々は、バネ仕掛けの木偶《でく》のように身軽な姿になって次々に海へ飛び込んでいった。

薄ら蒼い水面に白いしぶきが上がり続けた。みな巧みに抜き手を切って、岸を目指し始めた。

「よし、藤三郎、おぬしの番だ」

「御屋形さまを残してはゆけませぬ」

「鎧を脱ぎ、兵庫を抱えて海へ入れ。おぬしが兵庫を守るのだ」

「さ、されど……」

「従わぬなら、この場で斬《き》るぞっ」

信之介は、刀を突きつけて怒声を張り上げた。

藤三郎は兜を放り出して鎧を脱ぎ、兵庫の具足を解いて抱え上げた。

すぐに大きな水音が上がった。

「儀右衛門も海へ入ってくれ」

信之介は舵輪に取り付いている儀右衛門に声を掛けた。

「いやいや、なかなかもって」

鷹揚《おうよう》に振り返った儀右衛門の声は、危急の場とは思えぬほどに柔らかかった。

「船を操るのは、信之介には無理な話ではないか。それに、船長《ふなおさ》は最後まで船を見捨てぬものと決まっておるでな」

「やむを得ぬ。儀右衛門とは最後まで一蓮托生《いちれんたくしょう》だ」

「したが、信之介は、立派な阿蘭の海賊となったな」

「馬鹿を申すな。拙者が海賊などになるものか」

儀右衛門は微《かす》かに笑った。

「いまわの際まで生命を惜しんで戦おうぞ。どこまでも生命惜しみするのが、海賊の戦よ」

朝焼けが入江を包み始めた。東の空は紅蓮《ぐれん》の炎の如くに染まっている。緩やかにうねる水面を、風神丸はイシドロとフロラの間の波間を目指して突き進む。

風神丸の舳先近くから火柱が上がった。火柱は側方へも大きく噴き出し、船体の前方五分の一くらいが吹っ飛んだ。遣出帆《やりだしほ》は帆柱ごと四散して、影も形もなかった。

「どうにか、持ち堪《こた》えてくれっ、風神よ」

燃える炎はメラメラと船尾方向へ広がり始めた。鍛冶場《かじば》にも似た熱気が前方から襲いかかった。轟々《ごうごう》と音を立てて炎は迫り来る。信之介の全身を滝のような汗が流れ落ちた。

フロラの雄大な船首がぐんぐん迫って、女人像の顔が判別できる距離となってきた。

船首に立つ鉄砲隊の筒先から次々に炎が噴き、砲弾が風神丸の舳先を砕き始めた。幸いまだ、二人が立つ舵輪付近までは届かない。

「フロラの横っ腹に突っ込むぞ。儀右衛門。舵を代われっ」

瞳《ひとみ》を見開いた信之介は、儀右衛門を突き飛ばした。

舵輪に取り付き、全身で舵を大きく左に切った。砕け続ける風神丸の舳先は、イシドロからフロラに向きを変える。

イシドロ右舷の砲門が火を噴いた。砲弾は真一文字に飛び、風神丸の右舷を襲った。

高欄が滅茶滅茶に砕け、舷側の板が破砕されてゆく。

イシドロの砲弾は風神丸の主帆柱に命中した。メリメリと主帆柱が倒れ、高帆と網代帆とともに右の水中に崩れ落ちた。

フロラは砲撃を止めた。突っ込む風神丸を避けようと、帆綱を引いて舳先を右回りに切り始めた。

甲板上であたふたと動き回る水主たちの姿が近づいてきた。

白く塗られた羽目板の木目までが見えてくる。

「ぶつかるぞ、海へ飛び込めーっ」

信之介は儀右衛門に向かって声を限りに叫んだ。

炎の塊となった風神丸は右に大きく傾きながら、フロラの左舷側に突っ込んだ。

大きな衝撃音が、鼓膜を引き裂く。

「わっ」

鉄塊が左肩に当たり、激しい勢いで信之介は板床に突き飛ばされた。

後頭部を打たれて昏倒《こんとう》した信之介の頭の中に、ちかっと稲妻が光った。

船体が大きく傾く。

宙にすっ飛ばされてゆく勢いに抗う術《すべ》はなかった。

耳元で風が唸《うな》った。海老《えび》のように身体を丸めた形で、信之介は背中から海水に突っ込んだ。

気づいてみると、信之介の身体は、光が届かぬ薄暗い海底近くまで沈んでいた。両手で水を掻《か》くと、左肩に激痛が走った。

信之介は右腕と両足を懸命に動かして紅い水面へ泳いだ。水面から顔を出すと、波を蹴立てて一艘の小早が近づいてきた。

「さぁ早く、おつかまりなされ」

若い足軽が、掌《てのひら》を差し出した。

「すまぬ」

胴ノ間に転がり込んだ信之介は、手足を動かしてみた。左肩の痛みは骨折としか考えられなかったが、手足の筋は無事だった。

海に落ちる時の衝撃で脇差《わきざし》は失われたが、荘十郎の形見となった国安はなんとか腰に留まっていた。

「あれを……風神が……」

足軽の指差す彼方を見遣ると、横倒しになった風神丸の左舷舷側が、紅い空に負けじと燃え上がっている。炎は数丈にも及び、暁の空を焦がし続けた。

船体はみるみる海中に呑み込まれた。

（さらば、風神丸よ）

阿蘭党の象徴であった風神丸に、信之介は心の中で別れを告げた。

フロラは左舷側を大きく損傷していた。風神丸が衝突したのは舳先から三分の一あたりと思われた。衝突箇所を中心に舷側は大きく凹み、二段に並んだ砲門の幾つかは使い物にならなくなっていた。

だが、風神丸と掛け替えだったのにもかかわらず、フロラの航行能力には問題がなさそうであった。

（仕方がない。小早の半分が救われたのだ……）

風神を突っ込ませる信之介の判断が遅ければ、今こうして生き残っている兵卒のほとんどは、魚の餌《えさ》となっていたはずである。

イシドロとフロラは僅《わず》かに南寄りになった風を捕まえて、大根崎方向にゆっくりと動き始めた。うかうかしていると沈んでゆく風神丸の巻き添えを食うと、恐れているのか。

「この隙に、前浜へ戻りまする。胴ノ間に横になっていて下され」

舵取（艇長）が、気遣って声を掛けてきた。

打った後頭部が激しく痛み始めた。信之介は、今は最後の一戦に向けて力を蓄えるときと、胴ノ間に寝転んだ。

（浜に上がれば、いよいよ最後だ……）

風神丸を失い、主立った部将も死に絶えた。伊豆や紀伊の船人を怖れさせた阿蘭党の終《しゅう》焉《えん》の時は近い。

程なく、ずざざっと音を立てて小早の舳先は砂浜に突っ込んだ。

信之介は起き上がって小早から砂浜に飛び降りた。

「兵庫は、儀右衛門は、無事か……」

信之介は、はやる心を抑えて砂浜を見渡した。

砂浜には五艘の小早が生還していた。真ん中あたりの小早の傍らに帷子《かたびら》から海水を滴らせた儀右衛門の立ち姿を見つけて、信之介は胸を撫《な》で下ろした。

左端の一艘に大勢の足軽が集まっている。嫌な予感に胸をふさがれ、信之介は人波に向けて砂を蹴立てた。

「御屋形さまっ」

「お気を確かに」

藤三郎に肩を抱えられて兵庫が砂浜に横たわっていた。

鎧は身に着けたままだったが、栄螺形《さざえなり》の兜は失われていた。

兵庫は低く唸り声を上げた。

（生きている！）

だが、信之介の喜びは、すぐに驚きに変わった。

兵庫の左眼には、四寸（一二センチ）はある船釘《ふなくぎ》が突き刺さっているではないか。

兵庫は半身を起こして、かっと両目を見開いた。

「えーいっ、くそっ、こんなもの」

兵庫は歯を食い縛ると、突き刺さった釘を無理矢理に引き抜いた。すぽっと左眼《ひだりめ》から鮮血が噴き出て、信之介の襟元に飛んできた。

「あっ」と、信之介は思わず声を上げた。大釘には血糊《ちのり》まみれの眼球の一部が突き刺さったままだった。

兵庫の眼窩《がんか》に開いた黒い穴から血が溢《あふ》れ出て高頬と唇を汚した。

「五助、東浦の砦から丈庵先生を呼んでこいっ」

藤三郎の命に、一人の若い足軽が泡を食って走り出した。

「待てっ。俺の右目は大事ない。見よ、あれをっ」

顔中を血だらけにして、兵庫は足軽を押し留めた。

銀鼠筒袖が鈴なりに乗り込んだ八艘の白い伝馬船《てんません》が、浜に向かってくる。兵卒が構えた鳥銃が、朝の光に針山のように光っている。

「奴らが……来る……」

苦しげに言葉を発しながら、兵庫は足軽に肩をもたせかけ、よろよろと立ち上がった。

八艘の伝馬船は砂浜近くに乗り上げ、だだっと銀鼠筒袖隊《ぎんねずつつそでたい》が降りてきた。先頭には、一昨日と同じような出で立ちの久道主馬とレオンが立っていた。二人は数十人の鳥銃兵に護られ、ゆったりとした歩みで近づいてきた。

信之介は腰の国安を抜いて八相に構えた。石目鞘《いしめざや》から潮水が溢《あふ》れ出た。足軽たちは戦意も失ったのか、茫然《ぼうぜん》と立ち尽くすばかりであった。

主馬は不思議な微笑を浮かべて、浜辺に立つ信之介たちを静かに眺め渡した。

「おぬしらは、ろくな大筒も持たぬと言うに、よくぞ戦い抜いた。が、これまでだ」

三間ほどの距離を隔てて呼びかける主馬の声音は、気味が悪いほど静かだった。

「島を明け渡せ。糧食と武具、玉薬を我らによこすのだ。さすれば、おぬしらの生命は助けてやる」

主馬は淡々とした表情で諭すように告げた。

「断るっ」

兵庫は力強く叫んだ。左眼から血が噴き出し、足軽たちにどよめきが起こった。

「断れば、島民は皆殺しにするぞ」

主馬は口元を歪《ゆが》めて薄ら笑いを浮かべた。

「罪もない女子供を殺すというのか」

「頭領たるおぬしの考え方次第だ……」

「骨となっても、島は明け渡せぬ」

「たいそうな鼻息だが、おぬしらは負けたのだ。潔く負けを認めて島を明け渡せ」

「まずは、頭領の俺を殺せっ」

「聞き分けのない御大将どのだな」

毅然《きぜん》とした兵庫の態度に、主馬は肩をすくめた。

「仕方ない。おぬしらにはここで死んで貰う……マタロ（殺せ）！」

主馬がエスパニア語で叫ぶと、先頭に立った銀鼠筒袖の一列が一斉に鳥銃を構えた。

（ここまで生き永らえたのが不思議だったのかもしれない……）

信之介の胸に、神津島沖で風神丸に捕まってからの日々がぐるぐると浮かんでは消えた。

兵卒たちは引き金に手を掛けた。信之介は、鉄砲玉を喰らっても力尽きるまでは刀を振るい、主馬と刺し違えようと身体を開いた。

そのときである。イシドロの大砲が立て続けに鳴った。空砲は、浜に立つエスパニア人全員に激しい動揺を与えた。

イシドロ船尾甲板の旗竿に、色とりどりの旗がするすると揚がってゆく。

「ば、ばかな……」

翻る五枚の信号旗を見た主馬は、苦しげに叫んだ。

レオンの顔はまるで幽霊に遭ったように、真っ青だった。

「レグレサ・アル・バルゴ！（帰艦せよ）」

レオンが引きつった顔で号令を発した。

主馬も唇を震わせている。

二人はさっと踵《きびす》を返して伝馬船に向かって走り始めた。

銀鼠筒袖が後を追ってばらばらと伝馬船に戻ると、水主たちが船を押し出した。八艘の伝馬船は櫂で波しぶきを作りながら、あっという間にイシドロに戻っていった。

「いったい……何が起こったのじゃ」

儀右衛門は狐《きつね》に化かされたような顔で入江を見遣った。

イシドロもフロラも大勢の水主が船端に立ち、大慌てで縄梯子《なわばしご》を下ろして将兵を回収すると伝馬船を次々に吊《つ》り上げた。

「敵の船が出て行く……」

信之介を船に上げてくれた足軽がぼんやりとつぶやいた。

両船は錨を完全に巻き上げ、すべての帆をいっぱいに張った。

山の端から太陽が顔を出した。入江を照らす曙光《しょこう》にギヤマンの窓を輝かせながら、イシドロとフロラの船尾楼が遠ざかってゆく。両船は、大根崎を右回りに廻《めぐ》って沖の海を目指している。

「やったぞ！」

浜辺は不審の雲に覆われていた。信之介もまた、押し黙って成り行きを見守るほかなかった。

血止めの晒《さらし》を足軽に巻かせた兵庫は、見える右目を見開いて訝《いぶか》しげな声を出した。

「なんだ？　奴らは何で逃げるのだ？」

しかし、どう考えても、エスパニア軍の退散は理解できない。

無邪気に喜びの声を上げた者もいた。

「敵は逃げ出した！」


「あれを見ろーっ」

一人の水主が、沖合を指さして銅鑼声《どらごえ》を張り上げた。

八木島《やぎしま》の沖向かいに、六枚の白帆が前後に並んでいる。

「そんなはずはあるまいに……」

隣に立つ儀右衛門の顔からすっと血の気が失《う》せた。目を凝らしてみると、白帆には赤い
十字の紋章が大きく描かれている。

「儀右衛門……あの船はいったい……いったい、どこの船なのだ」

「一難去って、また、一難じゃ」

信之介の問いかけに、儀右衛門は吐息をついて肩を落とした。

赤い十字紋は、水平線上に不吉な影を映してゆっくりと近づいてくる。

2

「あの船影は、いったい、何だっ」

サン・イシドロの最上後甲板で、士官用の望遠鏡を顔から外したカンパージョ大佐が叫んだ。

「幽霊船でなければ、ブリテン人の艦隊です」

レオンは口元を歪《ゆが》めて答えた。

「そんなことは、知っとる！」

顔に飛んできた大佐の唾《つば》を、レオンは白いエンカへ（レース）の手巾《しゅきん》でぬぐった。

「いいか、君が生まれる十年以上も前からだ。北太平洋に、イングランド艦隊だと？　そんな馬鹿な話があるかっ」

人差し指を突き出す大佐の怒声に、レオンは鼓膜が痛くなった。

「そう怒鳴らないでください。考えに集中できません」

レオンは苛《いら》立《だ》ちを隠せなかった。マニラからの航海、三日間にわたる阿蘭党との戦い、アギラと乗組将兵のすべての損失が、イギリス艦隊の出現で無駄になろうとしている。

「南から迫ってくるのは、間違いなく英国海軍旗《ホワイトエンサイン》だ。レオン、君の考えを聞こう……」

少し冷静になった大佐は、従卒《じゅうそつ》に持ってこさせた革張りの折り畳椅子《ジャムガ》に腰を下ろした。

「イングランド艦隊が、北マリアナ諸島を経由せず、こんな北回りの航路を採っている以上、目的地はマニラ以外にはあり得ません。ブリテン人はヌエバ・グラナダ副王領（スペイン領中南米パナマ）の南西の太平洋岸に、秘《ひそ》かに東アジア侵攻の拠点を設けていたとしか、考えられません」

「信じられん」

大佐は鼻から大きく息を吐いた。

「ですが、カリブ海側と異なり、太平洋側の警備は手薄です。ラ・バルマ港かガラチネ港に停泊中の我が沿岸警備隊の艦艇を、イングランド軍が奪ったものかもしれません」

主張しながらも、レオンは自分の口から出した言葉に自信が持てなかった。

この海域でのイギリス艦隊の出現は、あまりにも現実離れした話だった。だが、厳然とした事実として、六つの英国海軍旗《ホワイトエンサイン》は水平線上を刻々と移動していた。

「ブリテン人どもは、我々を追っては来ませんね」

望遠鏡を当て、レオンは安堵《あんど》の声を出した。

イギリス艦隊は館島へ向けて大きく回り込み始めた。

「奴らは明確に、館島を目指す針路を採っている。補給を目的として、あの島に寄航するのだろう」

愁眉《しゅうび》を開いた大佐だったが、望遠鏡を外すと、忌々しげな声で続けた。

「我々が手に入れる直前だった新鮮な食糧や水は、すべて、罰当たりのプロテスタンテに奪われるのだ。あの島には火薬を始め、ほかにどんな宝があったか、わからんのに」

「とにかく、全速力で戻らねばなりません。奴らに先を越されたら、マニラは甚大な被害を受けます。戻って、直ちにサンティアゴ要塞の防衛を強化すべきです」

英国海軍がマニラを狙っているとなれば、もはやハポンを目指している余裕などはない。

「しかし、フロラの前帆柱《マステイル・デ・フレンテ》は、失われているんだぞ」

「イングランド艦隊の船影が再び水平線上に現れたら、フロラは置いてゆきましょう」

「僚艦《りょうかん》を、イングランド艦隊の追って来る海に置き去りにする気か」

大佐は左舷後方に傷だらけの姿を見せて従うフロラを指さした。

「我々が守るべきは、フロラではなく、マニラです」

「相変わらず、君は冷酷な男だな……」

「わたしは常に、神と国王陛下と、エスパーニャ王国の最も高い利益にこの身を捧げています。……ベラスコ大尉と今後の航海計画について話し合わなければなりませんので、失礼します」

レオンは慇懃《いんぎん》に挙手の礼をして踵を返した。

「サルミエントさま。本艦はこのまま、マニラに戻るのでしょうか」

後甲板に降りると、帆柱の影から主馬が飛び出してきた。

「君たちの計略に手を貸すどころではなくなった。マニラはイングランド艦隊に襲撃される恐れがある。今回の話は、白紙に戻す」

「では、伊勢湾に向かう話は取り止《や》めと仰せですか」

主馬は喉の奥で呻《うな》った。

「エスパーニャ海軍は、何年か先に攻めてくる恐れのあるハポン軍などに構ってはおられぬ。今回のハポン入りは、完全に白紙撤回だ」

唇をきっと結んだ主馬は、板床に目を落とした。

しばし、主馬の身体は硬く強張《こわば》っていた。

「君がハポンに戻りたいのであれば、バタビアから年に一度、長崎へ向かうネーデルラント商船に潜り込む手筈《てはず》は、つけてもよいが」

顔を上げた主馬の瞳は、異様な輝きを帯びていた。

「その必要はありません。次に出帆するマニラ・ガレオンに乗り組ませて頂けませんか」

主馬は思い切ったように尋ねた。

「商船員に商売替えをするつもりかね」

「いいえ、そうではありません。新大陸《インディアス》に渡りたいのです」

「何が目的だ？」

「ヌエバ・エスパーニャ副王領（スペイン領アメリカ）には、数多《あまた》の銀鉱山があると聞き及びます。エスパーニャの進んだ鉱山技術や金属加工技術を学び、故国への手土産にしたいと考えております」

　気迫が籠《こ》もった主馬に、レオンはいささかたじろいで答えた。

「なるほど、豊かな銀鉱脈を持つヌエバ・エスパーニャは、我が王国にとって潤沢な銀貨を提供する土地に他ならない」

「このまま、何の成果もなく名古屋へ帰るわけには参りません。ハポンの鉱山技術は、大変に遅れています。持ち帰った技術で尾張を富ませ、来たるべき日に備えたいと考えております」

　主馬は熱っぽい口調で続けた。

「わかった。マニラに戻ったら関係機関に紹介する。次に出帆するマニラ・ガレオンに乗船できるように手配しよう」

　主馬の顔に、大きな安堵《あんど》の表情が浮かんだ。

「ありがとう存じます。どうか、よろしくお願い申し上げます」

　膝《ひざ》にきちんと手をついて、主馬は深々と頭を下げた。

「お許しいただけなければ、この場で腹を切る覚悟でした」

　主馬は微かに笑って言葉を継いだ。

「腹を切る……だと？」

レオンの声は驚きに裏返った。

「故国を出てよりの日々はすべてが戦いなのです」

「戦いに敗れたら、自殺する……君の話す言葉の意味が、わかりかねるが」

主馬の真意を聞き糾《ただ》したく、レオンは詰問口調になった。

「戦いに臨んで、死を覚悟しないサムライは、おりません。我々の生命は、元より主君に預け、国の民を守るために捨てているものです。この覚悟があればこそ、阿蘭党はあれほどの戦いぶりを見せたのです。わたくしがマニラに戻らなければならないとすれば、戦いに敗れたことを意味するのです。名古屋へ帰れないのはもとより、この世に身の置き所はありません」

鬼神にも似た阿蘭党の烈々たる戦いの光景が、レオンの心に次々に浮かんだ。

「ハポンのサムライにとって、自殺は名誉だと言うのか」

レオンは鼻から息を吐きながら尋ねた。

「仰せの通りです。意義ある死によってこそ、サムライは最高の栄誉を得られるのです」

主馬は背筋を伸ばして、毅然《きぜん》と答えた。

レオンは陽に灼《や》けた主馬の精悍《せいかん》な顔を、薄気味悪く見つめ直した。

旧教徒《カトリコ》だけでなく、およそ神を信ずる者にとって、自殺は重い罪である。

（初めから死兵であるサムライと戦うなど、無理な話だった）

レオンは無言で踵を返すと、主馬をその場に残したまま、上砲列甲板への階段を下りていった。

「聖人《サントロン》ぶった者と、偽善者《サントン》。奴らに嫌気がさして、このアジアの果てまで来てみたが……」

（やはり、異教徒《パガーノ》と我々とは、同じ地上に立つことはできぬ）

理解を超える異教徒の世界もまた、レオンにとって居心地のよい場所ではないようだ。

舳先から吹いてくる潮風は、いつものようにアジア特有のねっとりとした湿度を含んでいる。

レオンの身体は、レモンの香りを乗せた爽《さわ》やかなアンダルシアの風を全身で浴びたいと願っていた。

終章　江戸の空は遠く

「あれは、エゲレスの軍船じゃ」

儀右衛門《ぎえもん》の声は暗かった。

「エゲレス人は勇猛《ゆうもう》に戦い、将の兵卒に対する統率は厳しい。エスパニア人より始末が悪いやもしれぬ」

沖に目を遣《や》ったまま、儀右衛門は苦しげに続けた。

エスパニア船は大根崎《おおねざき》の北へ姿を消したが、八木島の沖では六隻の軍船が一斉に舳先《へさき》を浜に向けていた。

「確かにエゲレス船なのか、儀右衛門」

顔に巻いた晒《さらし》に血が滲《にじ》み出るのも構わずに、兵庫《ひょうご》は儀右衛門の肩を摑《つか》んで詰め寄った。

「残念ながら、あの赤い十文字の船印は、紛《まご》う事なきエゲレス王の軍船のもの。イシドロの如《ごと》き砲列を並べた大船かと思われまする」

「それゆえ、エスパニア船は大慌てで逃げ出したのだな」

「エスパニアにとっては、不倶戴天《ふぐたいてん》の敵でござる。エゲレス軍船は六隻、エスパニアは二隻、衆寡敵《しゅうかてき》せずと見て、尻尾《しっぽ》を巻いたのでござろう」

「我らにとっても、エゲレスの不倶戴天は変わらぬ仕儀だろう」

「御意《ぎょい》。いきなり大筒を撃ちかけて参るやもしれませぬ」

「……どうしたものか」

兵庫は思案にあぐねていた。戦おうにも、もはや戦力と呼べるものは、阿蘭党《あらんとう》には残されていなかった。

「御屋形さま……あの……」

控えめに声を掛けた男は、信之介《しんのすけ》を救った小早の舵取《かじとり》だった。

「手前が考えまするに、あの軍船は、どこかおかしいと……」

口籠《くちご》もる舵取を、兵庫は柔らかい調子で促した。

「辞儀には及ばぬ、思うたままに申してみよ」

「はい、八木島《やぎしま》と大根崎を結ぶ湾口の線より大分と此方《こなた》まで近づいておりますのに、少しも帆影が大きくなりませぬ」

舵取の言葉通りだった。エゲレス軍の船団は、いつまで経《た》っても近づいては来ない。

「御屋形さま、あれをご覧くださいませっ」

一人の水主が沖を指さして叫んだ。

「ぐ、軍船の帆影に小早が、小早が見えまするっ」

「何だと、見誤りではないのか」

信之介も兵庫も沖へ目を凝らした。

前後する六隻の帆の間に、ちらちら紅《あか》い船影が姿を覗《のぞ》かせている。

舳先に立つ水縹色絲威《みずはなだいろいとおどし》の胴丸具足は、間違いなく伊世《いよ》のものだった。昨日の朝、戦いが始まった時と些《いささ》かも変わらぬ凛《りん》とした姿で、小脇には紅漆塗り長刀《なぎなた》を掻《か》い込んでいた。

「伊世……あ奴め、何か仕込みおったな」

兵庫の声は驚きに明るく弾んだ。

「あっはっはっはっはっ」

儀右衛門が天を仰いで高笑いした。

「見よ、エゲレス大軍船の帆は、姫さまの背丈の倍ほどしかないではないか」

「そうか、作り物かっ」

信之介も叫んでいた。凝視すると、エゲレス船の白帆の下には平たい船体があるばかりだ。つまり、筏《いかだ》なのである。

「エゲレス船は偽物だぁ」

「伊世さまが、我らをお助けくださったぁ」

「こちらへ、こう、早くおいで下さいましいっ」

数十人の水主《かこ》と足軽たちは、文字通り小躍りした。濡《ぬ》れた砂があちらこちらで飛び散った。

浜まで二町（二一八メートル）ほどに近づくと、伊世の小早は、偽エゲレス船団を左からかわして前に出た。

伊世は長刀を胴ノ間に置くと、鎧《よろい》を脱ぎ始めた。

水干も脱ぎ捨て、晒《さらし》と短袴《たんこ》を穿《は》いただけの身軽な形装《なり》になった伊世は、口に短刀をくわえて、海に飛び込んだ。

「伊世の奴、何をする魂胆だ？」

水に入った伊世は一隻の偽軍船の傍らに泳ぎ寄った。短刀が光った。水柱を上げて帆が倒れ、筏もひっくり返った。

伊世は次々に偽軍船に泳ぎ寄せると、帆を倒す作業を続けた。あっという間に、水面に六つの筏がゆらゆらと波に流され始めた。

小早の胴ノ間に上がると、伊世は木桶《きおけ》を手にして船尾へ身体を運んだ。

海面から濃灰色の背を銀色に輝かせた大きな物体が次々に飛び出てきた。

「萬歳楽《まんざいらく》であったか」

儀右衛門が低く呻《うな》った。

偽艦隊は、伊世が手なずけていた南島の半道海豚《はんどういるか》であった。

木桶から魚を取り出した伊世は、左手を使って船尾廻りの三方向に放《ほう》った。海豚たちはキチチッと鳴きながら、小早の周囲を泳ぎ廻っている。

「まさに、驚天動地、いやさ、驚天動海《どうかい》の奇策……。御屋形さま、我らは伊世姫さまに救われましたな」

「伊世の奴め、見事に船乗りの習い性を使いおったわ」

「どういう意味だ。兵庫」

「帆を上げた船は、すぐには進路を変えられぬ。海上遠い船影が豆粒くらいに見えたら、戦うか逃げるかを決めなければならぬのだ。しっかと確かめてからでは手遅れになる」

「はっきり敵の軍船とわかるまで手をこまねいていれば、木っ端微塵《みじん》にされると危ぶんだわけか」

「エスパニアはエゲレスの軍船を悪鬼の如く怖れておりますからな。船印をちらとでも見て震え上がったというわけでござるよ」

儀右衛門は砂の上で柄にもなく小躍りするように足を踏んだ。

海豚に餌《えさ》を与えた伊世は、水干をさらっと羽織った。

伊世は再び舳先に立ち、漕ぎ手に小早を急がせて入江をぐんぐん近づいてきた。

小早の舳先が浜に乗り上げると同時に、伊世は船端からひらりと飛び降り、兵庫や信之介へ向かって走ってきた。袴《はかま》から滴る潮水が砂浜に点々と続いた。

「兄上……お怪我《けが》を」

立ち止まった伊世の眉根《まゆね》がきゅっと上がり、唇が震えた。

「そうだ、左眼を失《うしの》うた」

「何という、おいたわしい……」

伊世の大きな瞳が潤んだ。

「だが、こうして生きておる。お前のおかげぞ」

伊世は兵庫に駆け寄り、胸に抱きついて泣きじゃくり始めた。

信之介が初めて見る、伊世の娘らしい姿であった。信之介は心地よいものを見る気がして、抱き合う兄妹《きょうだい》を飽かず眺めていた。

「しかし伊世、いつの間に、あんな細工をしておったのだ」

伊世が身を離すと、兵庫はにこやかに尋ねた。

「昨夜、兄上たちが風神に戻ってから、東浦砦《とりで》の女たちと夜なべで帆を縫い申した」

「筏は、何処《いずこ》から持って参った？」

「荘十郎が小早を扇之浦へ運び去ったのを見計らって、弥助たち小者に命じて川尻浦で組ませた。暗いので難儀したと申しておったわ」

「昨夜、傘山から戻ったときには、すでに策を思いついておったのだな。それゆえ、東浦の砦に残って女子供を守るなどと申したのか」

「はははは、そういうわけじゃ」

「伊世どのにしては、神妙な申し出と思っていた」

「俺も、すっかり騙《だま》された。それから、どうしたのだ」

「女たちの手で夜のうちに帆を川尻浦に運び、夜明け前に南島から萬歳楽を連れて参って……それはそれは忙しく、一睡《いっすい》もできなんだ」

「されど姫さま、よくぞこんな奇策を思いつかれましたな。姫さまの三倍も生きて参った儀右衛門にも、とてもではないが考えつきませぬ」

儀右衛門は、心底、感じ入った声を出していた。

「エゲレスの船印は、幼い頃に儀右衛門から聞いて覚えておった。それで思い付いた策じゃ」

言葉を切って、伊世は沖を見つめた。

「もう、誰にも死んで欲しくなかった……。これでも懸命に急いだのじゃ。だが、間に合わなかった。また、小早から何人もの犠牲《にえ》が出てしまった」

(伊世は変わったな。されど、荘十郎《そうじゅうろう》が撃たれる前に、間に合っておれば……)

戦場での討ち死にが日常座臥《ざが》の覚悟でなければ、武士ではない。荘十郎は武士として生を全うしたのだ。だが、信之介は悔しかった。

「ぐわっはっはっはっ」

信之介は我が耳を疑った。この世では聞こえるはずのない笑い声が響いてきた。

誰もいないはずの小早から、むくりと起き上がった影は、当の荘十郎だった。鎧兜《よろいかぶと》を失った鎧小袖姿《よろいこそですがた》だが、五体満足のようである。

船端からずしんと砂浜に降り立った荘十郎は、兵庫の足元まで来ると片膝を突いた。

「御屋形さま、遅ればせながら、荘十郎、ただいま帰還致し申した」

「大儀であった……」

兵庫は目を見張り、それきり言葉を呑《の》み込んだ。

躍り上がりたい気分を抑えて、信之介は荘十郎の胸ぐらを摑んだ。

「今頃は、入江の鮫《さめ》どもが、とてもではないが食い切れぬ図体だと嘆いてる頃と思っておったぞ」

「馬鹿者っ、鵜飼荘十郎たる者が、南蛮人ずれの矢弾などで参ると思っておるのか」

荘十郎は、黒髭《くろひげ》を振って背を反らした。

「そうか、鎧が鉄砲玉を通さずおぬしを守ったのか。鎧は水底で脱げたのだな」

「止め紐《ひも》を引きちぎって水面に出た。流れてきた丸太に摑まって風神《ふうじん》が沈むのを歯嚙《はが》みして見ておったわ。泳ぎ疲れた頃に、伊世姫さまに救われたのよ」

浜近くの浅瀬には六頭の萬歳楽が泳ぎ寄せていた。水面から顔を出しては、ぴーぴーと笛の音にも似た高い声で鳴いている。

「さぁ、兄上からも萬歳楽たちに褒美を取らせてくだされ」

伊世は兵庫の背中に手を置いて請うた。

兵庫が伊世から受け取った鰯《いわし》を放ると、海豚たちは波間から顔を出して長いくちばしで器用にくわえた。

「大儀であった。下がってよいぞ」

伊世は海豚たちに呼びかけると、手の平を手刀のような形にして右へ薙《な》ぎ払った。海豚たちは、さっと浅瀬を離れ、入江の中程に帰っていった。

「まことに人の言葉がわかるようだのぉ」

「何を申す荘十郎。我らの言葉がわからいで、重い筏を背負うて、伊世に従うわけがあるか。館島を守る心では、海豚たちは、おぬしと少しの変わりもないのじゃ」

「な、なるほど……これは、荘十郎の了見違いだったわ」

「わかればよい」

伊世は傲然《ごうぜん》と肩をそびやかした。

ジーッ……ヒョ……と背後の照葉木の林から、喧《かまびす》しい島蟬《しまぜみ》の鳴き声が響いてきた。

生き残った者たちは、家老の富永丹波《とみながたんば》の待つ阿蘭城に向かって、波打ち際に沿って歩き始めた。

「城に帰ったら早速に、父上を始め、討ち死にした者たちの通夜の支度にかからねばならぬ」

「戦が済んだ後の将は、つらいな。兵庫」

兵庫は黙ってあごを引いた。

士卒が死ぬたびに見せた苦しみの表情は、いまはことさらに沈んでいた。采女《うねめ》が率いる雷神丸《らいじんまる》が全滅し、将監《しょうげん》も雄之進《ゆうのしん》も死んだ。生き残った阿蘭党の将卒は半分に遠く届かない。兵庫には阿蘭党を建て直す重い責務が課せられている。

（これだけ多くの犠牲を出し、それでも阿蘭党は戦わねばならなかったのか）

エスパニアに与《くみ》すれば、ひと時、館島には平和が訪れただろう。

しかし、備前守《びぜんのかみ》の読み通り、やがて彼らは、この島で主人面を始め、館島の民はエスパニアの奴僕《ぬぼく》と堕《だ》してしまったに違いない。

もし、麾下《きか》に付いていたら、エスパニアがエゲレスなど他国と戦う際に、館島が巻き込まれる恐れは強かった。阿蘭党の将卒は、エスパニアの采配《さいはい》で縁もゆかりもない他国の軍勢と干戈《かんか》を交える羽目に陥ったろう。

避け得ぬ嵐と阿蘭党は戦うしかなかったのだ。戦いが終わったいま、亡き備前守の決断を過ちと言い切る自信は、信之介にはなかった。とは言え館島の受けた傷はあまりにも深かった。

（されど、今宵も赤子は泣き、母親は赤子をあやす）

戦いの始め、信之介は公儀の敵に対して旗本として剣を抜いたはずだった。

いつの間にか、信之介の戦いは島の民を守るためのものに変わっていた。

信之介の戦いと阿蘭党の戦いは、一つのものとなっていたのだ。

(不思議だ。江戸へ戻らねばならぬと言う思いが、こんなにも薄らいでいるではないか)

信之介はもはや、規矩《きく》ずくめの窮屈で退屈な旗本暮らしに戻れぬ我が心を感じ始めていた。

(だが、自分はこの島でいったい、何者として生きて行けばよいのか)

「信之介、改めて頼む」

兵庫は声の調子をあらため、見える右眼を見張って信之介を真《ま》っ直《す》ぐに見つめた。

「阿蘭党の部将として俺の片腕になってくれ」

「断る。何度も申すように、拙者は海賊になるつもりはない」

いまの自分には阿蘭党の部将に落ち着く気はなかった。

(俺が求めているものは、もっと不確かな、言葉にならぬものなのかもしれぬ)

「では、俺の義弟《おとうと》なら、どうだ。あの跳ねっ返りを嫁に貰《もら》ってくれ」

今度の兵庫の声は、幾分頼りなげに聞こえた。

「わたしは嫌だぞ。こんな腰抜け」

伊世は頬《ほお》を膨らませた。

「言葉を慎め。信之介は荘十郎と並ぶ歴《れっき》とした勇士だ。俺が一番よく知っておるわ」

「悪いが、嫁取り話も断らせて貰う」

信之介は伊世の膨れっ面を眺めながら、笑いを噛《か》み殺して答えた。

剣の腕は立つし、まっすぐな心を持っている。大いに賢くもある。しかし……。

（備前守どの……ご遺志を無にするようですが、拙者はまだ妻帯する気はございませぬ）

亡き備前守の意思を知っているのは自分一人だった。この際、沈黙は金と、信之介は心の中で備前守に詫《わ》びた。

「あの気性では無理強いはできぬが……されど、風神、雷神を失った今、おぬしを江戸へ帰す法はない。阿蘭党にあんな大船がいつ再び造れるかは、皆目わからぬのだ」

眉《まゆ》をハの字に開いて、兵庫は弱り顔を見せた。

「そうさな……」

信之介は入江一面に広がる銀鱗《ぎんりん》の水面へ目をやった。

（潮路を読み、風を待つ。大海原を旅する船のように、天然自然の摂理に従って生きてゆくほかないのだ）

輝く海が答えてくれたような気がした。

「この島に住むさ。扇之浦の家で、また弥助を相手に気ままに暮らす」

館島の自然は美しいが、厳しい。次にいつ生命の瀬戸際を歩かねばならぬ日が来るかもしれない。

だが、この島では武士が武士らしく生きられる……いや、人が人として伸びやかに生きてゆける。

入江の彼方、沖合の水平線には南海らしい力強い立ち雲が、幻の高楼《こうろう》の如《ごと》く幾つも立ち上っていた。

江戸の空は遠かった。

解説

縄田一男

鳴神響一は、期待を裏切らなかった。

どんな期待かといえば、『私が愛したサムライの娘』で第六回角川春樹小説賞を受賞し、同書で第三回野村胡堂文学賞をW受賞する、という重責を背負って、第二作をものするという期待にである。

しかし、良い意味で『私が愛したサムライの娘』こそが、読者の期待を裏切る作品であった。

こんなことを記すと何をいっているんだといぶかしく思う方がいるかもしれない。

だが、この作品を読んでいない方がタイトルを見れば、あぁ、これは異国の男と侍の娘との悲恋物語か、と思うのではあるまいか。

だが、なかなか、どうして——。

男は、長崎の蘭館医師《らんかんいし》ヘンドリック、実は密命を帯びた某国の密使。女は、長崎遊郭《ゆうかく》の太夫《たゆう》にして、実は、尾張家甲賀同心組頭配下の女忍者・雪野《ゆきの》。未読の方のため、詳述はできないが、題名に偽りなしで、恋愛小説の要素もあれば、今でいう国際謀略小説でもあり、小気味良いどんでん返しもある。

とても一筋縄ではいかないデビュー作なのである。

果たしてこれを上廻《うわまわ》ることのできる第二作は登場するのか。弥《いや》が上《うえ》にも私たちの期待は高まろうというものではないか。

そして拙稿の第一行目に戻れば――。

鳴神響一は決して、その期待を裏切らなかったのである。

それが本書『鬼船の城塞』(二〇一五年六月、角川春樹事務所刊)というわけだ。

時代は八代将軍徳川吉宗の治下。伊豆国下田近くの須崎や柿崎、長津呂あたりで、快晴の日、南の空に雷のような音が響くと、神子元島のあたりで岩が動き高い火柱が上る、という怪奇現象が起こり、船が沈んだり、漁師が戻らなかったりするという。

実に興をそそる序幕ではないか。

そして、少々、話が先走ってしまうので、解説の方を先にお読みになっている方は、ここで是非とも本文の方にとりかかっていただきたいのだが、この一巻を読んでいて私が嬉《うれ》しかったのは、本書が明らかに第一作よりスケールアップしている点であった。

『私が愛したサムライの娘』も『鬼船の城塞』も大きなくくりでいえば、異文化との交流を扱ったもので——但しそれは、随分と剣呑《けんのん》なものだが——前者は謀略戦であり、後者は海戦である。そして、本書における、その迫力はどうだ。臨場感という言葉は、こういう作品のためにあるのではあるまいか。

そして話を本書のストーリーに戻せば、主人公は、鉄砲玉薬奉行の鏑木信之介。彼は焔硝《えんしょう》探索を命じられて、御用船に乗って伊豆諸島を航行中、突如として現われた巨船＝鬼船に襲撃される。

この鬼船を操る者こそ館島で海賊を業として生きる、阿蘭党たちであった。乗組員たちはなす術《すべ》もなく皆殺しにされ、御用船が沈められる中、信之介のみは、剣の腕を認められ、捕虜に。

はじめは、仇《かたき》として阿蘭党を憎んでいた信之介が、彼らを統べる梶原一族と遠祖が同じであったり、館島が一種の独立国として豊かな暮らし——但し、それは海賊行為をして奪い取ったもののおかげだが——をしているのを見て、複雑な感情を抱かざるを得ない。

そして、そうしているうちに、次第に信之介が彼らに心惹《ひ》かれていく様子が巧《たく》みに描かれているあたり、新人離れした力量と見た。

何故、そう見たかといえば、館島が海賊行為をしたもののおかげで独立国たり得ている、というのは、人間は所詮《しょせん》、矛盾を生きるものだというモチーフにつながり、さらに大きなテーマ、現代において完全なる独立国などというものは存在しないし、私たちは、それが合法にしろ、非合法にしろ、他国から何かしらのものを略奪しながら暮らしているのではあるまいか、というそれを打ち出しているからである。

そして、信之介と阿蘭党のタッグが揺るぎないものとなるのは、某国海軍の——このあたり『私が愛したサムライの娘』を読んでいると面白さが倍になろう——日本植民地計画が明らかになってからだ。

緊迫の人質奪回作戦。さらには大迫力の海戦シーンと見せ場、見せ場の連続である、といえよう。

そして、さらに心憎いのは「呂宋娘の歳ゃ十四、島一番の縹緻《きりよう》よし。舳先《へさき》向けてる日ノ本女は、三十五過ぎの大年増」という、くだんの某国の歌が、一種の暗号となっていて、日本側の侵略者との同盟を明らかにしている点であろう。

こうした仕掛けも、本書を面白くしている要因の一つだ。

このあたりまでくると、もう読者はこの一巻を手離すことが不可能だろう。

そして肝心なのは、戦いが終わった後の終章であろう。信之介は、最後に、館島で阿蘭党とともに生きることを決心する。

だが、この島では武士が武士らしく生きられる……いや、人が人として伸びやかに生きてゆける。

私には、この一言が信之介が自らにいい聞かせているように思えてならない。

何故なら、一つにはこの島で生きることは前述の矛盾を受け入れることであり、さらにいま一つには、この島の男たちは、かつて自分たちの同僚を皆殺しにした者たちであるためだ——それが心を一つにしたのは、外敵の侵略があったからに他ならない。

戦争がなければ人々の心が一つにならない。これは何も今にはじまったことではない。

国木田独歩の短篇《たんぺん》「号外」以来のテーマである。

世界中をテロの猛威が襲い、中国の東シナ海軍事化が懸念される中、本書は、優れたエンターテインメントでありながら、それを越えたテーマをも内包しつつ私たちの前に屹立《きつりつ》している。

ちなみに、鳴神響一は、この後第三作として滅法面白い『影の火盗犯科帳〈一〉七つの送り火』（ハルキ時代小説文庫）を上梓《じようし》し、文庫書き下ろしシリーズをスタートさせた。

こちらも、読者の期待を裏切ることはない。決して——。

（なわた・かずお／文芸評論家）

時代小説文庫

な 13-3

鬼《おに》船《ぶね》の城《じょう》塞《さい》

著者 鳴《なる》神《かみ》響《きょう》一《いち》

2016年7月18日第一刷発行

発行者 角川春樹

発行所 株式会社 角川春樹事務所

〒102-0074 東京都千代田区九段南2-1-30 イタリア文化会館

電話 03(3263)5247[編集] 03(3263)5881[営業]

印刷・製本 中央精版印刷株式会社

フォーマット・デザイン＆シンボルマーク 芦澤泰偉

ISBN978-4-7584-4018-9 C0193

http://www.kadokawaharuki.co.jp/[営業]

fanmail@kadokawaharuki.co.jp[編集] ご意見・ご感想をお寄せください。